U0165647

訓詁演繹

漢語解釋
與文化詮釋學

盧國屏◎著

五南圖書出版公司 印行

推薦序一

　　語言・文字是傳達、溝通和紀錄人類思想、感情與行事的工具，它的本身就是人類至為寶貴的文化遺產，人類的歷史文化也靠它才得以綿延不絕。漢語在世界語言、文字群中的地位相當特殊，說它是代表中國文化的一大特色，並不為過。但自清末民初以來，有不少人對這使用數千年的漢語，卻有種種的懷疑，例如呂叔湘在〈文字改革〉一文中就指出漢字有三難，他說：「寫文章難，認字難，不同地區的人說話難。」漢語真的這麼難嗎？如果真是如此，為何用漢語寫成所留下來的文獻資料會如此的豐富，歷史會如此悠久，使用人口會如此眾多，其間一定有其道理；如果能從「漢語的解釋」和「漢語的文化詮釋」的理論與實際應用的角度去探討，不但可以看到漢語的真相，而且將會發現漢語是相當優秀的語文。

　　漢語研究是中國學術文化研究的根本。本書即基於這樣的理念，對漢語的解釋與文化詮釋的關係，做層層分析；全書共分六章，首章為序論：提出語言與文化的對應關係，強調語言解釋和語言文化詮釋的必要性，認為解釋與詮釋二者具有同步的本質，並肯定古典訓詁的價值，指出訓詁新演繹的重要方向。第二章：漢語基本結構與特質；主要在分析漢語為孤立語的特徵，以及漢語在形、音、義方面的特色，也注意到漢語結構和族群思維及在集體意識上的作用，及其所形成漢語文化圈的意義。第三章：漢語歷史與社會文化的變遷；是從漢語歷時性的變化流衍，去看古代漢語和現代漢語的演變情形及其所反映出的社會現象。第四章：漢語解釋理論與方法；以及積木理論先認識漢語象形、指事之初文，進而討論合文成字的形聲、會意字，並歸納出漢語造字的共同特質，如字形偏旁為意義重心，又依部首以辨義，但有其限制；字形重疊則語義擴大，同聲多同義，凡字之義，必得諸字之聲，凡某聲皆有某義，形聲多兼會意等例；其間語音與語意關係密切，尋聲可以求義，而語音的成立條件為何？又音、義二者如

何結合？又怎樣從字根得知語根？及從同語根的字群如何去瞭解該字群的意義，都列舉了實例一一加以說明。第五章：漢語文化詮釋理論與方法；以詞彙、詞族的演繹法，部首、字族的演繹法，常識、知識的整合法，配合經典語言材料的文化溯源，和經典文字本義的解釋，可瞭解經典內涵，再經由經典文化的詮釋，便可還原社會和事實的真相。漢語系統的社會文化價值也得以建立，這也是本書的結論。深入淺出，脈絡清晰，立論精確，自成一家之說。

　　盧國屏教授是政大中文研究所博士，有幸擔任其碩、博士論文的指導教授，對盧教授的好學深思、積極有為、待人親切誠懇的態度，印象極為深刻。畢業後在淡江大學中文系專任，並一度擔任系主任，還曾在加拿大維多利亞大學、美國加州大學沙加緬度分校擔任訪問和研究教授。他的研究專長領域，主要在爾雅學、語言學、文字聲韻、文化學等方面；所教授的也都是這些領域的相關課程。這些年來，研究甚勤，所發表專書、期刊、研討會論文至為豐富；其著作的主要特色，是理論和實務相互結合，不流於泛泛之論。本書是他已經出版的第十本，目前尚有二本，也將於近期中出書。在將出版之際，能寫一點心得做為序言，或可幫助讀者瞭解作者和本書的內容大要，至為榮幸。今天漢語的學習和漢語文化的研究，已成為國內外的熱潮和顯學，本書的出版應有其時代意義。

逢甲大學講座教授

李威熊

民國九十七年春月

推薦序二

民國92年時，淡江大學成立了一個精緻型的研究所。這個所的名稱很長，叫做「漢語文化暨文獻資源研究所」，簡稱「語獻所」。它沒有收大學部的學生，是一個只有碩士班的獨立所。

由於這個研究所歸屬於淡江大學文學院，而且除了張珮琪老師是俄國莫斯科大學語言學博士之外，吳哲夫老師、陳仕華所長、國屏和我原本都出身於國內的中文系，後來也同時都隸屬於淡江大學中文系，以至於很多人都認為這個所是從淡江中文系「分」出來的一個「組別」。可是事實上並非如此，我們在理念上和中文系有很大的區隔，它是由一個嶄新的理念所創建出來的一個全新的研究所。

這個所的創建，完全是國屏的理念的實踐。民國90年的夏天，當他初次提出這個結合語言、文字、文獻、文化研究的理念時，初步的質疑是在所難免的。可是經過他不斷的解釋，終於證實這個理念是可以禁得起檢驗。我們通過了學校和教育部的層層審核，成立了這個研究所。

國屏有三項背景素，因緣際會的培養了國屏的眼光。其一，淡江中文系多年來一直以開拓漢學界的國際資源為主要發展目標，因此國屏時常和中文系的師生們到世界各國去開學術會議，使國屏的眼界大開。其二，國屏是研究訓詁學出身的，在與世界各地的漢學家交流時，國屏素來的學術訓練使他發現經由語言和文字的解釋，可以達到詮釋中國文化的目的，他的研究方向也因之逐步的建構起來。其三，國屏的夫人是韓國華僑，他的家庭成員中亦不乏與外籍人士通婚者。這種國際化的生活環境，造就了國屏殊異的國際觀，使他在看漢語文化的問題時，能夠站在制高點上盱衡全局，不至於困守在臺灣一隅，甚而能有所創發。

想要有所創發，是很難走出去的一大步。淡江大學長期以來所推行的國際化和未來化，使我們不得不反思當前中文系的處境。中文系要研究的

範疇太過寬廣，教師們的自由學術取向，雖然給我們很大的發展空間，但是相對的也較不容易建立一個系所整體的研究特色。我們幾個熟識的同事們在多年以前，就曾經私下討論過這個問題，也曾得出一個改良的方法，就是在研究所碩士班的階層分立專業，讓各個不同領域能有一個專業發展的空間。也就是說，如果在不去考慮私立學校財務和資源的條件之下，不妨將中文系的體系改成一個橄欖型的結構：一個大學部，多個碩士班，一個博士班。我們曾經考慮過的碩士班有哲學所、現代文學所、古典文學所、藝術所、語言所、文獻所等等。其中有些所甚至都已經進入實質討論的階段，但是最後在現實的考量下，都沒有成功。

　　但是這樣的討論，構成了國屏創發一個全新領域研究所的肇因。據我所知，國屏的思考是我們應從全球化的概念去著手，設立一個以「漢語言文化圈」及「漢語言歷史圈」為目標的獨立研究單位；並以強烈的企圖心，讓這個單位成為全球漢語文化圈的研究基地，退而可突破傳統中文系的研究項目，進而可開創以「漢語文化」為思考範疇的研究領域。

　　民國90年的一個夏夜，國屏打了一通長長的電話給我，興奮的訴說著他的理想。然後他就展開了一串漫長而艱苦的申請與籌備工作。整個課程設計的理念在於：人類的思想藉由語言來表達，文字記載了語言與思想，文獻又記載了文字，而文化思想則藉由文獻來記錄與傳達。而研究範疇，則是「漢語文化」。於是，「漢語文化暨文獻資源研究所」就這樣成立了。招生的對象不限科系，不限國籍。因為「漢語文化」的研究，本來就不是某一個科系或國籍所專有的。

　　有一個相近的例子可以拿來稍做對比的，就是日本長崎大學的環境學部。日本大學中的學部，是一級單位，就相當於我們大學中的一個學院。長崎大學環境學部的創設理念是：一個地域的「環境」，是由各個不同面向所共同構築而成的。所以在這個學部裡，有文學專業，有經濟學專業，有都市計劃專業，有法學專業等等，他們從各自的專業領域去研究一個地域的發展歷程與文化，最後彙整起來，就可以詮釋這個地域的「環境」。

　　相對於他們做一個地域環境的實質研究，語獻所做的則是一個概念中

的「漢語文化圈」的研究。由於語獻所是一個較小的二級研究單位，所以我們根據原有的理念，將研究項目集中鎖定在漢語文化圈中的幾項文化要素為對象，亦即漢字、漢語語言、漢籍文獻。並且設定這些項目的研究方向，都是以文化為歸依。例如我們研究漢字，並不是只限於研究字形字音字義，而是擴大到每一個字的形成與運用時，其背後的文化義蘊等等。將這幾個不同面向的研究彙整起來，就構成了「漢語文化圈」的研究。所以語獻所的成立，不但意味著研究範疇的突破，同時也是研究觀念的突破。

為了將我們的理念形諸文字，所以在語獻所成立之初，我們就相互約定，由國屏來撰寫一部以文化為指標的漢語文化學著作；而我則要撰寫一部同樣以文化為指標的文獻學著作。如今，國屏依約寫了這本《訓詁演繹──漢語解釋與文化詮釋學》。這本書，掌握了各個時代的時代性，結合了社會與文化之間的變異，有縱向的歷史觀及橫向的世界觀，完全符合了我們當初所談的理念。而我的著作，至今還是只在草創階段，仍有待努力。

創業維艱，雖然語獻所如今已經順利的走入第五年，可是還是有許多的執行方法仍在摸索中。然而，至少我們的方向和目標是明確的。我們相信，在未來的學術領域中，我們選擇的是一條具有前瞻性的、有發展性的正確道路。

七年來，我看到了國屏以最純摯的心，無私的將全部心力奉獻給學術理想。他不求名利，只想攫住漢語領域中的世界潮流，並且努力的要將我們這個研究團隊推到潮流的最前端。我從國屏身上體會到學術真是一門良心事業；而人活著，就該有一點理想性，這樣的生命才有意義。

淡江大學語獻所教授

周彥文

2007年12月25日

自 序

　　這本書其實只是歷年來在教學上的一些材料和心得的條理化，算不上什麼創見。這些課程包括「文字學」、「聲韻學」、「訓詁學」、「語言學概論」、「漢語文化學」，研究所部分有「應用語言學」、「社會語言學」、「小學專題」、「漢語文化學理論與應用」等，基本上就是理論漢語與應用漢語的課程與研究範疇。

　　我一直有個概念，語言的學習與研究如果只是停留在理論層次，這樣的語言研究在價值性的發揮上是不足的，尤其在社會貢獻度這部分，而這就不符合語言的社會屬性與社會本質。這樣的概念由來其實有跡可循，在政治大學中文所的碩士論文時期，跟著恩師　李威熊教授做「清代爾雅學」，那是一個經學、語言學的學術歷史系統研究。那時候認為要走語言這條路，我應該先從學術史開始，也好先有個完整的史的觀念。

　　博士論文時期，蒙　威熊教授與周何教授指導，繼續做「爾雅與毛傳的比較研究」，那則是一個純粹的理論漢語的研究，將兩部上古漢語的總結式的訓詁語言專書擺在一起，以訓詁觀點架構出截至漢初的漢語形、音、義的整體關係。不管當時做得好不好，它總之是一個純粹的理論研究，希望自己的漢語學習可以在理論層次上有比較穩固與紮實的基礎，而語言的文化詮釋工作，也就先放在心裡且寄望來日。

　　畢業後在系裡從事漢語言的教學與研究，我開始思考「爾雅」這部現代人看起來像天書的經書，我自己讀得很有趣，可是能分享與應用的人卻少，我覺得這種遺憾是我的責任，我應該讓其他不必進入純粹漢語理論系統的人也可以分享爾雅的多元化功能、也可以利用爾雅的優質語言資源。於是在多年前從語言的應用層次中，架構出《爾雅語言文化學》那部書，寫得不是很好，但卻也是我多年來「語言其實就是社會、文化」、「語言應該為社會、文化服務」、「學者不應該只停留在理論語言學中」，以及

在當代「建構文化」的諸多觀念實現的產物，簡單來講，就是想表達「理論語言學是為了應用語言學而存在」的觀點。

　　之後的幾年，我又把概念再擴大到「語言文化學」的層次，提出了「漢語文化學」的學科領域，來總稱前面那些我對語言學術的觀點。除了在學生書局有個《漢語文化學叢刊》外，民國92年淡江大學更成立了「漢語文化暨文獻資源研究所」，以漢語與文獻學為合作路徑，進行古典與現代文化的全面研究。我概念中語言與社會文化的緊密結合、傳統漢語的精良研究成果應該延伸應用到現代社會等等的學術理想，也就初步落實在這個全新的研究單位裡。

　　回顧我的專業領域與學術發展，最要感謝恩師　威熊教授，引領我從漢語的「訓詁」出發。中文系的「訓詁學」課程，其實一直欠缺真正專業的師資，因為「訓詁學」需要有字形與語音的專業，而後能進行漢語語義研究，也就是「訓詁學」是「文字學」、「聲韻學」的漢語「形、音、義」終極完整系統。再加上我的概念裡，漢語理論研究又是為了文化應用而存在，於是「訓詁學」必須要理論與應用兼容並蓄，並且能延伸應用在當代漢語，這其實是很細膩而不容易教授的一門課程。

　　我在「訓詁學」的課堂上，通常一開始介紹訓詁架構時，就會為學生將「訓詁學」的名稱改換為「漢語解釋與文化詮釋學」，除了現在的年輕學子面對「訓詁」二字，在初步概念上已經不知道這門功課的積極實用性與活潑性外，其實我要說明的也正是我的「理論必須應用」，「語言解釋與文化詮釋同步」的「學術演繹」理想。現在這書落實了課堂與研究上的理念，也初步落實了「漢語文化學」想做的一點延伸功課。當然，就古典漢語而言，它仍然也還是一部「訓詁學概論」。

　　或許我的心太大，在一部小書中要放進這麼多的學習經驗。不過這麼多年來，有政大的諸多恩師的提攜，有淡江中文系所、漢語文化暨文獻資源研究所的師長、同仁們的鼓勵支持，我想在一定階段中提出成果報告也是必要的。未來還要學習精進的地方仍多，但是卻很想在這個階段，先對政大的恩師們、淡江中文系的高柏園副校長、周彥文教授、「語獻所」的

陳仕華所長、吳哲夫教授、張珮琪教授致上謝意，感謝多年來各位在我的
學術路線上的支持與力挺。

民國94年我赴California State University, Sacramento（加州大學沙加緬
度分校）從事為期一年的漢語教學與研究工作，太太銀順和兒子楚楚也一
同赴美。結束後舉家又遷往加拿大溫哥華定居，我則利用寒暑假期回家團
聚。太太銀順在婚後一直細心照料我，我也養成依賴的習慣，成了日常生
活的白痴。這兩年我獨自在這工作寫稿，她一直感到不捨與遺憾，透過網
路科技依然每天都給我鼓勵。現在稿子完成，我想她對於我時而沒有好好
吃飯的這件事，也暫時可以安心了。

書籍的出版工作，蒙五南前主編秀珍、現任主編惠娟及編輯兆仙、
麗玟的大力指導，他們的細膩與耐心，讓我非常驚艷，在這也致上最大謝
意。

淡江大學中文系

盧國屏

民國96年12月1日

目　次

第一章
序論——模式與目的

第一節　漢語與文化的對應關係

「文化」一詞的義涵，源自於《易經・賁卦》的「人文化成」：

> 彖曰：賁亨，柔來而文剛，故亨。分剛上而文柔，故小
> 利有攸往，天文也；文明以止，人文也。觀乎天文，以察時
> 變；觀乎人文，以化成天下。

這段話以現代語體文來說意思如下：「賁卦亨通。柔爻來文飾剛爻，
所以亨通。分出剛爻到上邊去文飾柔爻，所以小的方面來往有利，這是天
文。能夠用文明來進行規範，使人們的行為有所限止，這是人文。觀測天
文，從而察知季節的變化；觀察人文，從而用文明手段進行教化，把天下
組織成一個和諧的整體。」

賁卦☶「艮」上「離」下，「賁」是貝殼的光澤，「飾」的意思。
《序卦傳》說：「物不可以苟且而已，故受之以賁；賁者飾也。」物的
聚合，必然有秩序與模式；人的集團，也需要有禮儀修飾。這一卦，內
卦「離」是明，外卦「艮」是止，以文明的制度，使每個人止於一定的分
際，這就是人類集體生活必須的修飾，所以稱作賁卦。

「天文」，指各種自然現象；「人文」，是人觀察自然現象變化後，
所思考出來相應於「天文」的因應之道，以符合人存於天地間的安適需
求。所謂「化成」則是「變化完成」之義，這是文化義涵中最積極的一

面，也就是創造人類物質文明、制度文明、精神文明上的最完善模式。

　　「人文化成」的完備流程，從文化歷史的演進來看，必然是累積生活經驗、形成智慧思維、開創知識系統、教育社會大眾、形成人文風俗、具備人文精神。要維持與完成這樣的系統流程，人類社會中必然需要一種精密的「工具系統」，作為溝通、記錄、論述、教育、傳遞時的依據，那就是「語言系統」。從商代到今天的三千多年裡，漢語裡的語音有四個時期的發展，漢代以前的上古音、魏晉到宋代的中古音、元明到清的近代音、清中葉以後到現在的現代漢語；文字部分則歷經商代甲骨文、西周金文、春秋戰國文字、秦篆、漢隸到之後的楷書。漢語系統作為社會的表義載體，漢語的演變就相對應於社會的演變、漢語系統的具體形式就相對應於文化系統的具體形式，反之亦然。

　　漢語與文化的深厚關係，我們可從歷代不斷增加的漢字字數上來理解[1]：

時　代	字　數	根　據
商代	4,672	甲骨文字數
周代	6,544	十三經單音詞
漢代	9,353	許慎《說文解字》
晉代	12,824	呂忱《字林》
南朝	16,917	顧野王《玉篇》
唐代	11,500	孫緬《唐韻》
宋代	26,194	陳彭年《廣韻》
宋代	26,430	（遼）行均《龍龕手鑑》
宋代	31,319	司馬光《類篇》
明代	33,179	梅膺祚《字彙》
明代	33,549	張自烈《正字通》
清代	47,035	張玉書《康熙字典》
民國	49,905	文化大學《中文大辭典》
中國大陸	54,678	四川、湖北辭書出版社《漢語大字典》

---

[1] 參盧國屏、黃復山《中國文字》第一章第四節〈中國文字的數量〉，臺北空大出版社，2002年。

　　文字是記錄語音的符號，字數量的遞增，就代表語義量的擴大，當然也是因為社會擴大了，要記錄的事物增加了，而整個文化系統也不斷擴大。從漢字增加的數量和速度，我們看到了漢語系統與文化的緊密關係。

　　語言是文化的載體，而文獻又是語言的載體；語音靠著文字加以記錄、文字又仰賴文獻得以保存。從甲骨文獻開始，我國不但有歷史悠久、數量龐大的文獻存在，更重要的是它記錄了長期以來的政治、經濟、禮儀、法度、科技、文學、風俗、習慣等等的社會文化發展歷程與智慧結晶。漢語、文獻、文化便是一個共構「人文化成」的循環鏈，在族群的歷史文化中始終是發光發熱的核心價值所在。

第二節　語言解釋的必要性

　　「語言解釋」就是「以語言解釋語言」、「以語言材料解釋語言材料」、「以語言的構成理論解釋語言工具」、「解釋語言形音工具的邏輯以認知語義」。漢語作為社會表義工具，又成為文化的載體，對於工具運用的精準要求，必然是文化發展中，智慧是否可以順利傳遞的依據。要能夠做到「人文化成」，工具的重要性不言可喻。人類的時代越往下，社會就越形擴大，其溝通量、文獻量也會大增，當然思維的變化演進與傳遞，也就越快速。這過程中，語言快速的「自動因應機制」也在隨時運作，新型態的語言模式是隨時可能產生的。處於社會中的人，如果不能精準掌握快速變化的語言工具，那就代表社會隔閡會因此擴大，這顯然對「人文化成」是有重大負面影響的。因此從事「語言解釋」，就像進行一種「工具維修保養」的機制，其目的則在使社會與文化可以順暢的展延開來。

　　我們都記得，周朝時候的許多學者很喜歡講「名」、論「名」，《老子》首章：「道可道，非常道。名可名，非常名。無名天地之始，有名萬物之母。」《論語・子路》：「名不正則言不順，言不順則事不從，事不從則禮樂不興，禮樂不興則刑罰不中，刑罰不中則民無所措手足。」到

最後乾脆有個專門論名的「名家」產生，代表人惠施有「黃馬、驪牛，三」、「輪不輾地」、「龜長於蛇」、「一尺之捶，日取其半，萬世不絕」等等的立論。名家學說的屬性在「邏輯思辨」，這是沒有疑義的，不過根據經驗，像中文系的大一大二同學們，才進入大學殿堂，儒家都還沒來得及明白，老子兩句話就讓你搞翻天，而惠施又來湊熱鬧，最後好像似懂非懂，課程也結束了。

　　思想訓練的層面你當然要好好聽你思想史老師的，不過若回到語言的層面來，「名」字的本義是「語音」，引申義才是「文字」、及與語音相對應的「實」，也就是「語義」，另外也產生了「姓名」的引申義。典籍中的「名」字，其意義均離不開這些意義。我們看一個簡單的例子，《戰國策・魏策》：「宋人有學者，三年反而名其母，其母曰：子學三年，反而名我，何也？」出外讀書返家，卻直呼母親名諱。「名其母」、「名我」在語法上就是「名詞兼動詞用」，這是先秦普遍語法，也就是「直呼其名」的意思，這「呼」的不就是那「名字」的「語音」。

　　如果我們把前面儒、道、名三家裡的「名」，以「語言」來代入，可能對於你的初期入門會簡單一些。「黃馬」、「驪牛」、「黃馬驪牛」是三個「詞」，三個語義單位；「輪」、「地」是兩個「詞」，兩個獨立概念，你看到的輪子都貼地而行，不過惠施要給你的訓練，是千萬不可以在詞彙、語義上就「輪」、「地」不分。而當我說「龜長於蛇」的時候，你第一個應該要問：你說的「長」是「年紀的長」？還是「身體的長」？因為「長」的語義可以用在具體與抽象事物上，就像一字多義，一音也可以多義，所以你要先弄清楚我們要討論哪一義。至於「一尺之捶，日取其半，萬世不絕。」如果請你就中選一個關鍵字，以掌握其邏輯推理所在，如同你學詩歌時的「詩眼」功能，你得選「半」字，《說文》：「半，物中分也。」其實惠施要跟你討論「分」的概念，不是那根「捶」。如果你再用「語言」的意義，解釋孔、老的那兩段話，或許對你進入思維領域就會容易多了。從這個角度來看，名家是一個**「語言工具保養維修家」**，它的論述就如同「語言操作手冊」般要你精準的使用工具。諸多的「語

音」、「文字」、「語義」運用，如果你經常混淆不清的話，那談何「邏輯思辨」、談何文化文明？

從上述觀點來說，名家從事語言解釋的工作，其實目的在完成「**規格化**」→「**工具規格化**」→「**工具格式、尺寸規格化**」→「**語言工具應用規格化**」。相對應於春秋戰國的社會複雜，政治紛爭、思想分歧、學派林立、文字差異等等現象。這種將語言定義清楚統一的「語言規格化」工作，其實是一種文化與社會現象的產物，也具有其絕對的必要性，後來的《爾雅》、《說文解字》不正是以百分之百的「規格化」為其目的。

今日社會何嘗不是如此，「唱片」、「CD」、「DVD」要統一規格；手機的網路系統要統一規格。物質、制度、精神文化每代不同，一代是三十年，三十年前的流行詞彙跟現在完全一樣嗎？當然不會。如果語言不經解釋，社會上老是「Y世代」、「E世代」、「銀髮族」的去區別社群、年齡層而互不溝通，那只會更造成社會隔閡與進步遲緩，且導致文化的落後。語言解釋的必要性，從這裡就可以理解其大要了。

第三節　語言文化詮釋的必要性

語言解釋的目的在文化的詮釋。從漢語歷史來看，其系統不斷的擴大，語音的多元化、文字數量不斷的增加，到今天累積出約五萬個漢字。語言是文化的載體，語言的擴大，就代表整個社會文明的不斷擴大，更代表這個族群不斷在延續發展其文化內涵。當時間越往下發展，文化的內容與形式與源初的內容形式就越遠，因為社會中的物質、制度是隨時變化的，精神與思維也在不斷改變，但是一個族群的主流文化中的各種核心價值卻是永恆不變的，族群的智慧也端賴這些核心價值而可以永續傳承。語言的文化詮釋工作，目的就在縮短「**文化源初形式**」與「**目前形式**」的距離，而且重點是這文化核心價值的認知，而未必在物質與制度的恢復。

例如先秦祭祖的「立尸」制度，以孫子輩的家族成員擔任假扮祖先的「尸」，在整個祭祀儀式中接受家族的祭祀。其目的在使與祭者有與祖先

同在之感，進而知所虔誠以對。但更重要的文化精神中心，其實在讓子孫們從實際的虔敬儀式中，學習與理解「孝」的意義，所以在設計上由子孫輩當「尸」，看到自己的父輩是如何的伺奉先祖，孝敬先祖，達到潛移默化的效果。今日祭祖時，只有牌位沒有「尸」，其物質制度面早已改變，但祭祖目的仍在慎終追遠的「孝」道精神，這與先秦無異，也永世沒有改變。一般人面對改變簡化後的物質制度面，通常對其核心價值的概念也就容易模糊化，甚至崩解潰散。而針對記錄著歷代祭祀制度變遷的語言文字，加以解釋並詮釋，其目的就在上溯這核心價值，避免社會與文化的崩解了。

就教學與學習層面來說，如果只對語言作表層的一般解釋，那在學習上不但趣味遞減，最終也對文化議題與內涵，不慎了了，更不知道學習這些語言解釋理論的原因何在。例如《詩經·豳風·七月》這首詩，主體內容是透過上古人民的四時生活，來掌握我們社會與文化的高度義涵。如果我們對其語言的解釋不夠正確與深入，那恐怕連詩歌中的俗民生活也難以理解，遑論其文化義涵。像詩中有句話說「二之日，鑿冰沖沖。」，很多老師說「沖沖」、「狀聲詞」，是鑿冰時發出的聲音，就解說完畢了，恐怕學生連他們鑿冰做啥也不清楚。事實上「沖」字在此指的是鑿很多冰，而且戶外的大冰被鑿出了一個個「大窟窿」的意思，做啥呢，放回家裡的「冰箱」中存放並提供來年使用。古人有冰箱嗎？當然有，而且比我們的都大，叫做「冰窖」，整年都有冰可用。《周禮·凌人》篇中的「凌人」，就是宮裡的「掌冰官」呢！另外，「沖」字怎可以解作鑿冰時的「大窟窿」呢？因為漢語音裡凡是發近似「中」的音，都有「空間」、「空洞」之義，反映在漢語理論裡，便是「凡從中聲皆有空義」，像憂心「忡忡」就是心裡空蕩無主；「鑿冰沖沖」當然也是鑿出「空洞」、「空間」之義了。

將語言研究導向文化研究、從理論解釋進入文化詮釋，這是語言研究的趣味與宗旨所在。學習語言的人，要知道理論研究是必要的嚴謹與枯燥過程，但它的目的在更崇高的文化論述，以延續民族的文化精神力量。所

以「理論」可能使你萬般痛苦，但「文化」則使你有吸納養分的興味；對語言只做表層解釋，學習時痛苦、教之時也痛苦；但通過了嚴謹的解釋，進而詮釋語言深層中文化的條理與義涵，你才會感受到語言與文化的真正魅力，也才真正完成了語言學者的責任。

第四節　解釋與詮釋的同步本質

　　前文我們分論「解釋」與「詮釋」的必要性，讀者可能以為語言的解釋與詮釋，是可以切割的兩回事、兩個路徑，其實不然，這二者是二而一的同步進行。從漢語的本質來看，「形、音、義」是三大要素，意義先出、而後以語音表義、最後文字再記錄語音，三者密切關聯緊密結合，人類如果沒有要傳達的意義，那麼形和音也不用有存在的必要。**如果「形、音」是語言的外部表層結構，那麼「意義」就是語言的內部深層組織**，內外二者無法脫離而單獨進行，於是你操作表層的同時，深層的理解也在進行，所以解釋與詮釋當然就具有同步本質。

　　再從對文化的理解與認知的目的性而言，文化透過語言表層的形和音，來傳遞語言深層中的語義思維，語義思維就是文化的中心，所以語言的表層與深層是合一的一個文化載體，不是兩個載體。當我們進行表層載體的形音解釋時，就同步在進行深層的語義文化詮釋。

　　語言的各種本質同步運作、文化與載體也同步結合運作，那麼從事語言研究的人，就不能將語言與文化切割研究；從事語言教學與學習的人，就不好切割二者來教學與學習；換句話說，文化的研究、教學、學習，和載體語言的研究、教學、學習，必須同步進行。本文講述語言解釋理論方法的同時，也試圖將語言的文化詮釋理論與方法，運用個案來說明與結合，其目的與理想也就在此。

第五節　古典訓詁價值──解釋與詮釋

　　傳統的語言解釋與詮釋學，叫做「訓詁學」，「訓」是「以語言從事解釋詮釋」、「詁」是「已經發生的言語」，所以「訓詁」就是「以語言解釋、詮釋語言」；「訓詁學」則是其理論方法與應用系統的學術依據。

　　人類的文明發展可以透過其語言研究的發達與精密來觀察得知，例如「訓詁」工作，在我國早已開始，「訓詁學」的學術體系與理論歸納，也在先秦即已建構。從最早的經書內的訓詁，到一般典籍內的訓詁，再到專業訓詁書的出現，都在先秦時期完成；從上古的語言訓詁工作，到歷代的訓詁工作，到現在的訓詁，期間從未間斷；從儒家到雜農小說家，從政治學到經濟學，從人文學到科技學，都要透過語言訓詁工作完成其理論與思想傳播。2007年的企管系教授，在講堂上仍然要以漢語來解釋專有名詞，論述並歸結企業管理的精神與文化，這位教授就正在運用訓詁。漢語訓詁學者的訓詁理論與教育，就使得他可以精密運用他的語言，講述他的專業。

　　從訓詁的學術功能看，既然從事語言的解釋工作，當然也就同步進行文化的論述，這其實才是訓詁學術的真義。後人面對最早期的訓詁時，常常因為只見到很精簡的語言表層訓詁，就誤解訓詁只是語音文字的研究，這就大錯特錯而學不到訓詁學的真義，且將會是極大的損失。例如《左傳·宣公十二年》：「夫文，止戈為武。」這句話翻成現代白話文就是：「『武』字，是由『止』字和『戈』字組成的。」如果我們以為《左傳》只是在給大家上「會意字」的課，那就大錯特錯了，因為論述中國「武德」基本的和最高的境界，歷來都從《左傳》這句話展開。左丘明是從文字訓詁，帶你進入武德文化；左丘明是進行語言解釋，也進行語言的文化詮釋。

　　又例如《爾雅》一經，是訓詁經典更是世界第一部語言學專書，它蒐羅同義與近義詞彙，按類條列編排，以詞彙互注方式，進行語言解釋工作。它也是一部文化詮釋的書籍嗎？細部的不說，我們只看它的卷

目：〈釋詁〉、〈釋言〉、〈釋訓〉、〈釋親〉、〈釋宮〉、〈釋器〉、〈釋樂〉、〈釋天〉、〈釋地〉、〈釋丘〉、〈釋山〉、〈釋水〉、〈釋草〉、〈釋木〉、〈釋蟲〉、〈釋魚〉、〈釋鳥〉、〈釋獸〉、〈釋畜〉，這19篇搜羅4,300詞，從「天文」到「地理」、從「植物」到「動物」、從「建築」到「器用」；從「人事」到「自然」、「物種」；從「自然科學」到「社會科學」、「應用科學」。《爾雅》一書其實是以語言的解釋，為我們建構與詮釋了文化的完整系統，這是訓詁的最高標準[2]。

漢代《說文解字》，以540部首，蒐9,353個小篆，說解文字本義、構造，以六書說解漢字造字、用字理論。既然是所有文字的集結解釋，就一定要上自天文、下至地理，無所不包，從這角度看，《說文》也是一部「文化詮釋」書。同理，中國文化大學出版的《中文大辭典》，是臺灣當代最大的一部辭典，收集49,880字、詞彙371,231條。通過歷代字形的羅列，一字多音多義的完整條列、典故的註明、出處的用法，通過這龐大的漢語字詞量的解釋，它也就是一部文化詮釋書籍。

任何書籍文獻都記錄著人類的文化，不同主題的書籍文獻記錄不同的文化類型；「訓詁學」提供了語言解釋與文化詮釋的理論與方法，對於任何書籍文獻的作者與讀者而言，它都是一個必經的訓練。

第六節　訓詁新演繹——永續經營

訓詁的本質與價值已略論如上，不過「訓詁」這詞從漢代起延用了近兩千年，雖然「訓詁」二字的表義簡單又明確，也完整涵蓋這個學科的概念。不過對於現代人而言，可能一時不能了解，便容易忽略它的重要性，這個忽略，甚至也包括文史科系的學生們。於是我們提出「訓詁」工作必須在當代「演繹」的主張，以說明這個議題從古典到現代不變的重要性。當代「訓詁新演繹」的意義，表現在以下幾個思考與目的：

2　參盧國屏《爾雅語言文化學》，臺北學生書局，1999年。

　　第一、**在名稱上**，我們用「漢語解釋與文化詮釋學」來代稱傳統的「訓詁學」。用當代比較可以理解的語詞，使學習者更快認知漢語研究的性質與目的。

　　第二、**在方法上**，漢語研究的理論與方法，古今是一致的，因為當代漢語與古代漢語源出一系。不過到了當代，我們更可以加入新的方法，例如語音標音工具的更新與明確定義、發音學上的生理結構認知、實驗語音學上科學儀器的加入、古文字的實際證據、考古挖掘的實物證據，甚至語言研究名詞的統一等等，都是當代可以演繹新增的方法與理論。

　　第三、**在語言範疇上**，當代的語言研究對象擴大了，語文形式也有了變化。正體字、簡化字；繁體字、簡體字的問題，偶爾困擾著全體漢字使用者；語言的載體也不只有紙張，新科技產生許多新興語言模式，例如在網路中生成與進行的語言形式，正衝擊著正規漢語的句式或語法形式。因此我們要將過往訓詁的理論成果，再演繹應用到當代來。

　　第四、**在當代及時性上**，語言的解釋與文化的詮釋工作，必須有及時的當代意義，也就是「當代的訓詁」，否則語言與文化在現代都快速轉化，語言容易出現應用斷層、文化也一樣快速形成古今斷層。而銜接這些斷層，便是語言研究者的責任之一。當年許慎所處的漢代社會，是歷經東周分裂後的大一統，社會的轉變一如今天是一個快速與大量變動的時代。《說文解字》它「說解文字」、「說解語音」也就同時進行「文化說解」，保存了以「小篆」分期的先秦文化，與後來漢代的新興文化；有了《說文解字》，它一樣使當代的我們，和先秦文化的距離縮短了，這功勞必須算在許慎當年「語言研究及時性」的責任意識上。

　　第五、**在社會發展性上**，現代社會文化有了諸多的新型態，然而不變的是漢語系統仍是維繫社會文化的主要載體。只有持續的進行語言解釋與文化詮釋，也才能因應語言工具本身的變化，更重要的是能不斷的將源自古老文化的新興文化進行連結，而這也才是智慧的傳承，文化的意義所在。「訓詁新演繹」它不只是為了語言學而已，更是要期許語言研究者擁有開闊的視野，為群體服務，為文化貢獻。

第二章
漢語基本結構與特質

第一節　從漢藏語系看漢語家族

　　「語系」指根據語言的發展和演變、直接明顯的關聯，將語言作系屬分類。又將語音、詞彙、語法具有相似性的語群稱為「語族」，語族之內的差異，則稱為「語支」。若以族群為系屬依據，世界上較大的語系有「漢藏語系」、「印歐語系」、「高加索語系」、「阿爾泰語系」、「南島語系」、「閃含語系」、「南亞語系」、「北美印地安語系」等。

　　「漢藏語系」包含四個語族：漢語族、壯侗語族、苗瑤語族、藏緬語族，共有250種語言，分部地區包括中國、香港、臺灣、澳門、緬甸、柬埔寨、泰國、尼泊爾、印度、孟加拉、不丹、錫金等亞洲地區。依人口數、語言數量來比較，漢藏語系是僅次於印歐語系的世界第二大語系。其語系譜系如下[1]：

語　系	語　族	語　支	語　種
漢藏語系	漢語	漢語方言	北方官話
			吳語
			湘語
			贛語
			客家語
			粵語
			閩語

---

[1]　參何大安《聲韻學中的觀念和方法》第十五章〈中國境內的語言〉，臺北大安出版社，1996年。

語　系	語　族	語　支	語　種
漢藏語系	藏緬	藏語	藏語
		緬語	緬語
		彝語	彝語、哈尼語，白語
		景頗	景頗語
	苗瑤	苗語	苗語
		瑤語	瑤語
	壯侗	壯語	壯語、布依語
		傣語	傣語
		侗語	侗語、水語
		黎語	黎語

　　其中漢語方言是漢藏語系裡最大的「語支」，「方言」一詞相對於「共同語」而言，它是漢語的地方性變體。由於中國地區的幅員遼闊，地理形式多元，加上人口數眾多，遂使得漢語方言系統十分複雜，其七大類的分部區域如下：

類　別	區　域	代表方言
北方語	東北、華北、西北、西南、湖北、湖南西南、廣西西北、華東長江以北區域	北京話、西安話、成都話、揚州話
吳語	江蘇長江以南、浙江	蘇州話、永康話
湘語	湖南大部分區域	長沙話、雙峰話
贛語	江西大部分區域、湖北東南	南昌話
客家語	廣東、廣西、福建、江西、四川部分地區	梅縣話
粵語	廣東大部分區域、廣西東南	廣州話
閩語	福建、臺灣、廣東部分地區	廈門話、福州話

第二節　漢語的主要語言特徵

　　漢藏語系是世界第二大語系，漢語又是其中最大的語族，它和其他語

系在語法特徵上有很多不同，其主要語言特徵是：

一、孤立語

　　所謂「孤立語」指的是：通過虛詞和詞序列來進行和表達語法規則的語言系統，而不是藉由詞的內部型態變化來呈現語法，也就是說詞的本身沒有詞態變化，每一個詞都是孤立個體，又叫「無形態語」。例如「看」這個詞本身沒有過去式、現在式、進行式的型態差異，而是藉由「看過了」、「正在看」、「還沒看」的方式表現時態差異。「做」這個詞也是，漢語裡用「還沒做」、「正在做」、「做過了」表現時態。

　　漢語的孤立語特質，受漢語音節結構特質影響，漢語音節所置入的音素最大量是固定的，不能任意超過，所以就不能因為時態變化而讓音節加長，必須使用其他音節的詞來做補述。有關漢語音節特徵，我們在以下的第四節中再詳述。

二、具備聲調

　　具有聲調的語言稱作「聲調語言」，一般人常聽到的漢語古音中的「平、上、去、入」；現代漢語所謂的「一聲、二聲、三聲、四聲」，是漢語不同聲調類型的區分代稱，也就是「調類」。所謂「聲調」指的是：音節在發音過程中，音高形式的變化及頓挫形式；「音高」則是聲音在空氣傳動中每秒鐘震動的次數，又稱「音頻」，震動次數越，音就越高；頓挫則指的是韻尾音的發音形式，例如塞音韻尾所造成的入聲音節短促現象。以漢語可考知的發展歷程，聲調始終有四種形式變化。「平、上、去、入」、「一、二、三、四」正是這些變化的種類區分。

　　現代漢語音節沒有入聲聲調，所以沒有了頓挫現象，只有四種音高形式變化：陰平、陽平、上聲、去聲，也就是俗稱的一、二、三、四聲。輕聲則不是聲調，屬於輕重音的概念。在漢語方言中則普遍保存頓挫的入聲聲調，像我們熟知的閩南語、粵語、客家語，「國」、「竹」、「屋」、「覺」、「合」這些音節，都還唸入聲，保存了漢語歷史中的頓挫性。

三、單音節詞根占多數

意義最原始、最單純、最基本，結構最簡單的詞，它是基本詞彙[2]的核心部分，漢語的詞根多數是單音節，例如「人」、「學」、「水」、「火」、「胖」、「群」；極少數的複音節詞根則如「葡萄」、「蜘蛛」。詞根是創造新詞的基礎，例如詞根「人」，可以創造與組織「人民」、「人口」、「人數」、「人才」、「人員」、「人工」、「紅人」、「高人」、「東洋人」、「人力車」、「人口學」等等的新詞。

要了解詞根，可以從「詞素」概念開始，所謂「詞素」是指語詞構成的元素，不能再分析的購詞最小單位，這個概念主要是從「量」的角度切入觀察。至於「詞根」，則是就這個元素「量」的內涵也就是意義上而言。舉例來說，要分析「明天」這個複音節詞的結構，首先可以指出他有兩個構詞元素組成：「明、天」，接下來討論這兩個元素的意義面，「明」有天亮意義、「天」有日子意義，這兩元素此時就成了「詞根」，而詞根是可以再創新詞的，例如「明白」、「明確」；「天空」、「天文學」。簡言之，詞素是數量單位，詞根是元素的意義層面，這就是一般人容易混淆的差異處。

四、使用量詞

「量詞」即數量詞，指用於連接數詞、名詞的詞或語素[3]。在漢語裡，不同類的名詞採用不同形式的量詞來計數，其位置介於數詞和名詞之間，例如「一朵花」、「一條魚」、「一頭牛」、「一枝筆」中的「朵」、「條」、「頭」、「枝」。量詞在很多亞洲語言中存在，例如韓語、日語、越南語、泰語、馬來語皆有量詞。

現代漢語的量詞數量很多，大約五百個，這和近代以來漢語語法變化有關，尤其白話文以來的語法又使量詞大增，例如「一群」、「一片」、

---

[2] 「基本詞彙」相對於「專門詞彙」而言，指語言中的人稱代名詞、一般名詞、動詞、形容詞、副詞等。
[3] 「語素」指最小的語法單位，是最小的語音、語義結合體。

「一絲」、「一堆」、「一打」、「一列」、「一批」、「一束」、「一組」、「一把」、「一幫」、「一夥」、「一陣」、「一袋」、「一盒」、「一盤」、「一條」、「一塊」、「一團」、「一粒」、「一顆」、「一段」、「一篇」、「一張」、「一幅」、「一串」等等，都是現代漢語經常使用的量詞。

五、以虛詞和語序作為表達語法意義的主要方式

這裡所謂「語法意義」，其實指的就是我們一般日常生活中任何溝通形式裡的句子型態。漢語由於是孤立語，所以詞的本身沒有型態變化，句子意義的組成靠的是虛詞和語序排列的方式進行的。從意義和作用兩方面來衡量，漢語的詞可以分為「實詞」和「虛詞」兩大類，實詞具有明確的所指意義，可以成為句子的主要構成成分，甚至單獨使用構成一個句子。虛詞反之，是意義比較不明確的詞，例如「也」、「之」、「的」、「了」、「嗎」、「和」、「因為」、「所以」、「或者」等等。這裡所謂的不明確，並不是說不能給它們一個或數個意義的說明，而是說通常它們無法單獨構成一個句子，也就是不能獨用，而是作為造句時的輔助角色。虛詞在漢語中數量不多，但是出現在句子中的頻率卻非常高，對於漢語的語法意義與作用常有關鍵性的影響，例如「這是我的東西。」和「這是我的東西嗎？」，兩句的意思就因為「嗎」這個詞的加入而截然不同。

「語序」指的是句子中詞的排列順序，一般人常聽到的「文法」、「語法」或「詞性」其實就是一種語序關係。漢語在「語序」結構上，大體而言有五種基本結構，分別是：

　　1.主謂結構：主語＋謂語　火車—來了
　　　　　　　　　　　　　　房子—塌了
　　　　　　　　　　　　　　這朵花—真美
　　2.述賓結構：述語＋賓語　打—球
　　　　　　　　　　　　　　拖—地

淋一雨

3. 述補結構：述語＋補語　　酷一斃了

帥一呆了

走一過去

4. 偏正結構：修飾語＋被修飾語（中心語）

完美的一演出

馬上一回來

深沈的一悲哀

5. 聯合結構：構成句子意義的主要成分，語法地位平等。

國民黨、民進黨是臺灣兩大政黨

他是一個**好勝**又有**野心**的人

這部車**跑得快**而且**省油**

　　漢語的句子形式就是由上述基本結構所組成的，再長的句子也是由這些基本結構環環相扣而成，因此也就產生了主語、謂語、賓語、補語、狀語、定語等的語法成分[4]，從詞性而言，也就是一般我們常聽到的主詞、受詞、動詞、形容詞這些概念。

第三節　音素特質

　　「音素」是構成人類語音的元素，漢語也不例外。「音素」是從音質中分析出來的最小語音單位，也是人類在語流[5]過程中透過聽覺可以感知的最小單元，例如組成「天」這個音節具有「tian」四個音素[6]。

---

[4]　「主語」與「謂語」相對，表示被陳述的對象，以名詞為主。「謂語」是對主語加以說明的成分，動詞、形容詞、代詞、數量詞為主。「賓語」是受動詞性成分或影響的部分。「補語」指系詞「是」後面的成分，以名詞、形容詞為主。「定語」是修飾與限制的成分，名詞、形容詞、代詞、數量詞為主。「狀語」是修飾或限制「謂語」的成分，形容詞、名詞為主。參《中國語言學大辭典》，江西教育出版社，1992年2版，江西。

[5]　「語流」指任何音節在發音時的整個發音流程。

[6]　以下音標均使用「國際音標」，The International Phonetic Alphabet，簡稱IPA。

　　人類語音中的所有音素，大別之只有兩類，一類叫「元音」，俗稱「母音」；一類叫「輔音」，俗稱「子音」，兩者在發音方式上有極大的不同。元音發音時，氣流通過聲帶造成周期性的顫動，發音器官的各部位肌肉保持著均衡的緊張狀態，氣流暢通舒緩不受明顯阻礙，聽感上比較清晰響亮，音值非常明顯；而聲帶由於受到不同形狀共鳴腔的調節，於是產生了不同的元音，例如「a」（ㄚ）、「i」（ㄧ）、「u」（ㄨ）、「e」（ㄟ）、「o」（ㄛ）、「y」（ㄩ）等。

　　至於輔音，則是氣流在聲道的某部位或幾個部位，遇到完全阻塞或部分阻礙而後經調節發出所形成的音。其氣流相較於元音比較不順暢，阻塞強或是完全阻礙氣流則強，反之則較輕。輔音從聽覺角度而言，只有氣流的聲響，若沒有與元音相組合，就不容易聽到，也就是音值不明顯的意思。輔音的不同是依據其發音部位、發音方法的差異而定的，例如現代漢語中的「p」（ㄅ）是雙唇清塞音、「m」（ㄇ）是雙唇鼻音、「t」（ㄉ）是舌尖清塞音、「ts」（ㄗ）是舌尖塞擦音、「k」（ㄍ）是舌根清塞音之類。

　　只要是人類的語音，不論是哪一個語言系統，哪一個國家族群的人，他說的話都是由音素所組成，其中就包含母音、子音這兩種，漢語當然也不例外。不過這裡倒是可能出現一個大家都會有的疑問以及有趣的問題，那就是既然如此，那為什麼不同語系的人、不同族群的人，或是不同國家的人，互相之間說話會聽不懂呢？其實這是因為不同的語言使用了不同數量的母音、子音，而這些音素組合成音節的模式與音節可以納入的音素量，在不同語言系統中也都不相同。如此一來，彼此當然就聽不懂對方的語言，而難以溝通了。中國境內有為數眾多的方言，在臺灣使用閩南語的閩南人，到了香港無法和使用粵語的廣東人溝通，也就因為不同語音系統它的「音素質量差異」所造成。

第四節　音節特質

　　「音節」是由音素組成的語音段落，我們說話時的最小語音結構單位就是音節，若從記音的文字角度而言，一個字就記錄一個音節。不同的語音系統，面對同一個語義時，具有不同的音節內部結構差異，所以不能互相理解，例如漢語的「天」這個音節有「tian」四個音素，而英語的「day」則有「dei」三個音素。也就是說，一個音節中所放進去的音素量不同，以及音素組合次序不同，就形成不同的音節。

　　漢語音節的最大特質有二：一是音素的最大含量是固定的，二則是由於音素最大量固定，所衍生出的音節結構形式固定，也就是「聲母＋韻母」的形式。以現代漢語而言，音節中可以放入的音素量，最小的是一個，例如「屋」（u）；最多的是五個，像「鑽」（tsuan），少於一個就不能發音，多於五個就不是現代漢語音節。

　　由於漢語置入音節內部的音素最大量固定，所以又可以很單純的將漢語音節畫分成前後兩個部分，也就是「聲母」、「韻母」的形式。其結構與大致規則如下：

聲母	韻母		
	介音	主要元音	韻尾
（鑽）　ts	u	a	n
（端）　d	u	a	n
（灣）	u	a	n
（蛙）	u	a	
（安）		a	n
（阿）		a	

1. 音素可以從一個到五個不等，組成一個音節。
2. 「聲母」、「介音」、「韻尾」是非必要性的單元，音節中可以沒有這些部分。

3. 「主要元音」是音節最主體，絕對不可以或缺，如果音節只有一個音素，那這個音素必然擔任的是主要元音的工作。

4. 「聲調」則不屬於音節內部成分，而是一種「外加成素」，也就是附屬於音節結構之外的語音成分，而聲調的類型，是由韻母決定，與聲母無關。

現代漢語裡的聲母系統、韻母系統如下[7]：

	注音符號	國際音標	漢語拼音	通用拼音	發音定義
聲母系統	ㄅ	p	b	b	雙唇清塞音
	ㄆ	p'	p	p	雙唇送氣清塞音
	ㄇ	m	m	m	雙唇鼻音
	ㄈ	f	f	f	脣齒擦音
	ㄉ	t	d	d	舌尖清塞音
	ㄊ	t'	t	t	舌尖送氣清塞音
	ㄋ	n	n	n	舌尖鼻音
	ㄌ	l	l	l	舌尖邊音
	ㄍ	k	g	g	舌根清塞音
	ㄎ	k'	k	k	舌根送氣清塞音
	ㄏ	x	h	h	舌根擦音
	ㄐ	tɕ	ji	ji	舌面前清塞擦音
	ㄑ	t'ɕ	qi	ci	舌面前送氣清塞擦音
	ㄒ	ɕ	xi	si	舌面前擦音
	ㄓ	tʂ	zhi	jhih	捲舌清塞擦音
	ㄔ	t'ʂ	chi	chih	捲舌送氣清塞擦音
	ㄕ	ʂ	shi	shih	捲舌擦音
	ㄖ	ʐ	ri	rih	捲舌濁擦音
	ㄗ	ts	zi	zih	舌尖清塞擦音
	ㄘ	t's	ci	cih	舌尖送氣清塞擦音
	ㄙ	s	si	sih	舌尖擦音

7　發音定義依IPA協會所訂。漢語中的「結合韻母」為結合兩個音素而成的「主要元音＋韻尾」形式，發音定義與方式亦結合兩音素之發音而完成。「漢語拼音」是中國大陸法定拼音法；「通用拼音」是臺灣法定拼音法。

	注音符號	國際音標	漢語拼音	通用拼音	發音定義
	ㄧ	i	yi	yi	閉前不圓唇元音
	ㄨ	u	wu	wu	閉後圓唇元音
	ㄩ	y	yu	yu	閉前圓唇元音
	ㄚ	a	a	a	開前不圓唇元音
	ㄛ	o	o	o	半閉後圓唇元音
	ㄜ	ɤ	e	e	中央元音
	ㄝ	e	ê	ê	半閉前不圓唇元音
韻母系統	ㄞ	ai	ai	ai	漢語結合韻母
	ㄟ	ei	ei	ei	漢語結合韻母
	ㄠ	au	ao	ao	漢語結合韻母
	ㄡ	ou	ou	ou	漢語結合韻母
	ㄢ	an	an	an	漢語結合韻母
	ㄣ	an	en	en	漢語結合韻母
	ㄤ	aŋ	ang	ang	漢語結合韻母
	ㄥ	əŋ	eng	eng	漢語結合韻母
	ㄦ	ɚ	er	er	半閉後不圓唇元音

第五節　詞的特質

　　一個發音的音節就是一個詞,詞的概念主要指的是語音層面,只不過當我們在書面上討論詞的時候,因為不能發音,於是就用記音的文字符號來做說明,於是一般人很容易混淆詞和字的異同。認識漢語的詞,除了就其音素組成、音節結構理解外,還可以從以下不同角度觀察它的特質:

一、從詞的組合序列觀察

基本結構	並列關係	意義相同、相近、相反，以對等並列的方式組合成詞。	相同：疾病、財富、明亮、語言、美麗 相近：兄弟、牛馬、妻子、國家、水土 相反：東西、忘記、出納、動靜、深淺
	修飾關係	名詞被修飾	書桌、國花、高山、好人、鬧鐘、飛機
		形容詞被修飾	彎曲、陰冷、橢圓、火急、火熱、高明
		動詞被修飾	龜裂、朗誦、快攻、急救、傻笑、凝視
	主謂關係	陳述與被陳述關係	心疼、山崩、餅乾、人為、眼花、火燒
	動賓關係	動詞加賓語	下臺、簽名、輸血、出席、鬧場、改天
	動補關係	動詞形容詞加補充詞	表明、記住、看見、慘烈、充滿、縮小

二、從聲音方面觀察

　　每個詞都承載了一定數量的語音，而有意義的聲音才是語音，所以詞和詞組，便成了我們思維與表達意義時的基本單位。從聲音上面來區分詞，可以有以下幾種不同：

單音節詞	漢語裡單音詞的數量最多，但是隨著時代社會改變，語言表達的意義量漸增，單音詞往雙音詞、多音詞方向發展，是一種歷史規律，也是現代漢語的特點之一。	你、我、他、天、地、人、詞、句、單、雙、上、下、春、冬、語、言、水、火、王、侯、內、外、高、低
雙音節詞	雙音詞的增加，反映出社會與思維的不斷擴大與精密，它滿足了以下幾種語言的使用需求： 1.減少單音詞的意義混淆。 2.便於形成同類事物的詞組。 3.增加同義詞使概念更精密。 4.創造新詞。	1.明—明天、名—名字 2.鮪魚、鯉魚、黃魚 3.道路、公路、馬路 4.雷射、電腦、經濟
三音節詞	三音節詞越往近現代數量越多，有些是外來文化頻繁的反應，有些是內部社會的多元化所產生。	巧克力、麥克風、尼古丁 大學生、執政黨、國際觀 電視機、微電腦、語言學

四音節詞	四音節詞的形成有以下幾種原因 1.成語。 2.近現代的複雜概念。 3.新式的制度。	1.罄竹難書 2.人工智慧 3.電子收費
五音節以 上的詞	近現代學術系統增大、科學快速 發展、或更綿密的社會制度等所 新增的專有名詞。	1.漢語文化暨文獻資源研究所（淡 江） 2.核子動力潛艇 3.行政院原住民委員會
同音詞	同音詞有以下形式： 1.聲音來源相同，意義同源。 2.聲音來源不同，語源相近。	1.輪、倫、崙、論、淪 2.公、工、供、宮、功

第六節　文字特質

　　漢字是世界上一種很特殊的文字符號系統，不但可以記音、表音進而表義；更可以不通過音義關係而以字形獨立表義，也就是說具有「音義聯繫」、「形義聯繫」更具備「形音義聯繫」。所以它可以是不同方言族群的共同文字，又成為其共同的文化符號。漢字除了語言功能外，又具有藝術、思維、哲學、文學等功能，是一種獨一無二的「形音義綜合符號體」。以下將從漢字的理論結構談到其應用的特質、穩定的力量、學習的便利、族群哲理的具體而微等，宏觀的來看其文化符號特質。

一、聽覺符號系統

　　文字的基本功能是記錄語音，所以每一個文字都可以發音。漢字也是如此，縱然是不具備聲音符號在形體中的「象形字」、「指事字」、「會意字」也一定有其音義結合的來源，而可以表音，更不用說是形體中已經置入聲音符號的「形聲字」了。因此漢語和世界上其他文字系統一樣，由於可以發音，然後藉由聽覺了解其音義結合的義涵，於是我們說它是一種「聽覺符號系統」。

　　漢語系統裡的音節，從發音、聽覺角度而言稱為「詞」，也就是所謂「語詞」；記錄這個音節發音的形體則稱作「字」、「文字」，這就是「詞」與「字」的差異與交集。任何一個漢字都兼具了「詞」與「字」的本質在一個形體中，「聽覺符號系統」指稱的就是「詞」的概念；而以下「視覺符號系統」則是從「字」的角度出發。

二、視覺符號系統

　　雖然文字都可以記音，但是漢字又可以通過視覺感官的型態辨析與認知來掌握文字意義，這樣的「視覺符號系統」，和世界上其他語系只能表音的「拼音文字」是截然不同的。

　　所謂「拼音文字」，是以語音的元素符號，來代表語音單位，或將一個語音再切分基本單位所形成的文字系統。換句話說也就是單純紀錄並且又可以表現語音音素的文字，例如英語的「university」這個字，它有10個字母組成，而它的音素也一共有10個[ˌjunəˋvɝsətɪ]；「faculty」有7個字母，而其音標中的音素，美語有6個[ˈfækl̩tɪ]，而英語則仍保存著7個音素[ˋfækəltɪ]。這種表現音素的拼音文字，原則上語音怎發音，文字就怎記錄，於是文字的長短就不一，像「a」一個字母可以成為一個英文字，而「antidisestablishmentarianism」這個字竟然有28個字母[8]，意思是「反對教會與國家分開的主義」，雖然它是由anti（反對）＋dis（解散）＋establishment（英國國教教會）＋arian（阿萊亞斯教義，否定三位一體）＋ism（主義）所組成，但也共構成一個字。又「floccinaucinihilipipification」這個字是由29個字母組成的，《牛津英文大字典》裡就有這個字，意思是「把某事的價值加以抹殺的行為或習慣」。

　　這種拼音文字再長，其實它只能記音表音，形體本身的符號不表義，除非通過學習系統掌握某音與某義的關係，始能認知並運用此種文字。我

---

[8]　這個字是由28個字母組成的。根據范克和華格若爾斯編的《英語新標準辭》裡面的解釋，這個字的意思是「反對教會與國家分開學說」。他曾被英國首相格來斯頓（William Ewart Gladstone，1809-1898）引述過一次。

們不稱漢字為拼音文字，而把漢字稱為「方塊字」，其實正展現了它的形體本身可以表義的特質。舉例來說，假設我們沒有學過、看過、聽過「貓」這個漢字，幾乎也不會猜這個字是一種石頭、一條江水、一棵樹，因為我們會透過「豸」這個偏旁形符掌握牠的「動物類別」，當然這是因為我們先在學習系統中，有了「部首」或「偏旁」的基本概念的前提下所得知的。接下來就是再思考牠是什麼動物呢？看到右邊的「苗」字，幾乎使用漢字的人都會先將其發音，來當做字音，於是「有種動物發音為苗苗叫」的「貓」的概念就於焉完成。沒學過「cat」的人，在沒有前後文等對比參考條件的情況下，大概盯著這個單字看三天、三年，也看不出「貓」的意思吧。

　　沒有聲音符號的漢字也可以據形觀義嗎？當然可以，只是現代漢字的線條結構多數拉直了，所以跟它要表的事物意義的型態有了些距離，例如「人」字，古文字寫作「ㄥ」，表示人側身站立之形；「山」字，古文字做「山」，是山的山巒起伏之形；「馬」字，古文做「馬」；「鳥」字，古文做「鳥」等等，其實都畫出了該事物之形，很容易辨識其意義，如果使用漢字的人又吸收了些漢字基本知識，例如文字字形演變、造字方法由來，那麼從形體掌握字義就不難了。本文第四章針對漢字「形義關係」，將有專章討論，漢字「視覺符號系統」的概念，在那裡便會有完整的認知。

　　我們說漢字是一種「視覺符號系統」，從上述的例子就可以得知，漢字不但具有形體表音功能，更具有了形體表義的功能。比起其他拼音文字，這是世界上獨一無二的一種優秀造字概念。

三、一字多音

　　文字是要供社會群眾共同使用的表義工具，如果文字符號設計太過複雜，或是數量太多，使用起來自然就不方便，或是容易出錯。例如人類思維是非常精密細膩的，而語音這個工具系統巧妙的用音節詞、詞組、句子的序列方式，來呈現人類的細膩思維。到了設計記音工具也就是文字的時

候，漢字有了一種非常具伸縮性的應用方式，那就是一個字可以發好幾個音，表好幾個義，也就是「一字多音」。

這種應用方式，節制了文字數量的不斷增加，可以避免太多文字在應用時候的混淆、錯亂。例如「中」這個字，可以唸「中間」的一聲聲調、也可以唸「雖不中亦不遠矣」的四聲聲調，而其意義不同。「興」字可以唸「興趣」的四聲聲調、也可以唸「興盛」的一聲聲調。以上是聲調差異的一字多音。另外「重」可以唸「輕重」的四聲「ㄓㄨㄥˋ」、也可以唸「重複」的二聲「ㄔㄨㄥˊ」。「說」字可以唸「說話」的一聲「ㄕㄨㄛ」，也可以唸「說服」的四聲「ㄕㄨㄟˋ」，這則是因為意義差異的一字多音。

漢字「一字多音」特質，其實源自漢語同一音節的「聲調」變化。漢語一個音節可以有多種聲調變化，表不同的意義、文字製作卻只設計一個形體，如此一來，一個漢字既可以表不同的意義，而文字的製作數量又得到簡省，對於一般應用者而言也就易於駕馭，不會因為字太多而寫錯字，同時在選字時的思考時間上也可以簡省。事實上，一字多音的主導力量仍然是語言中的「義」。為了辨義的目的，而在表義工具上產生的應用便利性，這是漢語的一個重要特質。

四、穩定與通用的符號系統

漢字從其最初的設計開始，就形成了一個穩定的符號結構體系。這裡所謂「穩定」，除了指其形體結構的變動極為緩慢外，更指使用漢字的族群在族群關係、方言差異、時空轉變上，都可以有一個共同的文字溝通系統而言。

中國境內有為數眾多的方言，而且相隔遠的方言系統，彼此語音差距非常的大，閩南人和廣東人如果用方言說話，那簡直就像兩個外國人之間的雞同鴨講。漢語的歷史之久，又是世界上最古老的語言，而歷代的語音是不斷的變化的，如果我們今天遇見了一位唐朝人，要用我們的國語跟他溝通，那也是困難重重，因為他講的是漢語的中古語音系統，而你講的

是現代漢語；如果他又是一個四川人，而你是臺灣人，那不就更難以溝通了。

　　但是中國歷代以來，卻沒有因為溝通不良而發生過族群分裂的情形，這就得歸功於漢字了。方言不同的人，筆下所寫只有一套文字系統；時代不同的人，筆下也是同樣的漢字系統。你到四川去，彼此不會講共同語，那麼你寫下「感冒藥」三個字，依然順利的買到了。你真遇見唐代李白、杜甫時，縱然你聽不懂他的話，但是你寫下「詩仙」、「詩聖」二詞，他們也會知道後代子孫是如此給他們盛譽的，可能還寫給你「不敢！不敢！」二字呢。

　　漢字在歷史上的形體演變，基本上是隨著書寫及承載工具的變化、若干社會因素的影響，而在線條上有了「趨直」的調整，在整體漢字體系的結構方面，是沒有任何突變的。這種穩定性，從漢字初造時「單音獨體的表意字」的概念，一直到今天不曾改變，所以它可以跨越族群、區域方言、時間差異而普遍使用，且所有人都將漢字視為自己的文字，也理解它是共同的族群文字。可以這麼說，如果廢除了漢字，那麼中國可能將如同古羅馬帝國分裂後的歐洲，有著許多同源而分裂的小國家了。

五、條理化的學習系統

　　為什麼很多人以為漢字的學習最為困難，那是因為一般人只從漢字的橫直線條組合、比畫多寡及筆順，來衡量漢字的難易。其實這是不了解漢字的造字理論、結構由來及發展過程，而只把書寫形式當成漢字學習的全部所造成的錯誤觀念。

　　要談漢字的學習系統，首先要知道漢字的造字方法與「字族」的形成過程。最先造出來的漢字叫做「初文」簡稱「文」，文的特點是：

　　1.獨體的、非組合的。

　　2.造字方法是用線條將事物的型態或特質描摹出來。

　　3.所表的義是最基本事物，或人類的基礎思維。

　　4.在傳統六書分類中，又分「象形文」、「指事文」兩類。

5.「象形文」所表都是世上具體存在的事物，詞性是名詞。

6.「指事文」所表都是非具體事物，例如觀念思維、狀態情況、動作動態、部位名稱等，詞性是形容詞、副詞、動詞。

7.「文」是漢字系統最早、最基本的單位。

8.其數量只有約五百個。

9.「文」是之後造「字」的基礎元素、就像積木體系中的個別積木一般。

例如「人」（小篆做ꞁ）、「水」（小篆做ꞁ）、「山」（小篆做ꞁ）、「羊」（小篆做羊）、「木」（小篆做ꞁ）、「日」（小篆做日）、「月」（小篆做ꞁ）、「石」（小篆做ꞁ）。以上這些都是象形文，都是名詞。另外，「一」字（小篆做一），是數字思維。「上」（小篆做ꞁ），是上下狀態。「八」（小篆做ꞁꞁ），是事物分別分開，背道而馳的狀態。「本」（小篆做ꞁ），是在木字下方用指事性線條，表示根部位置。「旦」（小篆做旦），是太陽從大第升起的動態，黎明之象。以上這些都是「指事」文。

有了文之後，接下來所造的漢字就都是由「文」組合而成的「字」了。「字」有以下的特點：

1.合體的、可以切分的。

2.組合的方式，是將不同意義的「文」，集合起來造成一個新的「字」，而有新的意義。

3.組合成的「字」的意義，一定由各組合元素「文」的意義，共同組成新義，沒有一個元素是不提供其原先意義的。

4.在傳統六書分類中，又分為「會意字」、「形聲字」兩類。

5.「會意字」不論其有幾個組成的「文」，每一個「文」都擔任「形狀符號」，提供不同事物之類別及意義，來共組新義。沒有一個「文」擔任「聲音符號」，會意字的聲音另有其語音來源。

6.「形聲字」不論其有幾個組成的「文」，其中的一個文除了提供意義，也同時擔任「聲音符號」的角色，提供發音。絕大多數的組合

　　成的「字」，其聲音也由其中的一個「文」的聲音來提供，這種字占漢字的九成以上。

　　7.有了這兩種造字法，字的數量就可以不斷增加了，就好像堆積木般，可以有許多的不同組合方式。例如「信」字由「人＋言」，表說話要有信用。「武」字由「止＋戈」，表示停止干戈是武勇之精神，這些是會意字。「輪」字由「車＋侖」，「榕」字由「木＋容」，「圓」字由「口＋員」，則都是具有聲音符號的形聲字。

　　有了上述四種造字法，各種形式的字族就產生了。例如：

（一）以部首為中心的字族：

　　先造了「石」這個文，之後與其他的文或字合體為「礫」、「碣」、「碑」、「磐」、「磬」、「研」、「碎」、「碓」、「砭」等等，從《說文解字》開始的歷代字典，它們都是「石」部的字，而這些字的意義一定也跟石頭相關。；先造了「示」這個文，又和其他的文或字合體為「神」、「崇」、「禮」、「祀」、「祭」、「裸」、「祈」等等，這些字均以「示」為部首，意義也一定與「示」有關。從學習角度而言，同部首的字，也一定是同類的事務，而這通常也是我們初學漢字時，第一次的字族概念。

（二）以聲音符號為中心的字族：

　　有了「侖」這個字後，配合各種不同的「形符」，也就是事務的類別，又有了「倫」「崙」、「輪」、「淪」、「掄」、「論」、「綸」等發音相同的字族。它們不但發音相同，其中心意義也相同。「侖」字的本義是「集合很多的竹簡，有條理次序的編連成冊」，之後「條理次序」就成了以它為聲符的字族們共同相通的意義了。「人倫」是倫常次序、「山崙」是山巒次序相連、「車輪」是輪子兩邊各一的平行條理、「水淪」是漣漪的條理擴散、「手掄」是手規律由下而上的舉起、「言論」是有條理次序的敘述與內容、「衣綸」是細線密密織成的衣服。

　　這種同聲符的字族系統，常常為使用漢字的人忽略，那是因為自從中國有了文字的「部首分類法」後，這些字被以事務類別為區分標準，而在

字書中分別被歸類到不同的部首中去，就好像一個家族的人被四處分散久了，最後別人也不知道它們是有本質意義上的血緣關係了。如果可以全面編出一個以聲符為標準的文字分類字書，那麼對於學習者、應用者而言，就可以更全面的掌握一整個家族文字的形、音、義綜合關係了。

我們以這個例子來看漢語的條理化學習系統：

論

1. 言——有「言語」之義：說、話、談、讀、謂、語——必皆有言語義。
2. 侖——有「條理」之意：倫、崙、輪、淪、掄、綸——必有條理之義。
3. 「言」＋「侖」＝「論」——必然是「言語有條理」之義。
4. 論理、論說、論道、論學、論述、論難、論文——必有言語條理的意義在。
5. 討論、言論、理論、推論、講高論、謬論——必有言語條理的意義在。

從「初文」到「組合字」、從「詞」到「詞組」，漢字的學習系統，緊緊的依隨著它的造字系統，掌握造字邏輯，就掌握了漢字的形音義學習，這是一個最有科學條理的學習系統。

第七節　聽覺視覺符號的藝術天性

人類用感官去接觸藝術，最主要的就是靠聽覺與視覺，尤其兩者的同時運用，更是人類藉由藝術啟迪心靈的必要管道。漢語言系統發展出漢字後，聽覺與視覺符號合一了：「形」、「音」這兩大表義要素精密的結合在字形與字音上，於是造就了漢語言系統的藝術天性，那是一種本質性的藝術基因的存在，而不是外加的。例如以下這些中國人都耳熟能詳的語言

藝術形式：

一、雙聲疊韻

　　漢語的每一個音節都分成聲母和韻母兩大結構，於是聲母相同的音節相銜接稱為「雙聲詞」、韻母相同的音節相銜接稱為「疊韻詞」。它不是為了文學而產生，在一般生活語言中就已經有很大數量，例如現代漢語的雙聲詞：

　　　　「理論」、「嘹喨」、「戰爭」、「崎嶇」、「聯絡」、「計較」、「批評」、「惆悵」、「焦急」、「彷彿」、「震懾」、「躊躇」、「腫脹」、「參差」。

　　疊韻詞：

　　　　「臃腫」、「身心」、「精明」、「蜿蜒」、「細密」、「雍容」、「徘徊」、「橄欖」、「謹慎」、「競爭」、「行動」、「榜樣」、「霹靂」、「綿延」。

雙聲或疊韻詞的兩詞之間，因為聲母相同或韻母相同，所以在發音時具有連貫性、順暢性，發音也會容易些。而且兩詞之間，通常也有意義上之相通或貫連，例如「崎」與「嶇」、「彷」與「彿」、「細」與「密」意義相通；「戰」是為了「爭」、「理」需要有條理的「論述」。事實上在「訓詁學」中已經告訴我們，這其實也就是漢語「聲義同源」、「同聲多同義」的特質。雙聲疊韻詞普遍出現在生活語言之中，是一種音義結合的自然現象。

　　雙聲疊韻詞的出現，不是現代漢語才有，我國最早的詩歌總集《詩經》當中已經很多，例如「參差」、「黽勉」雙聲詞；「窈窕」、「逍遙」疊韻詞。不過當時並不是為寫作而刻意為之，而是一種語音與語義的自然結合，在語詞中已有，而在筆下自然出現，後世許多的文字作品有著雙聲疊韻詞，也都是如此。

　　後來文學創作者又將之刻意運用於作品中，便有了「雙聲詩」、「疊韻詩」的創作。像溫庭筠〈題賀知章故居疊韻作〉：「廢砌翳薛荔，枯湖無菰蒲。老媼飽稿草，愚儒輸逋租。」每句中字都是疊韻。蘇軾〈西山戲

題武昌王居士〉則每字都是雙聲字，顯然都是刻意為之的：

> 江干高居堅關扃，犍耕躬稼角挂經。篙竿系舸菰茭隔，
> 笳鼓過軍雞狗驚。
> 解襟願景各箕踞，擊劍謳歌几舉舠。荊笄供膾愧攬秸，
> 干鍋更夏甘瓜羹。

二、平仄

　　一般人一聽到平仄，都直接以為是源自中國古典詩歌的格律，也以為平仄只是一種古老的文化，與當代生活無關。事實上從唐代起的新體詩歌，因為使用固定格律創作，所以比較容易為一般人所見所知，但是平仄的運用，其實在我們的周遭語言環境中無所不在，它不是源於文學，而是漢語每個音節中固有的聲調。以下我們簡單的從平仄的原理、發展、應用三方面來看這個漢語言特質。

　　平仄其實是漢語四種聲調的再歸類，漢語的每一個音節都有聲調差異，在古漢語裡是「平、上、去、入」四種，在現代漢語裡我們分為「一、二、三、四」。不過這些都只是代號，不能知道語音聲調的實際狀況，也就不容易從代號知道平仄。以下我們簡單說明平仄的語音意義：

平仄	古漢語聲調	現代漢語聲調	聲調形式	現代漢語例字
平	平	一	音高形式沒有變化，且以持續。	東、西、高、低
		二	音高形式是持續上升的。	陽、房、時、梅
仄	上	三	音高形式是先降後升，可以持續上升。	水、火、勇、敢
	去	四	音高形式持續下降。	氣、勢、魄、力
	入	改讀其他四個聲調	短促而無法持續。	竹、屋、卜、覺（此聲調類型，在現代漢語裡消失，但保存在各方言中）

　　簡單來說，「平聲」是一種平緩或平緩上升的調型，「仄聲」是一種下降或極短促的調型，於是二者有了音質上的明顯對比，在發音與聽覺上，可以呈現高低差異、抑揚頓挫的效果，使得漢語音的形式非常的活潑且不單調。

　　聲調一直是附屬於漢語音節的語音成分，從目前可以考證的最古老漢語到當代漢語，始終是漢語的必要成分。不過在漢代以前卻沒有有關於聲調理論的文獻記載，也就是說在那時候是一種日用而不知的語音成分，很自然的在語音中有，卻沒有人刻意研究或積極性的應用。

　　直到佛教輸入中國，僧人為了翻譯梵文佛經，於是對比兩種語言的差異，才「發現」了漢語本身在聲調上的特殊性。於是從魏晉時期起，尤其是南北朝期間，聲調的討論與應用，成了時髦的語言技巧甚至是流行話題。學者積極的論述「四聲」、講明「平、上、去、入」，寫了很多關於聲調的論文專書；文字工作者，也開始積極主動的把不同聲調應用在文字的串連中，造成刻意的抑揚頓挫的語音效果，最具代表性的就是文學上的「永明體」，像沈約、謝朓這些文學家都是代表人物。經過他們不斷的努力挖掘，試驗鍛鍊，聲調的概念與應用就不再是祕而不宣的神祕東西，而是眾人皆知的了。

　　平仄應用範疇最廣的，首推文學創作，尤其是近體詩最重要的特質，近體詩的格律重點就是平仄。平仄在近體詩和韻文中的目的，是要構成一種節奏感，作家依照聲調的不同特點，安排一種高低長短相互交錯的節奏，就形成了「聲律」。不但近體詩、韻文用平仄聲律，對聯、詞、曲也都要講求平仄，形成了由漢語言特質影響文學創作形式的最標準典型。

　　平仄只有文人可以講求嗎？非也，事實上聲調平仄的巧妙對比特質，在日常生活中也經常出現。例如成語，四個字當中就必然有平仄的對仗，「盛氣凌人」、「順手牽羊」、「破釜沈舟」、「朝三暮四」現代漢語是仄仄平平；「風調雨順」、「千鈞一髮」、「沈魚落雁」、「程門立雪」是平平仄仄。固然漢語音節本就有四聲差異，但是作為一種固定語言模式的成語，如果音讀沒有抑揚頓挫的對比節奏，不但無法朗朗上口、不好記

憶，恐怕連深入人心的作用也要打折扣了。

　　另外一種日常生活的語音平仄現象，就是每個人都有的「姓名」。中國人的名字通常習慣是三個字，如果是平仄平、仄平仄的組合，在節奏感上就比較有對比性，聽覺上也可以比較仔細抓住音的強弱。以現代漢語而言，例如「徐志摩」、「胡適之」、「王建民」是平仄平的組合；「馬英九」、「蔣中正」、「李商隱」是仄平仄的組合。當然只要是有節奏對比的三個字，自然在發音及聽覺上就比較活潑，反之像「盧國屏」這樣的「平平平」的組合，發音就單調些、聽感上也會顯的弱勢了。掌握簡單的平仄節奏，或許在有命名機會的時候，就可以派上用場。

三、對仗

　　「對仗」是經由漢語言各種結構特質，所產生的一種「對稱」美。「對稱」的美不一定只在文學中出現，科學、建築、藝術都可能發生，例如中國人蓋房子，蓋了東廂就得蓋西廂；左邊一座石獅子，右邊一定不會空著，目的就在視覺對稱，而其實更是一種心理對稱。

　　當文字工作者也將對稱心理用之於文字創作時，對仗的語言技巧就成了一種表達方式、一種格律、一種美感。所謂「對仗」，指的是兩個句子間的關係，其字數、句讀、語法、詞性，甚至平仄格律均是相同而相對的，具備這些條件的兩個句子，就符合一個對仗結構。

　　由於漢語的孤立特性，漢字的方塊特質，使得對仗結構的製作並不困難，甚至可以是很自然的形成。漢語的句子，是由詞所組成，其語法也由詞序來決定，所以通常只要基本把握住詞性的對仗，製作對仗句子就不難了。例如李白的「渡荊門送別」詩：「月下飛天鏡，雲生結海樓。」，是兩句完全對仗的經典，它可以單詞對單詞：

　　　　「月—雲」是名詞對名詞

　　　　「下—生」是動詞對動詞

　　　　「飛—結」是動詞對動詞

　　　　「天—海」是名詞對名詞

「鏡一樓」是名詞對名詞

也可以這樣對：

「月下一雲生」

「飛一結」

「天鏡一海樓」

也可以這樣對：

「月下一雲生」

「飛天鏡一結海樓」

另外像李商隱的「錦瑟」：「滄海月明珠有淚，藍田日暖玉生煙」，「滄一藍」形容詞對形容詞，但是「滄」表示大、藍是顏色，如何可對呢？原來「滄」和「蒼」同音，蒼有蒼白的顏色意義；「藍出」本是地名，此處又用為藍色，「蒼一藍」就對的工整了。這是一種「借對」，是借同音詞來相對。杜甫有一首「絕句」，也是對仗的經典：

兩個黃鸝鳴翠柳，一行白鷺上青天。

窗含西嶺千秋雪，門泊東吳萬里船。

第一聯：「兩一一」是數字對

「個一行」量詞對

「黃一白」顏色對

「鸝一鷺」動物名詞對

「鳴一上」動詞名詞對

「翠一青」顏色對

「柳一天」名詞對

第二聯：「窗一門」建築名詞對

「含一泊」動詞對

「西一東」方向詞對

「嶺一吳」地理名詞對

「千一萬」數字對

「秋一里」名詞對

「雪一船」名詞對

結構工整，對應井然，它是一首詩歌，但每一聯都像是獨立的一幅畫，四聯合觀，則更是一幅精彩絕倫的畫作，漢語應用於創作的對仗之美，於此可見，這不正是漢語的藝術天性使然嗎！在一般修辭學中，對仗有許多形式分類，例如「工對」、「寬對」、「借對」、「流水對」等等，有興趣的人很容易找到資料，此處就不再詳述。

四、回文

　　回文亦作迴文，因為句中詞語反復使用，詞序又恰好相反，而造成一種周而復始，首尾迴環的妙趣。回文詩的創作，最早當溯至晉代蘇伯玉妻所作的〈盤中詩〉。相傳蘇伯玉出使在蜀，久不回家，其妻思念已極，寫此詩於圓盤中寄予他，取其「盤旋回環」之意，以表達纏綿婉轉的感情，據說蘇伯玉讀後即感悟回家呢。詩如下圖，其讀法為「當從中央周四角」來唸，於是形成：「山樹高，鳥鳴悲。泉水深，鯉魚肥。空倉雀，常苦

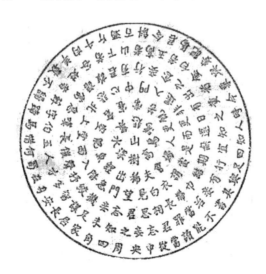

飢，吏人婦，會夫稀。出門望，見白衣……」[9]

　　而在北朝前秦苻堅時，竇滔妻子蘇蕙曾以五色絲線織成一幅「璇璣圖詩」，詩如下圖所示，詩中共841字，排成縱橫各為29字之方圖。其中縱、橫、斜、交互、正、反讀或退一字讀，選一字讀，均可成詩。詩有三言、四言、五言、六言、七言不等，據說可組成3,752首詩。可謂空前絕

```
琴清流楚激絃商秦曲發聲悲摧藏音和詠思惟空堂心憂增慕懷慘傷仁
芳廊東步階西遊王姿淑窕窈伯邵南周風興自后妃荒經離所懷嘆嗟智
蘭休桃林陰翳桑懷歸思廣河女衛鄭楚樊厲節中闈淫遏曠路傷中情懷
凋翔飛燕巢雙鳩士逈透路遐志詠歌長歎不能奮飛妄清幃房君無家德
茂流泉情悲好仇舊莪葳粲翠榮曜流華觀冶容為誰感英曜珠光紛葩虞
熙長君思悲好仇舊莪葳傷情我感傷情徽宮羽同聲相追所多思感誰為榮唐
陽愁歎身苦摧傷惟艱生患多殷憂纏情將如何欽蒼穹誓終篤志貞妙
春方殊離仁君榮身加懷憂是要藻文繁虎龍寧自感思岑形煢城榮明庭
牆禽心濱均深身加懷憂是要藻文繁虎龍寧自感思岑形煢城榮明庭妙
面伯改漢物日我兼思俯漫漫榮曜華雕旂考考傷情幽未炎傾苟難闈顯
殊在者之品潤乎愁菩艱是丁麗壯觀飾容側君在時巖在猶在不受亂華
意誠惑步育浸集悴我我何冤充顏曜繡衣夢想勞形峻慎盛戒義消作重
感故曀飄施愆映少章時桑詩端無終始詩仁顏偵寒嵯深興石姬源人榮
故道親飄生思愆精徽盛翳風比平始璇情賢喪物歲峨慮漸孽班禍讒章
新舊聞離天罪辜神恨昭感興作蘇心璣明別改知識深微至孌女因奸臣
霜廢遠微地積何退微業孟鹿麗氏詩圖顯行華終凋淵察大趙婕所佞賢
冰故離隔德怨因幽元傾官鳴辭思傷懷日往感年衰念是舊恣禍用飛聖
齊君殊喬貴其備曠悼思傷懷永感悲思憂遠勞情誰為獨居經在昭燕輦極
潔予我木平根嘗遠歎永感戚情哀慕歲殊嘆時賤女懷歎網防青實漢驕志
志惟同誰均難苦離感戚情哀慕歲殊異浮奇傾？賤何如羅萌青生成盈貞
清新衾陰匀尋辛鳳知我者誰世異浮沈華英翳暚潛陽林西昭景薄榆桑倫
純貞志一專所當麟沙流頹逝異浮沈時年殊白日西移光滋愚讒漫禎凶匹
望微精感通明神龍馳若然候逝惟時年盛有衰無日不被流蒙謙退休孝慈離
誰雲浮寄身輕飛昭虧不盈無候必盛衰無日不被價激何施電疑危遠家和雍飄
思輝光飭粲殊文德離忠體一違心意志殊價激何施電逝容節敦貞淑思浮江
想群離散妾孤遺懷儀容仰俯榮華麗飾身將與誰為逝容節敦貞淑思浮江湘
懷悲哀聲殊乖分聖賢何情憂感惟哀志節上老神祇推持所貞記自恭基湘
所春傷應翔雁歸皇辭成者作體下遺葑菲深者無差生從是敬孝為基湘津
親剛柔有女為賤人房幽處己憫微身長路悲曠感生民梁山殊塞隔河津
```

---

[9]　以下回文資料，參見宋桑世昌《回文類聚》，文淵閣四庫全書，總集類集部290，冊1,351。陸游的外甥桑世昌收集了西晉至宋的回文作品，編成《回文類聚》4卷。清朱存孝和朱向賢又收集了後來的作品，分別編了《回文類聚補遺》和《回文類聚續編》。

倫，教人歎為觀止。今舉右上方方格一例說明：「仁智懷德聖虞唐，貞志篤終誓穹蒼。欽所感想妄淫荒，心憂增慕懷慘傷。」若倒著讀則為：「傷慘懷慕增憂心，荒淫妄想感所欽。蒼穹誓終篤志貞，唐虞聖德懷智仁。」

　　後人群起仿效，使「回文詩」成為中國詩體中的特殊形式。它是一種透過漢語音的聲韻之美，借用單音獨體方塊字的特性，巧妙結合成的遊戲式的文體。回文的基本形式有三種，第一種是正著讀，倒著讀都是同一個句子。例如：

> 霧鎖山頭山鎖霧，天連水色水連天。
> 月為無痕無為月，年似多愁多似年。
> 別離還怕還離別，懸唸歸期規唸懸。

第二種是順著讀是一首詩，倒回來讀也是一首詩。例如王安石「碧蕪」詩：

> 碧蕪平野曠，黃菊晚村深。客倦留酣飲，深閒累苦吟。

若倒回頭唸則成為：

> 吟苦累閒深，飲酣留倦客。深村晚菊黃，曠野平蕪碧。

又如蘇軾的「題織錦圖」正著讀、倒著讀都是詩：

> 春晚落花餘碧草，夜涼低月半梧桐。人隨雁遠邊城暮，雨映疏簾秀閣空。

> 空閣秀簾書映雨，暮城邊遠雁隨人。桐梧半月低涼夜，草碧餘花落晚春。

　　以下第三種更絕妙了，一首詩的任一個字都可以起句；正著讀、倒著讀也都是詩。例如宋代錢惟冶的「春日登大悲閣」：

　　　　碧天臨閣迴晴雪點山亭夕煙侵箔冷明月斂閑亭

這二十個字可以任一個字為起點，往左唸成一首五言詩；任一字為起點，往右唸也成一首詩。於是一共有五言詩歌40首，而且每首都押韻。例如從其中「雪」字起往右讀、往左讀，便有兩首詩：

　　　　雪點山亭夕，煙侵箔冷明。月斂閑亭碧，天臨閣迴晴。
　　　　碧天臨閣迴，晴雪點山亭。夕煙侵箔冷，明月斂閑亭。

　　歷代許多文人，閒來做幾首回文詩，詩歌做出來了，遊戲的目的也達到了。不過要能完成這樣的回文結構，沒有漢語音的單音節形式、漢字的獨體方塊字體，就不能完美做到。從漢語的起源開始，這種藝術與遊戲兼具的天分，就已經含藏在漢語系統裡了。

　　回文中還有一種「寶塔詩」，也是漢字的有趣創作，它是中國傳統詩歌裡的雜體詩類。在律詩體制裡本有一種由唐代張南史所開展出的雜體詩「一至七字詩」，元稹、白居易都曾寫過這這種詩，後來又將文字疊成塔式，遂叫「寶塔詩」，由上而下逐行讀出便成詩歌。如張南史的這首〈月〉：

　　　　　　　　　　月。
　　　　　　　　暫盈，還缺。
　　　　　　　上虛空，生溟渤。
　　　　　　散彩無際，移輪不歇。
　　　　　桂殿入西秦，菱歌映南越。
　　　　正看雲霧秋卷，莫待關山曉沒。
　　　　天涯地角不可尋，清光永夜何超忽。

一般寶塔時格律寬鬆，押韻自由、句數也無限制，可長可短，只要排列成
塔形狀就可稱為寶塔詩。又如元稹的〈茶〉：

茶。
香葉，嫩芽。
慕詩客，愛僧家。
碾雕白玉，羅織紅紗。
銚煎黃蕊色，碗轉麴塵花。
夜後邀陪明月，晨前命對朝霞。
洗盡古今人不倦，將知醉後豈堪誇。

又如唐末五代杜光庭的〈懷古今〉，是詩、是詞也可以是文了：

古，今。
感事，傷心。
驚得喪，歎浮沈。
風驅寒暑，川注光陰。
始炫朱顏麗，俄悲白髮侵。
嗟四豪之不返，痛七貴以難尋。
夸父興懷於落照，田文起怨於鳴琴。
雁足淒涼兮傳恨緒，鳳臺寂寞兮有遺音。
朔漠幽囚兮天長地久，瀟湘隔別兮水闊煙深。
誰能絕聖韜賢餐芝餌術，誰能含光遁世煉石燒金。
君不見屈大夫紉蘭而發諫，君不見賈太傅忌鵩而愁吟。
君不見四皓避秦峨峨戀商嶺，君不見二疏辭漢飄飄歸故林。
胡為乎冒進貪名踐危途與傾轍，胡為乎怙權恃寵顧華飾與雕簪。
吾所以思抗跡忘機用虛無為師範，吾所以思去奢滅欲保道德為規箴。
不能勞神效蘇子張生兮於時而縱辯，不能勞神效楊朱墨翟兮揮涕以沾襟。

五、書法

　　「書法」是中國文字的最普遍藝術形式，中國書法之美，舉世聞名，而其美在何處？如何是美？其實跟漢字的結構型態是不能脫離關係的。首先，點、畫本身要美。中國書法講究線條美，必須要有力量，所謂力量不是說寫的時候要用力的那個力，而是這個力表現在墨和筆鋒的運用上，一條直線中間看起來有凝聚力，線條四周又很飽滿，才叫做有力。此外，筆鋒和紙面接觸所用的力道也很重要，輕飄飄的，或是墨色太濃重顯得髒亂混濁，就不太美了。

西周金文《禽簋銘》

秦篆《泰山刻石》

　　點、畫除了每一筆都要寫得美之外，點與畫之間的比例、位置、粗細等搭配，也是很重要的。點與畫之間要互相呼應，一氣呵成，不要寫得支離破碎，好像用火柴棒拼起來的字一樣。點與畫之間，也有大小跟粗細對比所構成的美感。例如「永字八法」，代表中國書法中筆畫的大體，分別是「側、勒、努、趯、策、掠、啄、磔」八畫。這八法如下：

　　側 、 筆畫一「側」：筆鋒著紙後向右，慢慢加重力道下壓再慢慢上收轉向，迴筆藏鋒視情形改變其角度。

漢隸，曹全碑

隸書，晉代《華芳墓志》

筆畫二「勒」：筆鋒觸紙向右下壓再橫畫而慢慢收起，作一橫向筆畫。

筆畫三「努」：為一直向筆畫，以直筆之法作開頭，豎筆慢慢向下寫，向左微偏作一曲度後返回，其筆畫不宜直，否則無力。

筆畫四「趯」：當豎直筆畫完後，趁其勢頓筆再向左上偏，一出即收筆向上。

筆畫五「策」：筆鋒觸紙向右壓再轉右上斜畫而慢慢收起，要點是需輕抬而進。

筆畫六「掠」：向左下的筆畫，必須快而準，取之中的險勁為要節，出鋒需乾淨俐落，利而不墜。

筆畫七「啄」：又稱短撇，為一向左下之筆畫，如同鳥啄樹般的力道和氣勢。

永 筆畫八「磔」：向左下之筆畫，徐徐而有勁，收尾時下壓再向右橫畫而慢慢收起。

　　寫中國字如果每個字的每一條線都中規中矩，看起來很清楚整齊，但是滿單調的，也談不上特殊的美感。而同樣的幾個字，用比較有變化的方法呈現出來，你會看到有主線、副線、粗線、細線、小點、大點，有的排列很密，有些排列很疏，這樣才產生一種更立體，更有趣味的視覺美感，例如「草書」：

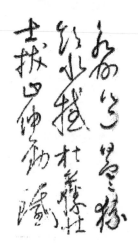

草書，唐代懷素《自敘帖》

草書，唐代張旭《心經》

　　無論是點、畫與線條，其實這正是構成漢字結構的主體型態，再加上使用軟筆書寫，這些點、畫、線條自然有了豐潤渾厚的生命力。大部分漢字的結構，是由初文組合而成的，在為表義而組合的過程中，自然就有了各種各樣的組合方式。直到今日累積了漢字五萬個，每一個都是獨立個體，而有其組合上的邏輯。當書法藝術具體成形後，漢字與書法成了相得益彰的完美藝術，漢字有著書法藝術的因子，而書法藝術是來自於漢字的藝術天性，除了漢字沒有其他文字系統可以比擬。

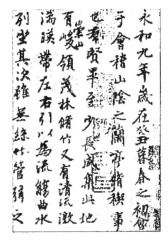

行書，晉代王羲之《蘭亭序》

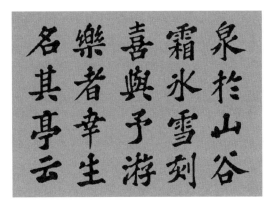

楷書，宋代蘇東坡《豐樂亭記》

　　中國字除了視覺和結構上的美之外，它還能傳達出每個人的個性，以及每個時代不同的風格。我們常常說字如其人，往往不是說某人寫的字像他的外形，而是像他的內在氣質。所以一個大男人，說不定他是一個詩人，因此他寫的字很飄逸俊秀；而一個瘦小但胸懷大志的女性，也能寫出渾厚、氣勢磅礴的字體，漢字、書法、藝術在這時候，與中國人的總性格、個別性格都融合了。

第八節　漢語結構與族群思維

　　漢語的單音、獨體、方塊字這些特質，如果我們和族群思維來連結的話，一定會發現這是很有趣，也很有邏輯性、族群性的相應關係。

一、格局方正

　　中國人居家，喜歡格局方正的建築型態，從最早的宮室建築的格局方正，到今天我們的小小公寓，從貴族到平民，大家都要住方正的房子。房子的地基是方正的、房子的外圍是方正的、內部的房間也要是方正的。

「格局方正」，懂的、不懂的，反正賣房子的文宣中，個個都說他們的房子格局方正。漢字是格局方正的嗎？是的，從周朝開始，漢字逐步進入了「定型化」的發展，這指的是「筆畫定型」、「結構定型」、「輪廓定型」，筆畫不可以或多或少，或方或圓，要是均勻的線條。組合結構不可以上下左右自由搬動，要有固定的位置。而輪廓呢，不可以再長短、大小、高低參差不齊了，必須是一個整齊的方塊輪廓。這樣的發展，到了「秦篆」，也就是我們一般熟知的「小篆」，這定型就完成了，再到了「漢隸」階段，所有漢字真正的統一在一樣大小的框框裡，成了「格局方正」的「方塊字」。天天使用方塊漢字的人，每天住在方正房子裡的人，這兩種思維統一在「輪廓定型」中了。

二、平衡對稱

　　我們又習慣於「平衡對稱」的視覺與思維感受，大大的紅門右各一扇；門口左右各一頭石獅子；東廂房、西廂房；東門、西門、南門、北門；臺北的「中正紀念堂」前，左一個歌劇院、右一個音樂廳。我們不喜歡「七上八下」，因為找不到心裡的「平衡點」；結婚嘛，要找個門當戶對，兩家也好平衡對稱；寫個春聯吧，左右各一幅，外加個上聯好平衡。漢字絕大多數是組合字，組合的基本結構有三種，「左右式」例如「淡」、「江」、「河」、「海」；「上下式」例如「春」、「夏」、「高」、「基」；「內外式」例如「國」、「圍」、「團」、「圓」。不論哪一種，或是更複雜的組合，結構的「平衡對稱」都是必要的。反映在書寫上正是如此，從小我們學寫漢字，應該都還有記憶，左右式的字寫得太分開、上下式的字中間空了太多、內外式的框框不夠方正，這些都會立刻招致老師的糾正，而且比寫得潦草還引起關注。為什麼呢？因為不夠「平衡對稱」，這和我們的視覺與思維感受大大不符囉！

三、耿介正直

　　「耿介正直」、「表裡如一」是中國人欣賞的個性，在官場、在商

場、在民間，耿介正直的人始終被尊重、表裡如一的人才被信賴。漢語音節的長度大致相當，因為最大音素量是固定的，在漢語歷史上，始終不超過6個音素，所以在發音及聽覺上，漢語是長度相當的「單音節」，不會忽長忽短。反映在記音的文字型體上，漢字也就成了大小相同，方方正正的結構形式。

從漢字內部結構來看，每一個構件都有應該在的位置，或左右或上下或內外組合，均有其位置意義，例如「國」乃城邦之義，裡面的「或」字為聲音符號，外面的「口」字，就代表了方正城邦的四圍，也就是城牆的型態，這個「口」字自然不可以內外不分的。「說話」二字的左邊是「言」，說話即是「言語」，「言」字作為左邊偏旁，更是「部首」之一。長期以來，使用漢字的人已經習慣的先看左邊的偏旁構件，以理解其事物類型；而後找右邊的偏旁構件，嘗試發音，因為漢字九成以上都是形聲字。這種用字習慣，當然起於漢字的造字原理與型態，外形方正、內部構件均勻分布，形、音、義圓融集中在一個天地裡，這不就是「耿介正直」、「表裡如一」的民族思維與性格嗎！

四、人生哲理

中國人的人生哲理，透過漢字的小天地，也表達的淋漓盡致。人與人說話溝通，最重信用，言而無信是嚴重的缺失，「信」用這字，就是「人」與「言」的組合。中國人尚武，但何謂「武」，是逞兇鬥狠？是有勇無謀？當然不是，只看「武」字由「止」、「戈」組成，戈是兵器、止為停止，便知「武勇」的中國思維，是「能化干戈為玉帛，乃為勇者。」「和平」與「武勇」在這思維中取得了平衡。俗話說「師出有名」、「正義之師」，其實都反映了中國人不好戰、愛和平的族群思維。漢字將這些哲理思維，具體而微的呈現，在民族的悠久歷史中，不斷的寫漢字、用漢字。思維與漢字的精密互動，造就了世上最深厚的民族哲學。

第九節 族群集體意識——漢語文化圈

　　語言是社會產物、文化產物，是一個族群共同的符號。它可以隨著社會文化的不同領域轉移，而都成為代表圖騰，例如在政治上，語言文字是國家象徵圖騰，所以有官方語、官方文字。在族群上，語言文字是族群的象徵圖騰，說什麼話、寫什麼字，縱然政治上國家不同，卻互相知道是同文同種的同一族群。例如英國人、美國人同文同種；新加坡人、臺灣人同文同種；法國人、加拿大魁北克省法語區的人，也同文同種。反過來說，就算同文而不同種，仍然會有集體意識，例如日本、韓國，許多節慶、風俗、禮儀、宗教和中國一樣或相似，因為他們也使用漢語言。

　　都使用漢語音、漢字的區域，形成了「漢語言文化圈」，在語言系統的耳濡目染中，有了集體的文化行為與意識。亞洲許多區域有端午節、中秋節；有綿密家族系統，重孝道；有同樣的經典素養，例如孔子、孟子的言論思想，被覆亞洲。「朝三暮四」、「一舉兩得」、「馬耳東風」、「大器晚成」、「大同小異」、「單刀直入」、「九牛一毛」，如果你在韓國寫下這成語，你會很驚訝，他們也是這麼說、這麼寫、這麼用，意義也跟我們完全一樣。

　　都使用漢語音、漢字的區域，也形成了「漢語言歷史圈」，有著集體的歷史概念與文化延伸。孔子、孟子、老子、莊子，東北人知道，閩南人知道，亞洲人也知道；「孫子兵法」四川人練、臺灣人練、全世界都在練。忠義之神關公、智者諸葛亮、千變孫悟空、好色豬八戒、月中神女美嫦娥，中國人知道、臺灣人知道、亞洲人知道、也普遍流傳。

　　都使用漢語音、漢字的區域，又形成了「漢語言藝術圈」，有著集體的藝術形式與概念延伸。中國的書法、繪畫在亞洲成了共同藝術，日本人、韓國人寫書法用漢字；潑墨山水畫、工筆宮廷畫，在亞洲隨處可見，甚至在一般人家裡。臺北的地標「中正紀念堂」，紀念蔣中正這位總統在臺灣的建樹，但是隨著臺灣的政治轉變，反蔣的政治與民間勢力，積極在這些年進行「去蔣化」、「去中國化」的行動，藉此逐步達成臺灣獨立改

國號的終極目的。2007年5月19日，陳水扁和配合「去中國化」最力的教育部長杜正勝，在「中正紀念堂」為他們設計下的改名活動，進行新名稱的盛大掛牌儀式。「中正紀念堂」在主政者主導下、「統派」反對下，要改名為「臺灣民主紀念館」，這個杜正勝精挑細選的新牌子上，用「中國書法家歐陽詢」的字體，寫下了新名稱。縱然自封為臺獨努力的政客，也陷入了莫可去除的中國文化遺傳基因中。因為他們想建立的「臺灣國」，寫中國字、說中國話、用中國閩南方言；因為所謂的「臺灣國」也在「漢語言藝術圈」中，和中國的藝術文化思維一脈相承。所謂同文同種，在這裡看到最好的例子。

　　一個族群，有共同的語言文字，於是也造成族群的集體意識，從政治到社會、經濟、宗教、藝術、教育、歷史、民情、風俗、飲食，在在都有著集體的意識形態。也由於這集體意識，於是這個族群不會割裂，可以永續團結發展，創造優質與悠久文化，「漢語言文化圈」正是最好的典範。

第三章
漢語歷史與社會文化變遷

　　從語言的社會工具義來說，語言變遷與社會文化的變遷是互動的。社會出現變化時，語言必須及時提供社會溝通的新需求，產生語言新形式，例如新詞；反之我們根據語言現象的變化，也就知道了社會變化的型態與內容。文化的模式與內涵，直接在社會中反映，所以研究語言與文化關係，必須掌握歷史上語言變遷與社會變遷的互動關係。

第一節　古代漢語與社會文化變遷

一、先秦時期

　　周代可以說是漢語系統一個劇烈變動的時期，語言系統大量進入文獻的紀錄中，九流十家的學術典籍，讓我們看到了此時期的語言系統蓬勃的豐富性。

㈠西周社會與語言的定型特質

　　漢語系統在西周的時候，穩定發展。從甲骨卜辭中的單詞、短句形式，演進到毛公鼎的498字長篇，這直接反映了由商入周時社會的擴大，包括政治的統一、國家的形成、封建的政體、農業的發達、宗法制度的形成、禮儀法度的建立等等，都需要語言系統在單字、詞彙、句法、段落、篇章上的擴大，以完成周代建國的文書紀錄與社會穩定需求。西周金文部分，與前期相較，其字型發展大體是「定型化」的發展，從結構到筆畫都比較固定，這也和西周平穩的封建體制相關。此時期的王室與諸侯關係良好，政令的普及區域廣大，因此各區域的文字使用也較為統一，文字就容易朝定型發展。

西周毛公鼎及其銘文

西周散氏盤及其銘文357字

㈡東周社會動盪與語言分化

到了東周春秋戰國時期，社會出現重大轉變，首先是周天子權力逐步瓦解，諸侯割據形式正式開始，小國逐漸被大國吞併的情形下，區域色彩濃厚的文化圈漸次形成，例如齊魯文化圈、南楚文化圈、西晉文化圈、東南的吳越文化、西方秦國文化。這種情形當然造成語音分歧的現象，《論語・子路》篇中提到：「子所雅言，詩、書、執禮，皆雅言也。」「雅言」就是當時的官方共同語，以首都鎬京（長安）地區語系為主，孔子在課堂上、正式場合中，都講共同語。〈子路〉篇又說：「誦詩三百，授之以政，不達；使於四方，不能專對；雖多，亦奚以為？」為政要能誦《詩》，《詩》、《書》又以雅言教學，這就看出孔子提倡「共同語」的主張了，當然也由此看出當時的區域政治與方言勢力之龐大。

社會分裂，也造成了東周文字的異化，主要表現在當時文字「六國異形」，例如：

這種各國文字的差異，其實不是漢字系統的本質分化，或是新文字系

統的產生，而只是筆畫、結構上的小有不同而已。這跟現代漢字在海峽兩岸間的正簡差異，也完全不同。究其因，首先是戰國文獻量大增，各地書寫頻率突然提升，而區域文化形成後，各自書寫習慣也有所差異。其次則是政治分裂的具體反映，各國既然獨立自主，天子政令也只是形式，那麼突顯國家主權色彩就相形重要，文字是族群的圖騰，在此也成了諸侯國之間的差異圖騰之一。

　　東周是一個思想蓬勃的時期，從政治以下的社會各環節，出現了分裂所形成自由發展的奔放思潮，所有為了解決政治、經濟混亂情勢的學者、思想家，紛紛著書立說傳播思維，以攫取政治與學術主流地位，從春秋的「語錄體」著作，到戰國的長篇大論，就是最具體的明證。這些長篇大論的出現，也讓我們看見了東周語言的豐富特質，他必須要有社會新詞的加入、豐富的共同語與方言語彙、長度擴張的句子、正反思辨的語言邏輯、甚至寓言、神話、比喻等等的特殊語言設計。這些語言上的豐富變化，在在反映了東周社會的豐富性。如果我們再看一下春秋到戰國盛行的文字「鳥蟲書」（如下圖），其筆觸設計、造型變異、流行程度等特質，確實具體而又傳神的為我們總結出，東周時期「急遽動盪」而又「生機勃勃」的社會與文化規模。

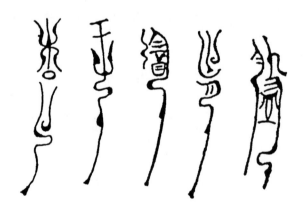

漢代玉印「夷吾」

漢代玉印「日利」

二、秦漢時期

(一)政治與秦篆的一統化

秦代統一天下，戰國的蓬勃生機嘎然而止，一切回歸統一，「小篆」就是最好明證。「小篆」是戰國時秦國文字，作為統一天下的文字順理成章，尤其秦國政治「統一」與小篆的「定型」特質，在後來歷史發展的情勢中，就證實了語言與社會的積極關聯。「小篆」字型有三大特質，一是「輪廓定型」，由前期文字的長短、大小、高下參差不齊，變成整齊的方形，真正的「方塊字」從此定型。二是「筆畫定型」，由前期的筆畫方圓、粗細不等，變成均勻圓轉的線條定型。三是「結構定型」，從前期的偏旁上下、左右自由書寫組合，變成固定的相對位置，文字異形的情況大大降低。「定型」特質也就是「統一」特質，試想，秦國在戰國時期就已經著手進行國家的「統一」規劃，語言文字與法律、軍事、制度的統一相同重要，天下會被秦國大一統，也是其來有自的。

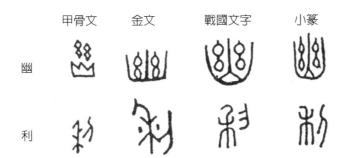

㈡多元社會與語義通釋

　　語詞與語義的統一性，延續先秦時期的發展，在秦漢時期獲得了重大成就，專門探討語義的《爾雅》就是這部分的代表，它首次將漢語詞彙「分別部居、類聚群分」，分出「一般詞」和「專門詞」兩大類，並且「釋古以今、釋雅以俗」。從這裡可以反推，漢語詞彙與語義從三代發展到了秦漢之際，已經有了重大的轉變，尤其歷經春秋戰國的思想、學術的蓬勃語言運用，許多語言中的「形」、「音」與「義」的關聯性擴大了，字形數量、雅言方言的語音詞彙都普遍增加，不同的「形」與「音」卻有了引申可通的「義」，於是針對這些錯綜複雜而予以通釋，便成了因應社會擴大與進步的必要工作。《爾雅》是一部詞彙專書，詞彙的發展受社會發展的影響最大，在《爾雅》語詞通釋、統一的語言研究目的中，正也透

露出了先前那個時期社會與文化的複雜多元性。

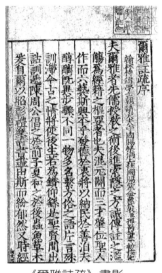

《爾雅註疏》書影

㈢地方制度與方言勢力

　　語音部分，漢代是上古音系的最後階段，共同語的部分承襲了周代鎬京（長安）、雒邑（洛陽）音系，又稱作「通語」。漢代統一天下後，實施中央與地方制度，語音部分就以「通語」作為官方語言，但是漢代語音的熱鬧發展倒不在通語上，而在方言的大量運用，使得方言學的成果也非常豐碩。周代以來，一直在中央政府裡設有採集方言的官員，以供官員了解各地事件與風俗。漢代行中央與地方郡縣制度，不再行諸侯國封建，於是各地方的方言母語並陳使用，也因此採集方言的工作更加重要，揚雄《方言》一書便在這種環境下產生。《方言》仿《爾雅》體例編成，先列舉各地方言同義詞，然後用一個常用語或是當時的通語來做解釋，並且還說明了方言的來源區域。作為第一部方言調查專書，《方言》有三大特色：

　　第一、大量系統的記錄了漢語方言詞語，在解釋過程中提示了漢語語義變遷的發展。

第二、透過方言的互相通釋，便利了區域間的互相交流。

第三、蒐集的方言區域眾多，勾勒出了漢語方言的區塊分布。

從《方言》一書的編撰，我們可以知道漢代政治雖是一統，但是社會的地方區域體制，卻也更凸顯了區域文化與思維差異，這種方言系統的熱鬧蓬勃，比起周代有過之而無不及。

(四)區域擴大與文字簡化

漢代通行的文字叫做「隸書」，但並不是漢代人所創，它起於戰國時代秦國，由於秦孝公任用商鞅改革變法，國力增強後對內對外的文字使用量大增，所以出現了一些簡化的俗體字，以便快速書寫[1]。秦統一天下之後，文書數量更是大增，這種簡化的俗體字開始在監獄中正式運用。《漢書·藝文志》說：「是時始造隸書矣，起如官獄多事，苟趨省易，施之於徒隸也。」又《說文解字敘》：「秦燒滅經書，滌除舊典，大發隸卒，興役戍，官獄職務繁，初有隸書，已趨簡易，而古文由此絕矣。」從獄政使用而普遍，到了漢代小篆不再通行，由隸書取而代之，所以許慎說：「古文由此絕」，這也是許慎寫《說文解字》的目的了。隸書的主要形式是秦篆的簡化，使得書寫快速，這就反映了秦漢在政治統一後，由於地方政府行政區擴大，基於保衛政權、擴張政令行使區域的理由，於是簡易快速溝通方式產生的社會現象了。

(五)精確語義與大一統特質

秦漢的「大一統」特質，還可以從當時語言研究中的「語義推求」來反映，尤其是當時研究語音與語義關係的部分。影響語音與語義結合的關鍵是民族習慣與社會制約，一旦二者在語言初期結合，往後就不是人為可加以改變。隨著語言的發展，新的語詞不斷產生，這孳乳的語詞在意義上一定也源自於源初的語詞語義。不過語音是很容易轉變的，時間一久，當語音有了變化，這語詞的語義雖然沒有改變，但是發音卻已不同，一般使用的人在語義掌握上就會產生落差。

---

[1] 參裘錫圭《從馬王堆一號漢墓遺冊談古隸的一些問題》，《文物》第一期，1974年。

漢隸「華山廟碑」

　　漢語上古音經過周代八百年運作，不可能沒有音變，而秦漢時期就是音變的一大階段，漢代又接收周代大量的典籍，並且推廣學術研究，甚至以儒家治天下。在大量閱讀先秦典籍的過程中，很快的學者發現，很多舊語詞音變，一般人對很多新語詞的語義認知，也和源初語義有了間隙，於是以語音上溯語義的研究從此展開，《說文解字》中許慎辨析形聲字「聲符」、又經常使用「讀若」、「讀如」這種「聲訓」，也起於上述背景。漢代以聲音上溯語義的最經典是劉熙的《釋名》，它仿《爾雅》體例，將語詞按類編排，但以同音字或音近字作為解釋的主體，成為「因聲求義」的「聲訓」專書。

　　秦漢的大一統政體，與著重溝通的大社會需求，使得語義的統一與正確精密相形重要。這可以從《釋名》的三大特色中窺出：

第一、《釋名》是中國最早系統研究語音語義關係的專門著作，這反映出語音表義的精準在當時的需要。

第二、《釋名》開始嘗試科學的描寫某些詞的語音特點，這反映出發

音的精準是表義完整的必要條件。

第三、《釋名》從科學的音義關聯上整理出部分的詞族系統。這反映
當時社會對語言系統龐大所需要的條理化概念。

語言系統固然提供社會應用，但是龐大的語言系統，往往也使使用者陷入
分歧與誤用，這對於一個社會的文明進步是有必然阻礙的。尤其是處於周
代分裂後急需力求社會完整性的漢代，我們看這時期對於文字、語音、語
義的諸多政策規劃、學術研究成果也就不難理解了。

三、六朝時期

(一)佛教時代與語言反思

魏晉南北朝，長達三百六十多年的急劇動盪，社會的各個層面都與
前期迥然不同，語言的發展也有著特殊的變化。六朝社會除了政治的變
動、門閥的尊卑影響社會深遠外，佛教的大盛也對社會與語言有著莫大的
影響，甚至語音的拼音法「反切」，也是在這時期才深入了社會。而「聲
調」這種一直存在漢語音節中的語言要素，在此時被「發現」後，竟然成
了社會的「流行文化」；「雙聲」、「疊韻」也一樣吸引社會關注；而複
音節詞在此時期逐漸成為語詞的普通結構。以上這些語言發展現象，都與
六朝社會變遷有著密不可分的關係。

佛教在東漢傳入中國後，六朝是經典翻譯的全盛期，從翻譯梵文過
程中的不順暢，開始檢討起自己的語言特質，這是六朝語言研究與發展的
重要起因。首先是漢語音節結構，在此時期有了具體的認知，包括「聲
母」、「韻母」的音節段落、數量、發音方式等。理解漢語音節，就理解
了「雙聲」、「疊韻」的漢語特質，影響文學、語言學深遠的「韻書」，
就在魏代出現了第一本，此後歷代編修不斷，文學創作與古漢語語音系統
建構都離不開它。連「雙聲」的語音知識，也因為對漢語音節的理解，而
成了社會上說話的時髦方式，梁元帝《金樓子‧捷對篇》：

羊戎好為雙聲，江夏王設齋使戎鋪坐，戎曰：「官家前

床，可開八尺。」王曰：「開床小狹」，戎復曰：「官家恨狹，更廣八分。」又對文帝曰：「金溝清泚，銅池搖漾，既佳光景，當得劇棋。」

應答全是雙聲詞。「官家」都是知識份子，對於音理當然易通，不過這在六朝，可不是知識份子的專利，請看下面這位小妹妹，《洛陽伽藍記》：

隴西李元謙能雙聲語，嘗經郭文遠宅，問曰：「是誰宅第？」，婢春風「郭冠軍家」，元謙曰：「彼婢雙聲」，春風曰：「儜奴慢罵」。

所有對答都是中古音的雙聲詞，而春風只是一介奴婢呢，可見音韻的概念在當時的通行。

「聲調」本是漢語音節的必要附屬成分，也一直存在漢語系統裡，不過到了六朝，「聲調」隨著佛經翻譯時的漢語研究，也成為知識份子創作時的流行。知識份子將漢語聲調的高低對仗，置入文字創作時的選字思考，以求聲律的和諧對比，創造了齊梁時代「永明體」的大盛，王融、謝朓、沈約是其代表，主張「四聲制韻」，開啟了後來唐詩字字平仄的新詩體。

(二)階級與語言雅俗的對立並存

如果「雙聲」、「疊韻」、「聲調」屬於士大夫的的語言與創作習慣，那麼「口語」必然就屬於俗民社會了。佛教影響六朝社會之廣，連語詞中的口語很多都來自佛經，例如許多到今天仍是口語的語詞：「有所」、「無所」、「妻子」、「生死」、「出入」、「究竟」、「睡覺」、「假使」、「若是」、「障礙」等等的佛經語言[2]，大量的進入社

2　竺家寧〈佛經語言綜述詞彙篇〉，佛教圖書館館刊，44期，95年12月。

會語言中，相較起前期的單音詞彙，這些口語也使漢語從六朝起進入複音詞的時代。知識份子大量運用漢語音特質，從事文學創作乃至溝通交談，而平民社會大量運用口語、俗語、俚語，這種語言中的雅俗相對性，與六朝時代上層貴族重階級、下層社會顛沛流離的對比性，是完全符合語言起於社會、語言反應社會的邏輯性了。

㈢政治分裂與語言方俗

秦漢時期的社會意識普遍是「統一」，所以語言文字應用也趨向統一，揚雄花二十幾年所編的《方言》，其目的不在突顯區域族群意識，而在供中央維持「統一」。六朝剛好相反，三百多年從未統一，東西分裂、南北分裂，從政治到經濟，從語言到文化，很長一段時間大家只有「分裂」、「差異」、「對比」的觀念。甚至西晉以前以洛陽音為「國語」，東晉以後又與新都建康（南京）的吳語合流，形成「金陵雅音」，為南朝沿襲，加上各地群雄割據勢力下的方言勢力，我們以今天臺灣地區的語言與族群議題來對照，就知道那個時期的分裂態勢有多強烈。《顏氏家訓》是研究六朝必讀的經典，從教子的目的中，顏之推觸及了許多的社會議題，而後歸結於儒家。在〈音辭篇〉中有一些發人深省的語言與社會觀念：

> 夫九州之大，言語不同，生民以來，固然常矣。自《春秋》標齊言之傳，〈離騷〉目楚辭之經，此蓋其較明之初也……孫叔言創《爾雅音義》，是漢末人獨知反語。至於魏世，此事大行。高貴鄉公不解反語，以為怪異。自茲厥後，音韻鋒出，各有土風，遞相非笑，指馬之喻，未知孰是。共以帝王都邑，參校方俗，考核古今，為之折衷，摧而量之，獨金陵與洛下耳。南方水土合柔，其音清舉而切詣，失在浮淺，其辭多鄙俗。北方山川深厚，其音沈濁而鈋鈍，得其質直，其辭多古語。

以下三個觀點很重要：

第一、「九州之大，言語不同，生民以來，固然常矣」，說方言的差別是地域不同所造成，地域差異又有社會的差異，各地有方言，事屬正常，不足為怪。

第二、面對方言土語，大家「遞相非笑」，雖然這是錯誤觀念，但是推行「國語」，以首都之音為標準，也是必要的。

第三、說南北方言差異，是山川水土差異所造成，也就是地理環境的影響，所以南清北濁、南婉轉北僕直、南鄙俗北古語。

〈音辭篇〉常常被拿來討論語言的歷史與區域問題，這方向很必要。不過如果用語言的社會屬性這角度來看它，會發現其實更有趣：

第一、顏之推極力強調語言差異，是自古而然，又上追到春秋戰國的上古音系去找分明，這是否也說明了當時社會「語言對立」的劍拔弩張？「語言對立」必然因為「區域對立」，「區域對立」又一定跟「族群對立」扯關係，六朝時期有「五胡亂華」、有「北人南遷」、有「階級對立」、「貴族瓦解」、當然也有基本因素的「政治分裂」等等的社會問題。從這些社會亂象看來，顏之推大聲疾呼方言並存的歷史觀照，是其來有自的。我們輕鬆的想想，北京、上海人有沒有心結？東京、大阪人有沒有心結？漢城、釜山人有沒有心結？紐約、德州人有沒有心結？那臺北、高雄人呢？如果有，那我們對魏晉南北朝這三百多年的混亂一場，真是要抱予同情之心了。

第二、顏之推又力促「推行國語」，因為金陵洛陽音具有共同語歷史地位。又說推敲究竟，這帝王之都的語音最為正宗，且可以折衷包容，所以大家就尊王而尊「國語」吧！南北朝雖然沒有春秋戰國那麼長，不過從西元420年到589年，169年中出現了「宋」、「齊」、「梁」、「陳」、「北魏」、「東魏」、「西魏」、「北齊」、「北周」等大國南北對峙，南北兩方自己呢也好不到哪去，內部的「東西對峙」一樣沒停過。有人反對金陵洛陽「國語音」嗎？有，有很多人、很多區域都想「取而代之」呢！難怪顏之推的「語言統一論」、「語言和平論」在此時出現，後來的

盛唐時期怎就沒聽過呢。想想目前臺灣的語言現象，方言與「中國話」的語言權力競逐，真有些像六朝的縮小版呢。

　　第三、南北音異起於山川地理，這個說法其實很好，各國的人文地理學都有類似的理論分析。《爾雅》書上就有個很有趣的說法，〈釋地〉篇：「太平之人仁，丹穴之人智，大蒙之人信，空桐之人武。」東方人有仁德、南方人有智慧、西方人講信義、北方人論武勇，晉代郭璞《爾雅注》就說：「地氣使之然也。」可見在中國的人文地理學上，地理影響的層面可不只是語言呢。另外我們想引申一下顏之推的說法，他說南方語言「多鄙俗」，北方語言「多古語」，這其實就說的是「雅」、「俗」差異。很多人聽到這說法，可能會一下激起南北情緒，不過仔細一想，中國文化的確起於北方，而且北方都城長期執政，從長安洛陽到北京，從周朝到今天，連漢語系統也一直以北方為正宗。官家所在的北方都城區域，知識份子薈萃，商賈聚行，經濟繁榮，學術系統也自然源出於此，文化的深度自古而然，北方「多古語」應該是指社會與文化的深度，反映在語言現象上。

　　南方「多鄙俗」是「俗氣」嗎？這樣想恐怕就不是顏之推的意思，應該是區域口語、風俗俚語豐富的意思，如此一來那應該就是「北方穩重」、「南方活潑」的文化差異現象，證之北方《詩經》皆四字句，南方《楚辭》從一字句到十幾字句；漢代古文、大賦，魏晉五七言詩，南朝宮體格律、民歌清巧，這些文學表現，應該跟區域社會文化差異也有必然關係的。

　　最後還得說明一事，我們拿〈音辭篇〉的語言論述反思當時社會狀況，有一個立足點很必要，那就是顏之推的生平，有一點現代人很難想像的，就是顏之推他一共任官四朝。公元548年，侯景之亂，梁元帝蕭繹在江陵自立，顏之推任「散騎侍郎」。554年，西魏攻陷江陵，顏之推被俘，後在北齊任官，又轉任北周，隋代一統又仕於隋[3]。他對當時的南北

3　《北齊書》卷四十五，〈顏之推傳〉。浙江古籍出版社。

社會差異與亂象，應該是很有見地的，《顏氏家訓》也必然結合了他的一生經歷，所以以此教子。〈音辭篇〉中處處皆是「社會議題」不只是語言，顏氏背景應該可以為證。

四、隋唐時期

隋唐時期是歷代中國在政治、經濟、文化方面發展最為鼎盛的輝煌時期，也是中國文學尤其詩歌發展的鼎盛時期。如果從整體語言研究的內容與成績來看，中國語言研究在這一時期似乎沒有與隋唐政治、經濟、文學的發展同步鼎盛，但是仔細觀察卻發現了語言與文化密切相連的典型例子，那就是唐代音韻學的發達。

從文學角度觀察，唐代真可說是個「詩語言文化期」，詩人數量之多、詩歌體例內容之廣，尤其詩格律的精密，都達到了巔峰，觀察唐文化不能沒有唐詩。同樣的，談論隋唐的語言發展，不能不討論當時的音韻研究的發達，隋代陸法言的《切韻》一書，開啟了直到今天的古漢語歷史的實證性理解與研究；唐代陸德明的《經典釋文》，則首次運用了全面的音韻專業，採用漢魏六朝音切凡二百三十餘家，書中著明反切的條目超過一萬條，成為會集音切的集大成之作。到了唐末時期，精密的語音圖表《韻鏡》首次問世，從此以後漢語音的歷史理解與研究，又有了最實證性的科學理路。

㈠詩歌社會與音韻學的文化共性

從文化發展的角度觀察，唐詩是唐代人們的生活重心，音韻學是唐代語言科學的精華，二者的發達與關聯性其實有著有趣的文化共性：

首先，二者同受魏晉以來文學發展特徵與佛教輸入影響。曹魏後期與兩晉時代，隨著政爭的激烈，文學失去寫實的「建安風骨」而趨向形式主義與唯美主義，兩晉時期的陸機、潘岳最為代表。到了南朝形式主義的風氣更臻極致，以沈約為首的「永明體」，將四聲運用的詩歌聲律中，提出「四聲八病」說，開創「永明體」的文學高峰。直到唐初的「王、楊、盧、駱」四大家、太宗時期虞世南、高宗時期上官儀、武后時期沈佺期、

宋之問等等，都仍是南朝形式主義的擁護者。

　　隋唐時期音韻學的發達，何嘗不是魏晉以下語音研究的延續。自從佛教在東漢輸入中國，佛經翻譯啟發了語音學者的音韻專業知識，於是有了「反切」的發明，使中國學者文士對漢語音韻有了積極的認識。魏代李登有了中國第一部韻書《聲類》、南朝沈約有了《四聲譜》的聲調著作，這對隋代陸法言《切韻》集韻書大成、唐末漢語精密語音表「韻鏡」的問世，都有著直接的聯繫關係。文學的音韻格律其本質其實是漢語的音韻格律，音韻特質本在漢語音特質之中，它不為文學而生成。但是當語言的音韻特質被理解、被發揚，而運用到文學語言、詩歌語言中，便造就了語言與文學的同步進步。沈約《四聲譜》可以是語言學專著，更為了詩歌語言而存在；「切韻」是後世研究古漢語的支柱，在唐代卻是為詩人與科考舉子服務的工具韻書。語言與文學二者的精密同步，在隋唐展現了成功的經典案例，對於整個隋唐時期的文化與生活，可謂影響深遠。

　　其次，隋唐文學與音韻學的發展，其實又是「十年寒窗無人問、一朝成名天下知」的科考文化與社會風尚的互動成果。尤其在唐代，知識普及的程度，從《全唐詩》中上至君主，下至和尚、尼姑、歌妓、無名氏的作品，可以觀察到當時語言與文學的全民性。科考的創作除了內容的好，形式更是舉子們應考的必要專業。押韻、平仄、聲律的文學要求，隨著科考的社會風尚更臻精密；韻書的編輯，隨著舉子的需求、語音學者的研究，而不斷問世。隋唐文學的經典特質與隋唐音韻研究的語言學高峰，和當時的社會風尚、文化內涵實有著密不可分的關係。

(二)國際實力與文化圈的形成

　　隋唐時期尤其是唐代文化，是中國歷代文化階段中最具寬廣性、包容力與國際觀的文化階段。從政治的規模、經濟的繁榮、知識的普及、文學的廣度各方面觀察，唐代文化都是世界文化的經典。目前我們常聽到的「漢文化圈」、「漢字文化圈」、「環中國海文化圈」，在唐代早已表現的淋漓盡致，例如日本的「平假名」、「片假名」文字，就在唐代時由遣唐知識僧侶取法漢字傳回日本。

　　具有國際視野的朝代與國家，才能造就國際文化風潮。在王溥的《唐會要》卷一百〈雜錄〉中說：「（貞觀）四年三月，諸藩君長詣闕，請太宗為天可汗，乃下制，令後璽書賜西域北荒之君長，皆稱皇帝天可汗，諸藩渠帥有死亡者，必下詔冊立其後嗣焉。」其中「諸藩君長」在《資治通鑑》卷一百九十三〈唐紀九〉中作「四夷君長」，泛指當時中國東北、西北、西南邊外的各國首領與使臣。所謂「皇帝天可汗」，則指中國皇帝便是各國擁戴的天可汗。《舊唐書》卷九〈西域傳〉、《新唐書》卷二二一〈西域傳上〉，記錄唐代王玄策出使印度，卻遇印度政變，新國王阿爾裘那陰謀殺死大唐官員，王玄策逃離印度進入尼泊爾，檄調尼泊爾軍隊，由尼泊爾支援下在當地組成一支軍隊，偕同大唐騎兵馳援，攻回印度，俘虜新國王並披枷帶鎖捉回長安。「皇帝天可汗」可以徵發各國軍隊，平息國際爭端，大唐帝國的國際領袖地位於此可見。唐代的國際視野，使得中國文化大放光明，學術與教化遠披遐荒，各國都派遣留學生赴唐留學，日本取漢字造字，也就不希奇了。

（三）語言、文學、文化的宏觀視野

　　唐代的居高臨下的國際視野，其實源自於內部文化的深邃與寬廣，二者相互輝映。文學的廣度我們已知之甚多，而其實唐代對語言的開闊觀念，也是一個值得觀察的重心，其與文化間的相互輝映，更值得我們深思。現代人對於自己的語言，經常有些錯誤概念，例如「貴今賤古」，對於古代語言總覺得枯燥乏味，而不知道語言文化的連貫性；又例如對於語言有優劣之分，今語白話簡練，古語則詰屈聱牙。或是「貴古賤今」，對於語言應用的古今雅俗之別，有主觀的好惡差異。這些觀念都是錯誤的，在宏觀性上嚴重不足。唐代的語言觀念就不是如此，例如劉知幾在《史通‧言語篇》中說：

　　　飾詞專對，古之所重。戰國以前，其言皆可諷頌，非但筆削所致，良由體質素美。何以覆諸？至於「鶉賁」、「鸜鵒」，童豎之謠也；「山木」、「輔車」，時俗之諺也；

「幡腹棄甲」，城之謳也；「原田是謀」，輿人之誦也。斯皆芻詞鄙句，猶能溫潤若此，況乎束帶立朝之士，加以多聞博古之識者哉。則知時人出言，史官入記，雖然討論潤色，終不失其梗概者也。

這是說，語言有雅俗之分，卻沒有優劣之別，雅俗之言皆可以入史。劉知幾又說：

夫三傳之說，既不習於《尚書》；兩漢之辭，又多違於《戰策》，足以驗民俗之遞改，知歲時之不同。而後來作者，通無遠識，記其當時口語，罕能從實而書，方復追效昔人，示其稽古。是以好丘明者，則偏摸《左傳》；愛子長者，則全學《史公》。用使周秦言詞見於魏晉之代，楚漢應對行乎宋齊之日。而偽修混沌，失彼天然，今古以之不純，真偽由其相亂。

這是說語言具有發展性、時代性、社會性，硬是操持古語，未必合於今世。

唐代詩歌、傳奇語言平易近人，與這種語言應用的普遍觀念，有著密切關係。中唐時期，文人開始創作「詩餘」，是一種隨性而寫，文字平易的小作品，異於正宗唐詩的雅正與格式化，而「詩餘」造就了後代「宋詞」的光芒。整個大唐文化，唐代文學到唐代語言，我們看見了其開闊的態度，與宏觀的視野。

五、宋元明時期

宋元明三代將近七百年的時間，漢語音從中古音系轉為近代音系，也是轉入近代官話系統的階段，就語音變化而言，是整個漢語系統變化的重要階段。社會與文化的演進部分，唐代以後，這七百年中間夾著近百年

的外族統治，使得政治衝突、社會型態、人民思維等等也都充滿了豐富轉折，這期間俗民文化的崛起與熱鬧、多元，在語言與文學表現中充分發揮。再從語言研究的角度來觀察，漢語研究發展到此期，幾個重要表現完全相映著社會文化的特質，例如韻書與等韻學有了開拓性的成績、近代語助詞的研究從這時候奠基、文字與聲音源頭的探索等等，與知識份子的科考與創作相關，也和俗民文學的積極表現吻合。這時期是漢語、社會、文化的熱鬧精彩時期！

(一)熱鬧非凡的雅俗文學與社會

宋代重文，科考錄取人數大增，使得「官五倍於舊」[4]，這也使中下層士子有更多的可能進入仕途，可以過著醮歌曼舞的生活。這跟宋朝的經濟發展有關。宋初興修水利，擴大農田，增加農戶，農業有了發展，工商業更得到空前的發展。孟元老《東京夢華錄》記載汴京（河南開封）的繁華景象；周密《武林舊事》則記載南渡後臨安（浙江杭州）的盛況。宋代都市的繁榮，造成廣大的市民階層。歌樓舞榭，盛極一時，各種表演技藝的場所空前繁榮。這都是宋詞和話本發展的重要條件。

唐代以來的詩歌到了蘇軾手裡，以詩為詞，到了辛棄疾手裡，以文為詞，打破了詞和詩文的界線，擴大了詞所反映的生活領域，從而使詞成為宋代最重要的文學形式。隨著都市的興起，市民階層的壯大，適應市民需要的各種娛樂活動紛紛興起。周密《武林舊事》稱臨安有「瓦子」二十三處[5]，這是市民階層聚會玩樂的場所，裡面有說書的、影戲、傀儡戲、講史、雜樂等等的娛樂。其中「說話」類的，以小說、講史最受人歡迎。說話的底本稱話本，在唐代已經出現，到宋代有了更大的發展。宋代的話本反映市民生活，使小市民成為話本的主角。話本由說話人用當時的口語和淺近的文言詞語來講說，形成了一種新的文體。它刻畫人物，運用性格化的語言，勝於過去文言小說裡記述的語言。

4　《宋史列傳四十三陳堯佐兄堯叟弟堯咨從子漸宋庠弟祁》，浙江古籍出版社。
5　卷六〈瓦子勾欄〉，浙江人民出版社，1984年。

　　宋代文學還有白話短篇小說的話本和平話，是說話藝人的底本。話本是配合市民階層的壯大產生的。它反映了城市中小商人、手工業者和下層婦女的生活，以這些人為話本中的主人，塑造了各種人物，具有性格化的對話，有生動的故事情節，運用接近口語的白話。它適應聽眾陸續到達的需要，在正式講故事前有詩詞或其他簡短故事組成的「入話」，用韻文來對人物或情景作描寫，全文用詩詞作結束。宋代話本讚美婦女對愛情的追求的，有《碾玉觀音》，《鬧樊樓多情周勝仙》；寫公案故事的，有《錯斬崔寧》，暴露封建官吏的草菅人命；寫俠盜故事的，有《宋四公大鬧禁魂張》，讚美宋四公等劫富濟貧、懲罰為富不仁者的俠義行為等。這種話本成為白話短篇小說的開端，對後代的白話短篇小說有深遠的影響。平話則講歷代故事，有《新編五代史平話》和《大宋宣和遺事》，對後代長篇小說的創作有一定影響。

　　元代文學和前代相比最突出的成就在戲曲方面，後人常把「元曲」和「唐詩」、「宋詞」並稱。詩、詞、散文等文學樣式則相對衰微。戲曲一般分為雜劇和散曲，由於散曲是在北方金代的俗謠俚曲的基礎上成長起來的，所以絕大多數是北曲。作家留下名姓的有二百多人。許多雜劇作家在散曲創作上也有成就。散曲作家前期有關漢卿、馬致遠、白樸、盧摯、貫雲石等，作風樸實，口語豐富。後期有喬吉、張可久、睢景臣、張養浩及劉時中等人，文字稍露才華而辭藻清麗。因為散曲要用作宴會歌伎唱詞，艷曲較多。但也有不少寫景、抒情和懷古、嘆世的小令；以及少量諷世喻俗、指摘時弊、揶揄亂世英雄的套數，如馬致遠《借馬》、劉時中《上高監司》、睢景臣《高祖還鄉》等，都有時代特色和較高藝術成就。

　　元人雜劇包括元、明之際無名氏作品，見於記載者計七百多種，今尚保存二百多種。雜劇最初流行在山西河北一帶，今山西地區還保留有金元時代的雜劇壁畫和戲臺。元初發展到其他地區，元滅南宋後又流入杭州等地。這個劇種是在宋雜劇、金院本及諸宮調等前代戲劇、曲藝基礎上建立起來的。劇本的科白部分承襲院本體制，曲辭的組合則主要受到諸宮調的

啟示，基本上是歌舞劇。

　　雜劇除藝術形式新穎外，內容方面也具有時代的特色。首先是它廣泛地反映了元代各階層人們的生活，而中下層人民的生活和感情更占據了重要地位。其中商人和妓女形像更引人注目。商人和妓女大都集聚在城市裡，妓女是城市的畸形產物，城市是商人交易的場所。像武漢臣《老生兒》、關漢卿的《救風塵》。此外元劇中清官公案故事也值得注意。元代官府黑暗，權豪勢要之家殺人可以不償命，公案戲的出現同這種社會背景密切相關，而包公形象就成了人民願望的清官化身。

　　元代雜劇中還有不少以歷史故事作題材的劇本和一些水滸故事戲，在宋元話本中已經大量出現，例如《李逵負荊》。寫歷史題材的作品中著名的有白樸的《梧桐雨》、馬致遠的《漢宮秋》和紀君祥的《趙氏孤兒》等。寫三國故事的作品也有不少。無論歷史題材或水滸題材，都寓有現實含義，作者們通過歷史故事，抒發胸中的積憤和表達歷史教訓。

　　元代戲劇除雜劇外，在南方尚有南曲戲文，或稱「南戲」。南戲原是浙江溫州一帶的劇種，也叫永嘉雜劇。宋度宗咸淳年間，《王煥》戲文在杭州流行一時。到元朝南戲仍然不斷演出，演員如龍樓景，丹墀秀等人，專工南戲。據記載當時有一百六十多種劇本，今存十六種左右。《荊釵記》、《拜月亭》（《拜月亭記》）和《白兔記》、《殺狗記》合稱南戲四大名劇，到元順帝時高明寫出《琵琶記》，標誌著南戲發展到高峰，也影響到明代傳奇戲曲的繁榮。

　　元代小說多經明朝人修改，具體寫作年代很難判斷，能夠指為元人所作，只有陸顯之《好兒趙正》（《宋四公大鬧禁魂張》）一篇，其餘不是殘篇，即屬推測莫定之作。惟歷史平話，如《三國誌平話》等數種，基本可斷定是元代作品，其所敘史實，多係真假參雜，虛實並行，乃是說書人備用的話本[6]。

6　參隋樹森編：《全元散曲》，中華書局，北京，1964。唐圭璋編：《全金元詞》，中華書局，北京，1979年。

　　明代是小說、戲曲等俗文學昌盛而正統詩文相對衰微的時期。這種變化和特點，是社會經濟、政治、文化和哲學思潮發生變化的必然結果。從嘉靖以後，小說、戲曲等得到了迅速的發展，創作十分繁榮，不僅數量多，而且取材面也較廣。這是明代後期文學的一個顯著特點。與此同時，詩文也在緩慢地發生變化。小說、戲曲創作繁榮的現象之所以產生，既有社會原因，也是文學本身發展的必然結果。嘉靖以後，東南沿海一帶的城市經濟已相當發展，出現了大量商業形式。在這種情況下，印刷術也隨之繁榮。李詡曾指出，隆慶、萬曆時期，「滿目坊刻，亦世華之一驗也」（《戒庵漫筆》卷八）。這是更快傳播小說、戲曲的物質條件。廣大群眾對小說、戲曲的愛好和需要也不斷增長。由於城市經濟的發展，不少市民的子弟也入學讀書。王世懋《二酉委談》裡就描寫過景德鎮市民子弟入學讀書的情況：「民既殷富，子弟多入學校，然為窯利所奪，絕無登第者。」這種既有文化又不參加科舉的市民知識層，極有利於原來植根於市民階層的小說、戲曲的流行，因而促使書商印行這類作品。這種通俗文學流行過程中的商業化現象，又進一步激發了不少文人對小說、戲曲的創作熱情，徐謙在《桂官梯》卷四引《勸誡類鈔》中說：「萬曆年間，有才子張某，自命風流，酷愛編選小說，刊行發賣，自謂藉人泡影，作紙上機鋒，事屬子虛，無傷陰德耳。」

　　這一時期，越來越多的文人認識到小說、戲曲的長處，也是其繁榮的重要因素。他們看到小說、戲曲能更廣闊地、更靈活地反映複雜的社會生活。宋元以來的學術界長期受程朱理學統治，至明代王守仁提出致良知的學說，對程朱理學有所衝擊，例如以其弟子王艮為代表形成的泰州學派，並且發展出李贄的「異端」思想，開始肯定人們的生活慾望，肯定人們「好貨好色」的本性。在這種思想背景下，也就不難理解李贄肯定《水滸傳》、《西廂記》為「天下之至文」的原因。這時期小說、戲曲等通俗文學的繁榮有著歷史的必然性。這時期長篇小說創作的數量很大，它們大致可分為四種類型：一、講史小說，如羅貫中《三國志》一書。二、神魔小說，最先出現的是吳承恩根據民間流傳的故事創作的《西遊記》、《封神

演義》。三、世情小說，其中有著名的是《金瓶梅》。四、公案小說，像無名氏的《龍圖公案》。

話本在這時期因群眾愛好得以大量刊行，也引起文人重視。文人模擬話本進行創作，後人稱「擬話本」。嘉靖年間洪楩輯印了《清平山堂話本》，啟年間，有馮夢龍編集的《喻世明言》、《警世通言》、《醒世恆言》，其中有不少是當時人創作的擬話本。繼「三言」之後，有凌濛初所作《初刻拍案驚奇》、《二刻拍案驚奇》，周清源編寫的《西湖二集》，於麟寫的《清夜鐘》，還有佚名的《石點頭》、《醉醒石》、《幻影》等，形成白話短篇小說的繁榮局面。

此外，明代後期的民歌也有發展。沈德符在《野獲編‧時尚小令》裡指出：「嘉、隆間乃興《鬧五更》、《寄生草》、《羅江怨》、《哭皇天》、《乾荷葉》、《粉紅蓮》、《桐城歌》、《銀紐絲》之屬。……比年以來，又有《打棗竿》、《掛枝兒》二曲，其腔調約略相似，則不問南北，不問男女，不問老幼良賤，人人習之，亦人人喜聽之，以至刊布成帙，舉世傳誦，沁人心腑，其譜不知從何來，真可駭嘆。」說明當時民歌流行的盛況。這時期民歌多數是情歌，表現當時人民在愛情上要求自由的強烈願望和大膽行動。這時期民歌想像豐富，善於運用比喻、象徵、誇張、烘托等藝術表現手法，語言樸素自然，簡練流暢，有很強的藝術感染力。但也有些猥褻色情描寫。傑出的民間文學工作者馮夢龍收集的《山歌》，是保留當時民歌最完備的集子。另外，這時期散曲創作已接近於民歌，雖然也取得一定成就，但已沒有多少散曲的特點，而與元代散曲頗為不同[7]。

(二)漢語研究的社會反映

綜觀宋元明的創作發展，詞、小說、戲曲、話本最為深刻，而其與先前正統詩歌文章相比，語言的白話與俗民化又最異於前代。我們從當時期

7　參劉大杰《中國文學發展史》，華正書局，1963。游國恩等主編《中國文學史》，人民文學出版社，北京，1963年。

漢語研究的一些主體方向來觀察，便不難理解當時的語言與社會特質。

　　韻書與等韻圖的部分，在此時期有著長足的發展，除了語言研究持續的內在因素外，與宋明時期嚴密的科舉考試有著密切關係，尤其明代八股取士制度，使創作更加規矩化。科舉考試以詩文為主，詩文又特別講究押韻，於是韻書的編輯更勝前代，也更受官方重視，例如宋代《廣韻》、《集韻》；明代《洪武正韻》都是定制的官修韻書；而元代周德清的《中原音韻》，更是共伴著元代戲曲的發達。此外，讀書人為了在創作上更加精準掌握音韻，分析漢語音發音原理、發音方法的「等韻學」繼《韻鏡》之後迅速繁榮，像《四聲等子》、《切韻指掌圖》、《韻法直圖》、《韻法橫圖》等的語音研究與應用圖表相繼問世。科舉考試使中下層階級可以晉升為上層知識份子，知識份子大量增加，又投入了屬於中下層俗民層次的文學創作，他們喜歡表現俗民的生活、社會的寫實、又重視語言的本色、音韻的細膩。於是在這時期，社會的發展型態、語言的研究面向、寫實的文學語言，變成了環環相扣、互為因果的特質。

　　此外宋元明的語言研究中，有著成就極高的語法學相關研究，尤其是語助詞也就是一般俗稱的虛詞領域，這點和通俗語言的應用、俗民文學的大量出現甚至科舉考試的應試標準語言，其實都有著極為密切的關聯性。元代盧以緯的《語助》一書，便是中國系統研究文言虛詞的第一人、中國語法學專書的第一部。《語助》一書共研究分析了66組共129個虛詞：

1	也、矣、焉
2	乎、歟、邪（耶）
3	其、於
4	者
5	之、諸
6	而
7	則
8	哉
9	故

10	是故
11	故曰
12	亦
13	且
14	以
15	乃
16	于
17	所
18	所以
19	或
20	然、然後
21	雖然
22	然則、然而、不然
23	粵
24	蓋、大抵
25	夫
26	今夫、且夫、原夫、故夫、蓋夫、嗟夫
27	逮夫、及夫、及乎、至於、施及、及
28	況夫、況於
29	若夫、乃若、至若
30	甚矣、甚哉
31	於是、是用
32	既而、已而
33	方其
34	嘗謂
35	未嘗
36	無他
37	要之、要知
38	今、今也、今焉、今則、今而、今乃、自今、方今
39	初、始、先是
40	嗚呼、吁
41	噫、噫嘻
42	或曰

43	借曰
44	諉曰
45	何則、何者、何也、是何也、是何、何哉、何以、何如、如之何
46	云
47	惡
48	猶
49	庸、顧、殆
50	*毋*
51	惟、唯、維
52	抑
53	豈
54	焉也（焉得知）、曾（曾以為孝乎）
55	凡
56	儻
57	姑
58	必
59	已
60	只、止、忌、居、諸、且、思、斯
61	爾、耳
62	兮
63	幾、希
64	而已、也已、而已矣、也已矣
65	已焉哉
66	已乎哉

　　語助詞在漢語語法中非常重要，因為漢語是一種孤立語形式的語法型態，在沒有詞態自身變化的情形下，語助詞就成為表達語法結構與語法意義的必要語法手段，不論古今文言的語法形式皆然，就如《語助》所分析的這129個例子，文與言的表述都會用上。

　　漢語發展到宋代以降，有一個特色異於前期，那就是句子逐漸增長，在社會擴大的語言社會因素下，詞彙增加、增長，句子也就跟著變長。從唐詩的整齊句式，到宋詞的長短句；從傳奇的短篇，到宋元明話本、小

說、戲曲的長篇，在在都在漢語言的結構上看見了句子增長的現象。如此一來，語助詞的應用也就變的更活潑多元，它不一定只作為「語末助詞」的腳色而已，或句首發語、或句中轉折、或句末語氣都需要更多的語助詞。另外語助詞也不一定只在所謂的古文中出現，歷代各種語法中皆有，所以它可以出現在詩詞中，也可以出現在小說句子中，更可以在白話的戲曲句子中出現。當宋元明時期，文言文學不減，俗民語體文學同時快速出現的各種篇章例子裡，我們看見了為孤立語語法服務的語助詞的大量應用。《語助》一書的系統研究與分析，其實就反應著這社會對語言形式的需求。

六、清朝時期

㈠分水嶺式的大時代特質

如果我們以20到21世紀的當代為中心，往上看中國的種種變遷，那麼清代可說是一個重要的傳統與現代的「分水嶺」。滿州的興起與西方的資本主義與工業革命的興起大致同時，早從明末開始，葡萄牙、西班牙、荷蘭、英國這些歐洲列強就相繼來到東方，17世紀初期荷蘭甚至占領了臺灣實施殖民統治；英國在1600年於印度成立的「東印度公司」，甚至在珠江的虎門砲臺處，和明軍發生戰爭。歐洲列強侵擾中國東南沿海，北方的俄國人則蠻橫的入侵東北，直達松花江下游。而這就是日後清代初期所接收的國際局勢。

16世紀以前來華的西方人，不是獻身宗教的布道者，就是只謀取個人利益的商人，要不就是冒險好奇的旅行家，以及少數的學者，這些人對於中國並不構成危險，反而有和平交流的意義。但此後列強興起，再度東渡之時，新的中國執政者「大清帝國」仍陷在過去傳統東方共主的心態裡，而渾然不知國家主權、領土的威脅，將與日俱增，一個劇變的新時代即將來臨。清代政治就這樣跌跌撞撞的從東方共主，到興兵抗強、鎖國閉關、最後門戶洞開，最後結束帝制；社會體系也從高度民族自尊，視洋為蕃、到保守自限、而後在「西化」與「傳統」的矛盾爭議中瓦解，留給接替的

中華民國去進行求新的「五四」運動。學術系統也一如大時代的轉變，從清初的反理學思潮，走向乾嘉僕學、繼而有清末的「西學為體，中學為用」，面對現實的經世致用之論。政治、社會、學術這國家三大主軸，在有清一代出現沈重的劇烈轉折，中國這個階段由傳統進入現代的「分水嶺」，走得其實辛苦。

(二)語言發展與書寫形式

回到語言發展、書寫形式等方面來看，也都應證著這是一個重大轉變期。官話轉折與定於一尊、語言研究從復古到現代化、語體從文言到白話、文學從八股到奔放，在在都應證這是個轉折的分水嶺。

近代的「官話」系統，在明朝滅元後，因為定都南京所以以南京音為基礎音系，也就是南方官話，南京官話成為國家標準音。北方官話也就是北京音系，直到清代中葉以後才逐漸取代江淮方言音系的南京官話成為官方標準音。清末編審國語到民國時期又確定了新國音後，北京官話到今天成為中國官方的標準語。現在我們說的「白話文」，或叫「語體文」，指的是民國以來以官話為主的口語與書面語合流的新文體、新語體。這白話文其實在古代已經有一段漫長的發展歷史，從宋代的「話本」，到明清兩代的「白話小說」如《金瓶梅》、《水滸傳》、《西遊記》、《紅樓夢》等，不過這些都屬於「古白話」，直到晚清時期，白話小說進入另外一個高潮，接近語體的通俗語言，對於現代白話文而言有著重要的分水嶺特質。

近代與語言的通俗化最有關聯性的就是晚清小說，它可以說是明清小說發展過程中最後一個高潮，從語言形式來看，也是通向當代白話小說的重要過渡與推手，在題材方面更是最好的社會反映。晚清是一個政治與社會動盪不安的混亂期，百姓面對著極度的不安定環境，從事出版的商業界看準此點，不斷推出迎合讀者與社會的題材，黑幕小說、偵探小說、鴛鴦蝴蝶派成為熱潮。任何題材的創作，要能夠獲得回響，第一要務便是語言形式。隨著官話的普及，晚清小說在語言形式上有了重大突破，語言的通俗話，口語化，成了晚清小說的語言特色。

㈢「文化下移」的思維主導

　　「文化下移」可以說是晚清語言形式轉變與創作風格轉移的重要時代思想因素，當時的知識份子體悟文化與知識普及於群眾的重要性，這可能是救國的必要途徑之一，於是提出許多此類主張，例如梁啟超在〈論小說與群治之關係〉中大呼：「改良群治」、「新民」的論點；嚴復在〈原強〉中也說：「今日要政，統於三端：一曰鼓民力、二曰開民智、三曰新民德。」於是向群眾普及文化為目的的文體通俗化的主張日益高漲，帶動了文學語言由文言走向白話的歷史進程[8]。尤其黃尊憲在1868年〈雜感〉詩中提出：「我手寫我口，古豈能拘牽。」[9]又在《日本國志》中說：「語言與文字離，則通文者少；語言與文字合，則通文者多……天下之農、工、商賈、婦女、幼稚皆能通文字之用。」[10]看到這些論點，我們不難想見，後來五四運動的白話文運動，到近代語體文的成功，那是一個思想、態度與語言實踐上的重大時代轉變。

　　清末「文化下移」的思想與語言轉變，其實跟整個清代的政治與社會變遷有著重要的因果關係。清代的外族統治從清初起就進行著綿密的思想控制舉措，針對性的將知識份子放在「學術禁錮」的牢籠中，減除滿州人統漢的思想困難度，我們熟知的「開科取士」、「八股科舉」、「文字獄」、「四庫全書」甚至乾嘉時期光芒萬丈的「僕學」成就，重點其實仍在「復古主義」研究取向的總結式學術大戲，其成就果然邁越前代，但下開中國學術現代化的時辰，卻必須下移至晚清的思維解放。乾嘉以後，滿人政治勢力逐步瓦解，國際勢力入侵，西學東漸，知識份子在這時候找到了反撲的時間與著力點，思想、創作、語言形式開始奔放不拘，從此就造就了古與今的分水嶺。

　　從清代語言學研究過程來看，這「分水嶺式」的清代社會特質，也一樣具體呈現。清代中期以前語言研究的重大貢獻非「古音學」莫屬，從

8　袁行霈《中國文學史》第九編〈近代文學〉，五南圖書出版公司。
9　《人境廬詩草》卷一，上海古籍出版社，1981年。
10　《日本國志》卷三三〈學術志二文學〉，天津人民出版社，1988年。

顧炎武到江永、戴震、段玉裁、王念孫、孔廣森、江有誥、錢大昕、章太炎，這九位大師級的語言學者，聯手將中國歷代音韻嬗變，系統與科學化的條理呈現。《說文解字》、《爾雅》、《廣韻》這三部研究中國語言之必讀經典，到乾嘉時期終於獲致研究系統、理論、方法上的「底定」。這些令人尊敬的大師級語言學專家，在政治封閉的氣氛下，果真在學術上衝出了歷代語言研究的最高峰。就政治、社會與學術發展的良性平衡而言，在清代，其實充滿了特殊的「弔詭」特質，更遑論清代「春秋公羊學」，何以大張旗鼓在「張三世」、「通三統」甚至「大一統」的公羊思想中，獲致異乎前代的重大飛躍。

(四)新式語法研究應證分水嶺理論

　　所以我們在這不再贅述大家耳熟能詳的清代語言學大師，倒要來看看在「分水嶺」之後的語言研究新形式，那就是負責「漢語語法學」開拓與發展的馬建忠及其《馬氏文通》。馬建忠，江蘇人，生卒於西元1845-1900，天主教徒，光緒年間以郎中職派赴法國巴黎大學留學，精通法文與拉丁文，先任駐法國使館翻譯，後隨李鴻章辦理洋務，主張提高關稅、振興工商業。在馬建忠這種特殊背景下，他走了和之前的語言學大師不同的學術開創路線，他的《馬氏文通》是中國第一部全面而系統的語法學著作，第一次帶入了西洋文法葛郎瑪（Grammar）的觀念，開創了近代漢語語法學研究的新紀元。

　　《馬氏文通》共10卷，全書有四大部分：一、「界說」，對所有語法術語下定義，共23條。二、「實字」，也就是實詞的研究，將實詞分為「名字」（名詞）、「代字」（代名詞）、「動字」（動詞）、「靜字」（形容詞）、「狀字」（副詞）五大類。三、「虛字」，也就是虛詞研究，共分四類：「介字」（介詞）、「連字」（連接詞）、「助字」（語助詞）、「嘆字」（感嘆詞）。四、「句讀」，也就是句法與句子結構的研究。這些語法內容對當代的我們而言絕不陌生，但是《馬氏文通》作為第一部漢語語法專著，它在中國語言研究史上有如下的三個重要成就：一、借鑑西文文法的研究成果，中西合璧，成為漢語語法學研究之創舉。

二、全面的詞彙語法分類且分析細膩，創造了語法研究的深度。三、透過「轉換分析法」、「比勘分析法」、「層次分析法」三種研究方法，使得其語法研究相較前代有了更科學的研究理路[11]。從《馬氏文通》之後，20世紀的漢語語法研究，進入了新時代的「葛郎瑪」認知與方法論中，到今天對於漢語語法的內容與歷史，我們有了全面的學術系統去學習與認知。晚清的語言學研究有了馬建忠的「開創」，上承乾嘉語言學大師的「總結」，都為我們現代的漢語研究啟發了一個完整的漢語結構概念。

　　有清一代，政治從統一走向解構、官話系統從南方音系進入北方音系，創作語言從文言到白話、文體從八股到解放、從傳統詩詞歌賦走向俗民戲曲小說、語言研究從總結邁入開創、社會從貴族高壓到民智大開、思維從本土到國際視野、而文化從傳統走向現代。以當代的我們而言，清代的社會種種走到分水嶺的這邊時，便是我們當代新社會與新文化的開端。政治、文學、思維如此，從語言變遷的角度觀察，那社會的變向，也一樣歷歷在目。

第二節　現代漢語與社會文化變遷

　　漢語發展到現代社會，有幾個特色，一是其句子是史上最長的；二是詞彙量的快數增加；三是外來語彙的豐富；四是書面語與口語距離縮短；五是文字形體出現分化；六是語法結構的變化（新興語言模式），尤其是詞組的型態；七是方言勢力的抬頭；八是語言國際競爭力的快速提升。而每一項變化，都跟社會文化的大環境改變息息相關，也互相呼應；看現代漢語的各種現象，就可以知道現代社會文化的變遷。

---

[11] 參《中國語言哲學史》第七章〈清代中國語言哲學拓進發展之氣象〉，臺灣商務印書館，1997年。

一、白話文不是現代漢語專利

　　清末以後，進入現代漢語階段，一般所謂「白話文」，是與「文言文」對稱，其實就是現代漢語與古漢語相對稱。但是有一個概念一定要澄清，當我們用「白話」來相對「文言」的時候，會以為不管多久以前的古人，總之他們的語言都是文謅謅的。事實不然，歷史中的每一個年代，語言中的每一個漢語階段，一般人用的都是當時的「白話文」、寫的是當時的「語體文」，就書寫而言則會有「雅」、「俗」之異，現代的書寫也是一樣。而當他們往上面對古人時，也叫之前的文字語言為「古文」。例如唐代有個「古文運動」，要大家寫文章時，恢復秦漢時代的文章體式與風格，這當然也包括漢代的語言形式，而唐朝人便稱之為「古文」。

　　又例如世界第一部字典：漢代的《說文解字》，現代人一接觸時，也把許慎的文字當作文言文看，以為很難，尤其對《說文解字》要多用心的文史學生而言，一開始是懼怕的。固然沒錯，漢代語言距今兩千年一定有差異。不過別忘記，許慎編的是字典，字典是一種查索檢索的工具書，沒有人會用「古文」在解釋語言文字時大作文章，讓使用字典的人先通過艱深的古文閱讀，而後理解文字意義，如果是現代那這字典肯定賣不出去。許慎編字典當然用的也是當時的「白話文」，雖然它是一部專業型的字典，當時也沒有商業出版銷售的制度，但它仍然是平易近人的漢代「白話文」寫成的。

二、詞彙量激增使句子增長

　　句子變長，其實是漢語發展過程中的普通現象，後期的漢語句子一定比前期的增長，目前我們處在漢語的最新階段，當然比前期的要長。現代漢語句子變長，其實不是因為漢語語法的本質改變，而是因為複音節詞彙的增加，而且詞彙量也大增所引起。

　　例如「遺傳性過敏症」6個字、「慢性支氣管炎」6個字、「海洋生物分布學」7個字、「CPU中央處裡器」連英文字母8個字、「交直流兩用電動機」8個字、「漢語文化暨文獻資源研究所」12個字、「中華民國僵直

性脊椎炎關懷協會」14個字。顯然由於新事物的增加迅速、專業學術的越加細膩、單位組織的細膩化複雜化等因素，使得專有名詞大量的增加、增長，反映在句子裡，當然句子也就隨之加長。

語法中的句子長度變長，可以從詞彙型態的變化解釋。但是複音節詞彙增加，詞彙量增加，其背景則是社會的擴大，包括社會制度的增加與繁複、物質型態的改變與物質量的增多，另外當代國際化的地球村現象，也導致了現代人在精神層次上的多元與多變。這些導致社會擴大的因素，展現在具體語法與溝通時，就是詞彙量的增加、以及詞彙本身的長度增加，如此一來句子當然也就加長了。我們可以這麼說，現代漢語的句子長度，就是當代大型社會與文化的具體展現。

三、地球村使外來語彙增加

外來語彙的大量增加，是現代漢語與古漢語很大的一項差異。以臺灣目前常見的外來語為例，「披薩」（pizza）、「沙發」（sofa）、「啤酒」（beer）、「沙拉」（salad）、「黑函」（blackmail）、「酷」（cool）、「拷貝」（copy）、「慕斯」（mousse）、「駭客」（hacker）、「幾何」（geometry）、「康乃馨」（carnation）、「歇斯底里」（hysteria）、「幽浮」（UFO）、「圖騰」（totem）、「愛滋」（AIDS）、「伊媚兒」（email）、「霓虹」（neon）、「颱風」（typhoon）、「漢堡」（hamburger），這些是由英文直接音譯的外來語。

「歐巴桑」、「御弁當」、「寫真」、「卡哇伊」、「一級棒」、「運將」、「槓龜」（sukanku）（skunk）、「暴走族」、「經濟」、「文憑」、「警察」、「法律」、「宅男」、「宅女」，是來自日本的外來語。「瑜伽」（yoga）、「咖哩」（curry）是來自印度梵語的外來語。

漢語外來語不是現代才有，西元2世紀起，佛教傳入中國，開始了外來語的進入中國，像「沙門」、「沙彌」、「出家」、「外道」。隋唐時期又大規模翻譯佛經，引入大批佛教與地理的外來語，像「伽藍」、

「信度河」、「舍利」、「涅盤」、「剎那」。明朝時期西方耶穌會傳入中國，又引入新一批外來語，像「亞細亞」、「歐羅巴」、「義大利」、「耶穌」、「亞美利加」等。不過這些外來語，多數是宗教、地理的詞彙。現代漢語的外來語就不止如此，在日常生活的各個層面都有，甚至專業的學術用語更是。而且這些外來語很多都已經「本土化」，使用漢語的人，幾乎要忘了它的外來背景，或者根本不知道這是外來語，像臺灣的小孩子之於「漢堡」、「可樂」。

　　現代漢語中的多元外來語，其實反映了一個「國際化」的當代社會現象。國際交流的快速與頻繁、全球經濟商業的移動迅速、傳播媒體的國際化、學術研究的國際互動機制、國際觀光旅遊的蔚為風氣等等，都具體影響著漢語的新增詞彙，而現代漢語的這些外來語也積極應證了時髦的「地球村」概念。

四、書面語與口語差距縮短

　　現代漢語的書面語叫「白話文」，又叫「語體文」，是指民國以後以漢語口語為基礎，略加修飾後的書面語。前文曾提到白話文其實早已有之，沒有一個斷代的人會把自己寫的說的叫做文言文。不過主觀的將「話」與「文」的距離拉近，宋代是一個很重要的時期，例如宋代有「話本」、「平話」，是說書人的文本，想當然耳不會與口語差距很大，否則在快速的說故事過程中，免不了落了嘴有冷場，甚至「吃螺絲」。「話本」發展到後世就成了白話小說，像《金瓶梅》、《水滸傳》、《西遊記》、《紅樓夢》等。不過這些仍然是「古白話」，而且在創作文壇上只占少數，書面語與口語仍然有段距離。直到1919年五四新文化運動後，白話文才逐漸的取代舊式書面語，成為寫作的主流形式。

　　清末民初以來的白話文發展過程，大致有三個過程：「新文體」、「白話文」、「大眾語」。「新文體」的創始者是清末梁啟超，所寫散文半文半白，口語加入書面語，有跳脫八股的浪漫主義精神，代表作有〈少年中國說〉、〈變法通議〉，風靡全國，號為「新文體」，開五四白話文

運動先河。之後民初的「五四運動」促使了「白話文運動」的展開，「我手寫我口」的白話文，給當時創作者有了很大的衝擊，在改革清末腐敗舊文化聲中，白話文迅速竄起。1918年魯迅在《新青年》上發表了中國現代文學史上，第一篇用現代語言體式創作的短篇白話文小說〈狂人日記〉；和1921年的中篇小說〈阿Q正傳〉，成了現代「白話文」標誌。臺灣人較熟悉的羅家倫、傅斯年、胡適之，也都是這股運動中的主將。五四運動之後，白話文正式取代文言文，成為現代文學的標準。

　　到了今天，本來仍屬於書面語層次的白話文，則是變得越來越口語化了。請看顏崑陽的〈夢蝶〉[12]：

　　　「不管是蝴蝶也好，莊周也好，從個體的形象來說，雖然有所分別。莊周不是蝴蝶，蝴蝶也不是莊周。但是蝴蝶可以是莊周所化，莊周也可以是蝴蝶所化。那麼，蝴蝶並不就是蝴蝶，莊周也不就是莊周，一切有形有象的東西，其實都幻化無常，誰能永恆不變呢？

　　　因此，人生只是一場夢，終歸幻滅。問題之二，便隨著產生了。當你從夢中跳脫出來，清醒地知道不管自己扮演的是什麼角色，畢竟只是短暫的幻夢。然則，你還肯不肯那樣認真地演出呢？你會不會突然覺得做什麼都沒有意義！吃飯沒意義、穿衣沒意義、娶妻生子沒意義、求田問舍沒意義、成功立業也沒意義……你只想抽身而退，枯槁於寂寥的天地之間。

　　　這真有些兩難了。人生太痴迷也不是，太清醒卻也一樣不是。那要怎麼辦呢？半夢半醒之間，可以嗎？我想，那反而是另一種矛盾的苦楚，夢既夢得不痛快，就像蝴蝶想飛卻又不盡情地飛。醒也醒得不明白，就像莊周睜開眼睛，卻還

<hr>

[12] 顏崑陽，淡江大學中文系教授。〈夢蝶〉一文，出自其《人生因夢而真實》，漢藝色研出版社，1992年。

沒有弄清自己並不是蝴蝶。那要怎麼辦呢？

老實說，我也不確知該要怎麼辦！以前，我很年輕的時候，總是做蝴蝶永遠為蝴蝶，別說不許他是莊周，就是當他為蜻蜓、為鳳凰……也是不行的哩！如今，年歲大了，做蝴蝶的時候固然還是很認真，但是等到夢醒過來，發現自己並不是蝴蝶，而是莊周，那就做個莊周吧！也不必然固執地要做蝴蝶了。當然，做莊周也還得認真地做，只是那一天發現他仍然是個夢時，再做別的什麼也無妨。

蝴蝶既然可以是夢幻，那麼夢境所聚的一切當然也是夢幻了。你說，與蝴蝶相戀相守的花兒，何嘗不是夢幻？而春風呀！明月呀！暴雨呀！惡鳥呀！一切所愛與所憎者，都何嘗不是夢幻！

在現實的人生中，我們不可能離開這幻滅無常的夢境而孤寂地活著。然而，理性地想，我們卻也不應該一直陷溺在夢中而不肯清醒。假如，我們把二個問題放在一起推敲，或許可以試著給個並不確定的答案：「人生啊！當下都是真，緣去即成幻」。因為「當下都是真」，所以眼前的每個夢境，我們都要認真地去夢。因為「緣去即成幻」，所以當時過境遷，也就該清醒地知道那只是夢，就讓它去吧！」

通篇都是口語式的書寫，你若想像作者不是用寫的，而是在你面前用說的，其實結果也一樣，而這就是當代的現代散文的語言標準形式。畫線的部分是比較口語的地方，你看著這些畫線處，會發現你也常常是這樣說話的。

顏教授是當代知名散文作家，在眾多的現代散文家之中，屬於可以融通古今、鍛鍊詞藻，而體要該備，情信辭巧的作家。但是隨著社會變遷，拜科技之賜，現在似乎人人都可以「寫作」了，例如「部落格」的出現，似乎以前不愛寫日記、寫作文的人，都搖身一變成了愛寫的人了。我們隨

機從Yahoo「文字創作」類部落格中，挑出兩段文字來看：

> ECE-小魚的部落格「最愛養樂多」[13]：
> 雖然現在市面上乳酸飲料有許多種，可是我最愛的還是小時候常常喝的養樂多。記得以前小時候，常常可以看到養樂多小姐不管是騎腳踏車還是騎機車的，看到總是要買一罐來喝喝的。雖然說是小小的一瓶，可是那種酸酸甜甜的好滋味到現在還是一樣喜歡。不過現在好像很少看到養樂多小姐了說。有點小懷念以前說。

> 佬窩好湯部落格「白色山茶花」[14]：
> 渭城朝雨浥輕塵，客舍青青柳色新。勸君更進一杯酒，西出陽關無故人。這是唐朝詩人王維送友人元二使西安詩，在那個年代交通不便，路途兇險，故人一別，恐怕沒有再見之日。臺北今天早上也下過雨，院子裡的白色山茶花又開了，這不禁讓我想起我的好友林董、林斯人先生，離開我們已經一年了，不知道他在天上過得好嗎？有沒有認真的跟隨佛菩薩修習佛法？我與林董相交二十餘年，曾經年少輕狂，也曾荒蕩不羈，但是不曾迷失過自己，總是認真工作樂於助人，可能老天爺愛開玩笑，幾年前體檢時，發現罹患肺腺癌第三期，去年夏天轉移至腦部，住院接受電腦刀治療，不料變成植物人，他苦撐了半個多月才離開人世，走時才五十歲，真是天不假年。林董住院時我常去看他，他總是欲言又止，話到嘴邊又吞了回去，林董往生後，我常覺得他來跟我說話，可是他沒說出口的那句話到底是什麼？到現在我也不知道。林董，你最喜歡的白色山茶花又開了，看到白色山茶

13　http://tw.myblog.yahoo.com/jw!Wz_5jUeRBQM.0v6Tr0nM2.qo/article?mid=155
14　http://tw.myblog.yahoo.com/web66-0227042864/article?mid=133&prev=-1&next=132#top_save

> 花就想起過去種種往事，斯人日已遠，典型在宿昔，斯人兄
> 我們永遠懷念你！

這樣的書寫與口語無異，書面語和口語已經沒有差異，只有「雅」、「俗」之別，年齡層低的如此，年齡層高些的也是。我們很少看到當代的文學評論者對口語式的書寫，有不好的評價，反而認為貼近生活，接近讀者。從書面語來看現代漢語，我們見到了一種最社會化的漢語階段與形式。

五、漢字型體的社會分化

㈠社會分化使正簡字分途

當代漢字有兩種，從區域來分，臺灣、香港、澳門使用的叫「正體字」或「繁體字」、大陸使用的叫「簡化字」或「簡體字」。從書寫筆畫多寡的角度說，「繁體」相對於「簡體」；從漢字簡化的歷史角度說，「正體」相對於「簡體」、「簡化」；從官方角度說，臺港的「正體」相對於大陸的「簡化」。我們整理如下：

	臺灣、香港、澳門	大陸
從漢字簡化歷史與發展論	正體	簡體、簡化
從書寫筆畫多寡論	繁體	簡體
從官方觀點論	正體	簡化

臺灣與大陸兩地社會從1949年起分隔至今，導致漢字的書寫也長期分途，沒有交集，於是兩區域漢字差異，成了很重要的政治與社會區隔的代表性圖騰。在臺灣早期書寫中，若出現大陸版的簡體字，很可能會引起軒然大波，官方則絕對不可能有這種現象。字型的分化與社會的分化，在此成了相對應的路線。字型的分化，是一種社會現象、社會的分化，則展現在字型的差異中。

不過，當代漢字的差異現象，在漢字歷史發展中其實很平常。社會隔

離使文字異形，戰國的「六國文字」早已如此；唐代的俗體字中，簡化或異體也是常態，所以官方有了標準文字的訂定，所謂「字樣」，學者研究文字而有了「字樣學」。再從書寫角度來看，棄繁從簡是一般使用者，為了便利與速度的必然選擇，民間是不一定會緊隨官方的。也就是說，在當代討論漢字差異問題，它不是單一方向思考即可，觀點與論述角度確定，才能有交集的正向思考。

　　㈡正體字、繁體字

　　「正體字」是臺灣官方法定字體名稱，又稱「國字」；「繁體字」是中國自古以來一直使用的的標準書寫形式，相對於「簡化字」。中華民國官方以及一些華人所稱「正體字」，是中華民國行政院教育部官方，明令使用的一套有明確準則的「繁體中文」文字，制定有明確的書寫規範以及選字原則，分列為「常用國字標準字體表」、「次常用國字標準字體表」和「罕用字體表」。在香港亦有類似的準則，以「常用字字形表」為標準，選字的準則和結果與臺灣的相近。在這意義上，「正體字」指符合這些準則下，所選定的標準字形的漢字。而俗字、簡化字等則為非正體字。

　　中國大陸於1956年開始制定和推行簡化字，簡化字在中國大陸取得了正體字的地位，繁體字就是與簡化字相對的被簡化的漢字。除此之外，很多漢字沒有被簡化，如：「工欲善其事，必先利其器」。這些字被叫作「傳承字」，既不是繁體字，也不是簡化字。所以，並不是現在在中國大陸使用的漢字都是從繁體字簡化而來的。

　　沒有使用簡化字的中文經常被稱為繁體中文，某些認為繁體中文是正統的人，也會稱之為「正體中文」，中華民國官方的一套漢字取字方案所取的字叫「正體字」，使用這套「正體字」方案的中文也叫「正體中文」。其中的文字，在很多時候會被籠統的稱為「繁體字」。由於這些漢字未經漢字簡化，所以有人認為比簡化字美觀，更是傳統中華文化的精髓，應將其稱為「正體字」。尤其臺灣、香港地區的人，認為這是繁簡大戰中，繁體中文的優勢。

(三)簡化字、簡體字

「簡化字」是中華人民共和國官方在大陸地區推行的標準漢字,臺、港、澳有部分人士稱為大陸字,是繁體字的對稱。同一漢字,簡化字通常比繁體字筆畫為少。簡化字是大陸在簡體字的基礎上經整理改進,由政府主管部門公布的法定簡體字,具有唯一性。在中國大陸,現行的簡化字是在1956年「漢字簡化方案」下,而後1964年發展成「簡化字總表」中的簡化字,並且訂有「語言文字法」保障其法定地位。

有趣的是,中華人民共和國的「簡化字」,其實是在中華民國的「簡體字」政策規劃下的持續與完成。1935年8月21日中華民國教育部頒布了「第一批簡體字表」,開始要推行研議已久的漢字簡體政策,不過1936年2月,又通令暫緩推行。之後因為中國內戰,於是文字整理工作均被延緩。1949年中華人民共和國建國,1956年1月28日中華人民共和國國務院審訂通過了「漢字簡化方案」。其後又公布了「第二批漢字簡化方案」,但因為字形過於簡單且混亂,試用了約八年便宣布廢除。1965年10月10日重新發表「簡化字總表」,共收2,235個簡化字,政策法規於焉完成。由於「簡化字」是在「簡體字」的基礎上經整理改進的,因此官方的「簡化字」常被誤稱為簡體字。

(四)簡化是漢字發展常態

一般人以為「正體」、「繁體」、「簡化」、「簡體」這些文字概念,是一種起因於當代政治對立、區域分隔而產生的書寫差異。事實不然,當代的兩岸政治對立,在整體漢字繁簡化的歷史中,其實根本不是什麼關鍵因素,大家都有所誤會了。

漢字字形從甲骨文開始就不斷演化。漢字的發展演變,就其形體來說,一般認為有兩種基本的趨勢,有「繁化」也有「簡化」,這兩種演化趨勢,是由文字的功能性來決定的。繁化的原因,是要求加強漢字的表音表意功能,而在字形上有所繁化;又或者為了意義的分工而進行分化,而使字形繁化;簡化的原因,則是要求形體便於書寫,將原先較為複雜的字加以簡化。這兩方面的要求有時會產生矛盾。而文字系統一般會通過自身

的調節，或是犧牲一些表音表意功能以實現簡化，或者是為維護表音表意功能允許字形上有所繁化，最終都達到便於使用的目的。

西周金文之後，春秋戰國時代，諸侯割據，除秦國的「大篆」規範性較強之外，其餘六國的文字彼此之間均存在一定的分歧，俗體廣為流行，而俗體中有簡化的，也有繁化的。但是當時的俗體，根據現代的文字學家考證，絕大多數都符合六書原理。之後的小篆又是在大篆的基礎上發展出來的，字體逐漸變為以線條符號為主，字形也逐漸固定。

漢代「隸書」源自於戰國時秦國，它是為了書寫簡便的目的，破壞和改造正體下，所產生的俗體字。和小篆相比，是書寫簡便的應急字體。隸書在漢代成熟，奠定了目前方塊漢字的基礎。隸書之後，產生了「楷書」「草書」、「行書」等各種字體。以筆畫書寫來說，這些書體較為方便、易寫。有人認為這代表了漢字進入了簡化為主的時期，漢字的筆畫總體說來比過去簡單了。不過，除了筆畫較簡單外，這時期的漢字，還存在著目的在於增進漢字的表音表意功能的繁化現象，增加形符或聲符，或者將原先相同的字分成兩個，各自表達的意義更加明確。因此就文字演化而言，繁簡兩方向其實並存著。

近代的漢字簡化，始於太平天國。在太平天國控制的地區內，實行了簡體字政策，以一批簡化了的漢字，取代原來的漢字。這批簡化了的漢字，部分是傳統沿襲下來，部分則由太平天國新造出來。1909年（清宣統元年），鼓吹俗體字的「教育雜誌」創刊，陸費達在創刊號上發表〈普通教育應當採用俗體字〉，這是近代中國的漢字發展和變遷中，首次有人公開提倡使用簡體字。1920年2月1日錢玄同在《新青年》雜誌上發表〈減省漢字筆畫的提議〉一文。之後又陸續提出了一些漢字簡化策略，社會上有所回響，政府也開始有了規劃。

中華民國政府在1949年以前，其實一直規劃著簡體字，教育部也在1935年頒布「第一批簡體字表」。不過之後中華民國退居臺灣，大陸由中華人民共和國掌控，並且持續著文字簡化政策，面對大陸的簡化政策與強力執行；臺灣因著政治的對立，也就沒有繼續漢字簡化的工作。兩岸漢字

政策分別發展六十年至今，其實雙邊的成效都很成功，漢字教育也都完成當初政策的規劃，但是文字的「政治圖騰」色彩，卻也依然對立。

由於文字是文獻的主要工具，所以文字研究在中國歷代，一直都投入許多心力，所以古文字裡，像甲骨文、金文這麼早的文字，它的繁化與簡化字形，當代學者都仍然可以以六書為主的漢字造字系統來解釋。換句話說，文字的書寫應用，一般人有一般人的便利目的即可，但是另外得靠著文字的專家來保存其體系上的理論認知，只要二者是平衡的，那麼繁化、簡化其實沒有這麼恐怖。從漢字歷史來看，文字系統本身會有一種有生命力的自我調整，但若因為是社會差異所導致的文字分途，恐怕就只有等待其社會自然變化才有轉圜了。古代漢字如此，現代漢字也一樣如此。

㈤正簡漢字平議

「正體」、「繁體」之於「簡化」、「簡體」的討論與評價，在兩岸及華人圈中早已有之。學者積極討論、一般民眾也時常街談巷語、道聽塗說。整理正反意見大致如下：

贊成簡化、反對繁體的意見：

1. 加快書寫速度，減少認讀困難，降低學習難度，有利普及教育。
2. 普及教育，促進文化傳播。
3. 漢字簡化是歷史發展之自然現象。
4. 簡化字來自民間已流傳的寫法，若干甚至是古文字。
5. 閱讀繁體，或是理解古文時，並沒有明顯困難。
6. 大陸書法家寫出大量簡化字書法，並沒有不美觀。
7. 簡化字在當代3C產品中，減省空間，顯示清楚。
8. 電腦輸入簡化字比較容易快速。
9. 臺灣民眾書寫時也會自然簡化。
10. 在中國周邊區域新加坡、馬來西亞、日本也使用簡化字。
11. 簡化字已逐漸被港澳民眾在非正式場合使用。
12. 反對者將簡化視為妖魔，忽略漢字的延續發展。

反對簡化、贊成繁體的意見：

1.與古籍文字不同，不利閱讀與中華文化的傳承。

2.不利於大陸、臺灣、港澳的文化交流。

3.違反六書造字原則，減弱表義功能。

4.系統性不足，使漢字更複雜，增加學習負擔。

5.漢字發展不只簡化，許多繁化是為了辨義的實際需要。

6.無法達到書法美感的要求，尤其篆書隸書的美感。

7.缺乏音義結構，造成閱讀困難。

8.媒體、網站同時有繁簡版本，浪費人力物力。

9.簡化字的電腦輸入，並沒有比繁體快。

10.臺港澳的文盲比例，遠低於大陸，簡化無法掃盲。

11.簡化字任意更改聲音符號，阻斷古音與方言的研究。

12.簡化字只消除了筆畫，卻混淆了字義，像「隻」改為「只」。

13.繁體大量保存在古建築上，無可取代，簡化字反增加漢字數量。

14.漢字閱讀，通常辨識輪廓而已，簡化字並無優勢。

15.大量形似的簡化字，反而造成辨讀不易。

16.將原本統一的文字，變成不統一，不利交流。

以上的所有正反意見，似乎像矛與盾的關係，很難有一個平衡點。大陸認為教育普及、臺灣認為大陸文盲仍多；大陸認為繁體輸入耗時，臺灣認為一樣快。大陸認為辨識容易，臺灣認為混淆意義。臺灣認為簡化與文化脫節，大陸認為傳承依舊。

其實語言是一種社會產物，雖然語言本身有靈活的伸縮機制，但是那仍然是因應社會的變化而變化的。兩岸文字的差異發展，正是社會分歧所造成。大陸使用簡化字是否阻斷文化傳承？臺灣使用正體字是否就保存了中華文化？這恐怕不是一個文字問題，而是一個社會問題，畢竟漢字也的確一直存在繁簡二種大趨勢，而中華文化也沒有中斷過。反倒是歷史上的某些社會，由於戰亂、天災、人禍等問題影響，使得文化的精緻與傳承度降低。例如元代雕版印刷的字體不夠工整，不具美感，跟外族統治的文化

水準可能有關;「明人刻書而書亡」,跟校對所必須有的整體考據學術水準有關。大陸六〇年代的「文化大革命」,使得許多人成為文盲,使得民眾的文化素質出現斷層,至今影響仍在,而這些問題的癥結,不在於使用文字的種類,而在於教育。

我們認為,文化傳承的重心在教育,而文化教育的重心在學術界。學術界對於文化菁華的文獻、思想的研究,只要是學養夠深厚而且有心,則不論面對何種文字,理論上應該都有一樣的成果。於是當前漢字的差異問題,可以讓它回歸到社會屬性的本質中來等待。對立社會的問題沒有解決,文字就讓其各自發揮,各有生命;對立社會有了整合,那時漢字系統的分歧,也自然會有了調整。這就是語言的社會屬性,多數時候倒不用杞人憂天的。

六、社會新產物——「新興語言模式」

現代漢語出現一種新的語言模式,在漢語歷史中不曾出現。那就是因電子科技興起,網路、手機、PDA環伺生活週遭後,所迅速崛起的一種「混合式句法」。現代科技的快速改變,衝擊了生活型態、溝通型態,也衝擊了語言型態的快速改變,造成了尚未定型的「新興語言模式」,成為語言與社會互動變化的典型。

(一)類型

「混合式句法」指句子中的符號除了標準漢字以外,加入了各式的音標、數字、外來文字、鍵盤符號、方言音、同音字、音近字、諧音字、合音字等。它原先在以科技產品為媒介的溝通方式中出現,之後在年齡層低的社群的一般溝通中流行,而使用的年齡層也漸次提高;使用範疇又擴及到傳統紙張書寫中,甚至正式書寫中。例如以下的句子:

(1)音標類

「你好ㄇ?」(你好嗎?)

「要ㄅ要去看電影?」(要不要)

「ㄋㄑ臺北啊!」(你去臺北啊!)

(2)數字類

「3Q」（Thank you）

「他75我」（欺負）

「88」（bye bye）

「886」（bye bye囉）

(3)外來文字、字母

「今天真happy」（今天真快樂）

「他有新的GF囉」（新女友、girl friend）

「那就算lo」（算囉）

(4)鍵盤符號

「你真可愛^_^」（表示笑臉）

「我好 >_< 喔~~」（表生氣、~~定義不明，這裡取代句尾標準標點符號。）

「你↓到我了@@」（↓義「嚇」、@@當句尾符號或表可愛）

(5)方言音

「偶去上學」（偶是閩南人說的國語「我」，一種臺式國語。）

「他粉漂亮」（也是臺灣國語，同「很」）

「有夠衰」（「衰」閩語「倒楣」之義）

「嘿咩」（客家語「是啊」之義）

(6)同音字

「我要去咪一下」（「咪」是「瞇」的同音別字）

「凍蒜」（「當選」的閩南音同音字）

(7)音近字

「因該的」（「因」是「應」的音近別字）

(8)諧音字

「你查咕狗了嗎？」（咕狗是搜尋網站Google的諧音）

(9)合音字

「醬啊」（「這樣」的合音）

「表這要做啦！」（「表」是「不要」的合音）

⑽混合式句法

「偶口以自己ㄑ臺北，醬最好^_^~~886」（混合漢字方言、注音、合音、鍵盤符號、數字成的句子）

「~~ㄋ是卡哇伊的GF，byebye」（混合漢字、鍵盤符號、日語外來語、英文字母）

以上例子，先在3C平臺中出現，後來在低年齡層中流行，也應用於日常書寫，甚至進了「作文簿」當作是正確的語法應用。起初只在電腦中應用，後來在社會上形成一種次文化流行，進入實際語言領域。青少年階層若不使用這些語言模式，可能還被同儕譏為落伍呢。很多人不認同這樣的次文化，不贊成這樣的語法，社會上或者叫做「網路語言」，或者叫「火星文」[15]。2006年臺灣的大學學科能力測驗國文科試題，題目中出現「::^_^::」、「3Q得Orz」的火星文，要求學生改回正規語言，而這兩組例子還是命題者拿來做題例說明的，就已經引起軒然大波。可見社會上對這些語言，還沒有一個統一的看法與態度。

我們認為「次文化」雖不是社會主流現象，但也可能成為長久的社會機制，或是影響層面深遠。叫做「網路語言」可能適合初期的現象，卻已經不能涵蓋今天廣泛的應用範疇；叫做「火星文」偏向貶義，容易引起錯誤與不客觀的認知。於是我們在此將這些當代社會的語言產物稱做「新興語言模式」來予以正視，「新興」相對於「正統」或是「正規」。語言本來就隨社會現象、型態、機制的改變而改變，漢語歷史中不斷出現「新興」後來成為「正統」的語言現象。所以對於可能成為未來「正統」、「正規」的，應予正視。「語言模式」則可以涵蓋「網路語言」、「手機語言」、「外來語」、「方言語」等等的語法現象，是一個中性名詞，也

---

[15] 網路中年輕人流傳的「火星文」起源，是在電影「少林足球」中，男主角周星馳對守門員趙薇說：「你快點回火星去吧，地球是很危險的！」之後在流行用語中，凡聽不懂看不懂別人說話時，就說那是「火星文」。藉由迅速傳播，成為年輕族群共同語，「火星文」成為一切令人難以閱讀、理解的文句的代名詞。

沒有「火星文」的負面與成見概念。所以以「新興語言模式」涵蓋其語言現象、社會現象，對其客觀研究分析，才是一個正向的語言研究型態。

(二)新興語言模式的社會因素

「新興語言模式」通常與社會內部轉變、或外部影響有關。例如漢以後複音節詞組的大增，南朝宋劉義慶的《世說新語》集複音詞的大成，這和六朝社會的擴大、族群的混同、文體的多元、佛教的傳入、音學的進展等社會背景都有關係。宋代的「話本」、「平話」，是近代口語文學的起源，而其和宋代的社會休閒型態轉變、「說書人」事業的產生有著積極的互動關係，也成為了後來的小說語言正宗。

現代漢語的「新興語言模式」，也一樣是語言隨社會轉變而轉變的典型。分析其興起原因及應用者心理，大致有以下幾端：

(1)科技產業產生的新式輸入平臺：例如BBS、網路聊天室、手機、電子郵件取代紙張。

(2)輸入平臺改變後的新輸入方式：鍵盤與各式按鍵取代文字手寫。

(3)鍵盤符號進入語言系統：鍵盤中整合的各種符號，易於取代正規漢字。

(4)快速溝通的社會步調：快速、便利是當代社會運作模式，語言溝通也隨之經濟化。

(5)本土語言文化的抬頭：導致方言以各種型態進入正規語言。

(6)地球村使外來文化傳播迅速：外來文化帶動外來語的數量大增。

(7)社群色彩鮮明而切割細膩：快速溝通的平臺，使社群快速建立連結，年齡、行業、婚姻、學生等都可以分別社群；議題差異與切割細膩，可以造成新社群。社群溝通又引起社群語言模式。

(8)社會距離的模糊化：不同身分角色的社會正規溝通，由新式平臺取代面對面的溝通，在快速角色兼具與變換下，導致角色變化與階級認定的模糊，語言模式也跟著模糊錯亂。

(9)社會語境的多元化：時空、情境、角色共構的語言環境，在今日突破了傳統，有了多元交錯，多元語境就帶來多元語言模式。

⑽語言的社會工具功能被放大或強化：「工具」不必定有美感的要求與結構組織，迅速溝通的工具性質被提升為首務。

　　這種新興語言模式，在當代引起許多討論，反對的人認為會對傳統正規語言有負面影響；也有意見認為要積極面對，這是時代與社會的體現。其實現代的「新興語言模式」，就語言的角度來觀察，目前現況是符號模式的改變或增加，語法結構與詞性並未突變。可以說其社會因素與反應的層面較多，語言結構系統變化少，因此不必過於憂慮。持續注意觀察其發展，積極掌握其變化與衍生，是可以甚至必要的，若過度干預可能也不會有效果。就教學系統而言，則應該仍以正規語言模式教學，但放寬對符號使用的要求、多注意其詞性用法與文法的正確性，符號則可以適度尊重社群與年齡層面的群體性。如此一來，研究層面、教育層面、應用層面以及語言的功能層面、社會屬性等等就都可以同時兼顧了。

七、閩南方言勢力的抬頭
㈠方言進入共同語系統

　　閩南方言勢力在近年來抬頭，從語音到詞彙大量進入共同語系就可以理解。臺灣的共同語稱做「國語」，1949年以後一直保持著區域語言的優勢，語音及書寫都有其正規性。但是目前的情況是，閩南方言進入了國語系統，說話時國語、閩南語夾雜，書寫方言譯音詞彙也不影響正規概念。例如「凍蒜」、「槓龜」、「好康」、「抓狂」這些方言詞彙，年紀小的人可能已經不自覺這是來自方言音。此外，使用場合也從原先的民間的、私下的、非正式的，進入了官方場合、議會殿堂、學校課堂、媒體傳播等重要語言傳播場所。總統的公開演講，可以國語、閩南語混用、國會的詢答甚至要求官員以方言發音、教師教學的口語中也自然出現方言詞彙，更不用講媒體中從新聞到戲劇，已經沒有「只能國語」的概念了。這些現象，反映了閩南方言的占有率急速增加，同時進入了新式的「臺灣國語模式」時代。

㈡方言書寫

方言語音的勢力抬頭，同時反映在書寫的領域，例如「你粉美麗」的「粉」是閩南音的「很」；「靠」、「靠夭」、「靠杯」的「靠」是閩南語「哭」的音，原是閩語粗話，在社會上漸次之為表達不滿情緒的發語詞。「好康」在閩語原指礦藏豐富的礦坑，意思是「好孔」，轉譯後成「好康」，在臺灣普遍用於各種好事；「落跑」是閩語逃亡、偷跑之義；「凍蒜」是當選，這些年臺灣人已經朗朗上口；「槓龜」是彩券沒中，源自日語，閩語再轉譯為此漢字；「抓狂」是閩語精神混亂崩潰。這些方言詞彙比起前述「火星文」，在臺灣語言中地位高多了。甚至社會的大量使用後，在很多場合機會中，已經有了正規的態勢，例如在「作文」中出現時，老師已經未必會加以糾正了。從語音落實到文字書寫，再進入文獻資料中，這更反映了閩南語勢力抬頭的社會現象。

㈢方言勢力與社會變遷

當代方言勢力抬頭，其實反映了臺灣在過去半個世紀中，社會轉變的清楚軌跡。我們先簡單看這歷史軌跡：

閩南人口占多數→戒嚴時期壓抑→解嚴開放→外省第一代凋零→大陸方言逐漸消失→反對勢力崛起→外省第三代省籍模糊→融入閩籍社會與語言環境→政治板塊移動→方言勢力抬頭→方言進入共同語→語言平等法→──更改國語呼聲

臺灣原本就是閩南人多，在國民政府來臺時才大量移入外省人，但人口比例仍然是閩南人高。戒嚴初期的內憂外患，以及國族主義的教育政策，使得閩南方言與族群備受強大壓抑，例如媒體的方言節目在時數上受限、教育系統中對方言的禁止。同一時間，國民黨以外的反對勢力其實一直存在，經過解嚴開放後，閩籍政治勢力有了紓解，語言也漸次開放。同時兩岸隔閡持續，使得1949年前後來臺的外省第一代逐漸老化凋零，原本各省方言匯聚的情形也逐年減少，這自然使得閩南方言也逐步拿回主要地

位。

　　外省第二代在臺灣出生成長，對閩南族群、語言、社會本不陌生，之後通婚情況普遍，思維較第一代本土化許多。到了外省第三代，多數是在解嚴之後出生，這就與閩南勢力的成長同步，於是省籍觀念模糊，也融入了閩籍社會乃至語言系統，例如其雙語程度，就一定比第二代強。解嚴以後，臺灣的閩籍族群意識有了出口，政治板塊也開始移動，伴隨著政治勢力的獲得，閩南語方言的勢力同步抬頭。外省人口、方言、飲食、風俗漸次減少之際，閩南方言、飲食、風俗成為本地大宗。方言語音詞彙此時大量進入共同語系，並且有了融合的現象。政黨輪替之後，制定語言平等法的思維，更改國語的政策等有利方言勢力的意見，紛紛被提出討論，而持續發展至今。

　　臺灣閩南方言勢力從壓抑到崛起的過程，是十足的社會變遷現象。語言系統與語言勢力是兩個分別的議題，漢藏語系中的各種方言，本來就應該獲得尊重與保存，從語言學的角度言，這無可爭議。不過語言勢力消長帶來的語言競爭力的議題，那就與社會變化脫離不了關係。我們探討臺灣現代漢語與社會文化變遷，其中閩南方言勢力抬頭，確實是當代臺灣語言環境中精彩的一頁。

八、新世紀的漢語國際競爭力

　　進入21世紀後，國際政經局勢有了明顯變化，國際社會中的語言板塊，也正在快速從英語轉移到漢語。中國負責漢語推廣工作的「國家漢語國際推廣領導小組辦公室」，於2004年在韓國漢城成立世界第一所「孔子學院」，到2006年時已在全球54個國家地區成立了156所，預計在2010年全球「孔子學院」的設立將達到500所。這種「大使館」式的語言文化推廣先鋒隊與尖兵，臺灣看見了嗎？

　　拜中國改革開放、經濟崛起之賜，漢語的勢力也隨著政治力、經濟力的急遽提升，而有了世界不敢輕忽的語言競爭力。世界上學習漢語的人口倍數成長，許多國家把學習漢語當作提升國家競爭力的一環。中國大陸在

政治經濟力提升的過程中，更把「對外漢語教學」當作與政治經濟強勢同等重要的工作，並在過去20年中，獲致了大量的成績。

臺灣在這波熱潮中，近幾年也開始想抓住機會，展開了若干的「對外華語教學」工作。可是我們的準備與心態充足了嗎？從政府到大學，再到社會的理解與認知，臺灣的「整體戰略」是否「成型」了？語言強大競爭力所帶來的政經實質利益，可以反應與落實在現實社會中，臺灣已經獲益了嗎？臺灣同樣使用漢語，寫漢字，但是當國際社會都在分享漢語帶來的利益時，我們目前付出了多少？回收了多少？語言與社會是互動的，國際社會正因為世界語言板塊移動，而強烈感受社會變動的同時，臺灣的社會有沒有跟著國際脈動？還是仍然閉關自守？

上述問題的答案，目前應該還是悲觀的。臺灣官方使用「華語」來稱現代漢語，推動華語工作的最高官方機構叫「對外華語小組」隸屬教育部。進入這個小組的官方網站後，你會發現當中幾乎「空無一物」，於是感受到對於臺灣的「對外華語」工作，官方並沒有「高度戰略」的思維，於是組織層級低、策略虛幻不清，似乎到了該作戰的時候，卻仍只是上下班了事。各級大學倒是很想有作為，於是「華語中心」如雨後春筍成立，開設各式班級、培訓師資、海外招生等等。狀似熱鬧，但其實都在辛苦的單打獨鬥，章法也不足。所有大學各自努力，互不往來，臺灣的大學橫向的團結對外作戰力量沒了。更嚴重的是，見不到來自政府的由上而下的總體戰策略，國家編列的象徵性經費多數零散花掉了。國家對於各大學想要有的作為與用心，並沒有想整合的衝勁與意志，國家不是有帶頭向外發展的功能、角色與責任嗎[16]？

從社會認知與風氣來看，我們不但沒趕上世界漢語熱的風潮，內部連語言的使用都隨時要沾惹「政治意識」。排斥中國政治體的人，連中國語言文化也排斥，所以更改國語的意見時有所聞。要臺灣社會許多人承認自己說的是中國話、寫的是中國字，是一件困難的事，甚至是一個痛處，否

---

[16] 有關兩岸對外語言政策的相關研究與資料，參郭妤綺《兩岸國際漢語教學體系比較研究》，淡江大學漢語文化暨文獻資源研究所碩士論文，指導教授：盧國屏。2007年12月。

則2007年流行音樂團體「SHE」發表了一首「中國話」的歌曲，不會引起許多政治敏感人士的撻伐。臺灣許多年輕人，看得到世界局勢發展，與國際語言競爭力的變化，於是想投身國際華語教學作為人生志業。可是唸完了師資班後，國家與大學有沒有後續的人才輸出計畫？有沒有足夠的國內市場提供給我們的年輕人？有沒有帶領我們的熱血青年衝向國際？我們知不知道這群青年現在在哪？國家沒有推動的真正意願、大學沒有獲得真正的政策與財力物力支援、社會沒有語言競爭力的共識，臺灣會不會淹沒在這波國際社會變動的局勢中？

　　臺灣有沒有在這波熱潮中受衝擊？有，傳言中聯合國將從2009年起將簡體字定於一尊，不再有繁體字的各種文件資料，這樣子的傳聞甚囂塵上，雖然中華民國外交部發言人呂慶龍在2006年4月11日記者會中反駁此項傳聞，但是臺灣在此階段遇見了空前未有的文字使用的國際壓力，卻是不爭的事實。臺灣除非鎖國，否則未來將如何參與國際社會？未來在國際間，將以何種文字應對？還是我們已經麻木到以為臺灣內部沒有語言問題？從政府到民間，是應該要有全套的「語言戰略與戰術」了。

第四章
漢語解釋理論與方法

　　本章「漢語解釋」指的是「以語言解釋語言」、「以語言材料解釋語言材料」、「以語言的構成理論解釋語言工具」、「解釋語言形音工具的邏輯以輔助語義確認」。語言系統的構成一定有其原理，例如音節的結構、文字的製作、語音與文字的序列等等，必然有其精密結構理論；依據語言的各種結構理論，針對語言工具本身進行各種條理化的說明，就形成各種的解釋方法。簡單來說，從基本元素、組織方式、結合邏輯等來認識漢語這個語言工具系統，就是本章的重點。

　　語言系統有「形」與「音」兩大工具，本章從第一節到第七節，是以字形工具為主的「據形辨義」理論。「據形辨義」傳統上稱為「形訓」，是依據漢字的表義性質和形義統一的特質，從文字作為語音語義的書寫形式這個概念出發，依據形體結構的組成邏輯而來認識文字、解釋語義的方法，也就是「據形辨義」的理論方法。

　　漢語是一種形音義一體的語言系統，語音可以表義，有了記音的字形之後，這個記音字形又不只拼音功能，它的形體本身就可以單獨表義，不一定要知道發音。於是「據形辨義」的解釋理論與方法，自然有其重要性。「據形辨義」是不是「望形生訓」、「望文生義」呢？是的，其實三者觀念一樣，只是一般人在「望形生訓」、「望文生義」時，時常出現偏差與謬誤，所以成了負面的意思。事實上這是因為不熟悉漢字造字原理、不知道漢字字形的歷史變化所造成的，而這都不影響漢字這種「形義符號」，可以「據形辨義」的特質。

　　第八節到十四節則是以語音工具為主的「據音辨義」理論。「據音

辨義」傳統上稱為「聲訓」。任何語言系統一定先從「音義結合」展開，也就是以語音符號表現語義，之後文字符號產生，漢語就成為「形音義結合」系統；其他語系則多數仍只有「音義結合」系統，文字字形只表音不表義。也就是說「語音」是人類表義的最初符號，而且一路發展到今天。要全面解釋語言意義，追溯最初語音與語義的結合形式，是一個主要且最具系統性、結構性的方法。在漢語的解釋歷史上，傳統的「聲訓」遠自周朝的語言研究就已經展開。

第一節　積木理論

「積木」是將一個一個最小單位的單一形體積木，根據所需堆疊組合而成為立體的、不同造型成品的遊戲。單一的一個積木零件，本身是積木，有各種造型；堆疊組合出來後的汽車、海盜船、建築物等，也是積木，但是造型與意義卻是新的。

漢字系統也是如此，現存的五萬個漢字，是由五百個左右的「初文」，也就是最先造的文字，所「堆疊」組合出來的。於是漢字就如積木，可以組裝、可以拆解。想更了解這組裝後的字的意義，可以拆解其初文構件，研究其初文意義，然後又組裝起來，過程中也就進行了「據形辨義」。例如：

「食」1.初文：「亼」、「皀」

2.想要造一個字表達「人吃東西」的意義。

3.「亼」＋「皀」＝「食」

4.「皀」是「穀粒馨香」之義，它是在「匕」字之上，加上一個不是初文的象徵穀子的輔助性符號「⊙」而造成，「匕」是杓，於是「皀」是杓子裡放著穀粒，代表馨香可食。「亼」是「集合」的意思，「亼」合很多的穀物，用「匕」舀來吃，這就是「飲食」的「食」字的

由來，具有動詞、名詞的意思。

「爨」　1.初文：「𦥑」、「木」、「廾」、「火」
　　　　2.要造一個字表達「在竈上烹煮食物」的動作。
　　　　3.「拿東西的左右手」＋輔助符號「𠔼」表鍋子容器＋竈
　　　　形符號「冖」＋木材「林」＋雙手向上「廾」＋「火」
　　　　＝「爨」
　　　　4.雙手端著鍋子，放在竈上，雙手再將木材放入竈內生
　　　　火，這就是「炊爨」字的由來。

「江」　1.初文：「水」、「工」（零件）
　　　　2.想要造一個字表達「長江」這條大水的意義。（目的）
　　　　3.以「水」表事物＋以「工」表聲音＝「江」（成品）
　　　　4.長江水勢盛大流速湍急，其音如同「工」字古音的聲音
　　　　（〔kaŋ〕）。（原理）

上述的例子中，「初文」是造字的最小單位元素，而且一定比「字」先造，所以叫「初文」，簡稱作「文」。「字」既然是由「文」所造，那麼當然是集合所有「文」的意義而成「字」。想了解「字」的意義，拆解各個「文」來理解個別意義，再加以組成新義如同堆積木，我們稱之為「積木理論」。

第二節　認識初文──象形指事

初文有兩種：「象形文」、「指事文」，他們是獨體的、純體的，也就是不可以再分割的獨立單位，稱之為「文」，與組合而成的「字」相對。它們在造字最初被造出來，數量約五百個，多數代表人在環境生存中

所面對的基本事物的意義。象形文與指事文的功能不同，象形文表具體事物，記錄語詞中的名詞；指事文表抽象事物，記錄語詞中的動詞形容詞、副詞等。

先看「象形文」，許慎《說文解字》定義為：「畫成其物，隨體詰詘。」意即「將事物的形體輪廓直接取象畫下來」。例如人體類「人」、「目」、「耳」、「大」；天文類「日」、「月」、「雨」、「云」；地理類「山」、「水」、「泉」、「川」；動物類「鳥」、「馬」、「羊」、「豕」；植物類「木」「米」、「竹」、「禾」；建築類「宀」、「門」、「瓦」、「井」；食器類「鼎」、「鬲」、「匕」、「皿」。

從以上例子可以看出，象形文所表事物，均為生存環境中之基本事物。遠古時期生活方式相較單純，造字表義時，當然會先造週遭環境中的基本事物。越往後發展，生活方式越複雜化，人類心思越細膩，當文字要增加時，自然就將初文與初文組合成新字。就生活層面而言，這是標準的利用與組織萬物，反映在文字上，當然也就是以基本組合成多元了。

「指事文」，是人類思維精密的表徵，因為它表述的是人類對事物的「觀念展現」、「思維陳述」、「狀態說明」、「動態描寫」以及「細部名稱」，所以就語詞而言有形容詞、動詞、副詞等非名詞的詞性。許慎《說文解字》定義為：「視而可識，察而見義。」也就是用線條符號表現抽象概念，使用者依據線條線索，可以依指示觀察而得知其義。例如觀念思維類「上」、「下」、「才」、「八」；動態動作類「飛」、「出」、「曰」、「立」；狀態類「旦」、「丨」、「亼」、「口」；部位名稱「本」、「末」、「寸」、「亦」。

創造漢字的基本「積木」，是漢字的大功臣，它們的數量有多少呢？請看下表[1]：

---

[1]　許逸之《中國文字結構說彙》，臺灣商務印書館，1999。

	象　形	指　事	會　意	形　聲	
甲骨文	276(23.9%)	20(1.7%)	396(34.3%)	334(28.9%)	BC1324-1296
說文解字	364(3.8%)	125(1.3%)	1,167(12.3%)	7,697(81.2%)	AD100
唐韻	608(2.5%)	107(0.4%)	740(3.1%)	21,810(90.0%)	AD742-756

　　商朝的初文占25.6%、漢代5.1%、唐代2.9%，越早期文字數量少，所以初文所占比例就高；越往後以初文組合造字數量越多，初文比例就下降。所以這些比例要再與歷代文字總數合參：

時　代	字　數	根　據
商代	4,672	甲骨文字數
周代	6,544	十三經單音詞
漢代	9,353	許慎《說文解字》
晉代	12,824	呂忱《字林》
南朝	16,917	顧野王《玉篇》
唐代	11,500	孫緬《唐韻》
宋代	26,194	陳彭年《廣韻》
宋代	26,430	（遼）行均《龍龕手鑒》
宋代	31,319	司馬光《類篇》
明代	33,179	梅膺祚《字彙》
明代	33,549	張自烈《正字通》
清代	47,035	張玉書《康熙字典》
民國	49,905	文化大學《中文大辭典》
中國大陸	54,678	四川、湖北辭書出版社《漢語大字典》

　　自從許慎說文歸納小篆中約五百個的初文後，歷代字書中就不再見到新的象形文、指事文的製作，累積到今日漢字有了五萬個之多，九成五以上都是由當初五百個初文組合成的字。從以上的數量與比例數字，我們看到了「初文」對漢字的貢獻，尤其它「衍生」的強大功能。要能夠對漢字「據形辨義」，認識初文絕對是最重要的第一步。

第三節　組合與拆解——會意形聲

有了「文」之後，就可以組合成「字」，依六書分又有「會意字」、「形聲字」兩種，但一定是由兩個或兩個以上的文組合而成的，就如同組合「基本積木」而成的「積木成品」。於是當我們要辨識「字」的意義時，了解「組合」由來的同時，也就進行了「拆解」，再將拆解後的意義相加，就可以據形辨義。例如：

「武」1.原組合：「止」（文）＋「戈」（文）＝「武」（字）
　　2.「武」字何義呢？
　　3.拆解：「止」本義「腳」、引申義「停止」。
　　4.拆解：「戈」本義「兵器」、引申義「戰爭」。
　　5.意義組合：「停止」＋「戰爭」＝「停止戰爭」
　　6.意義理解：「停止戰爭」就是「武勇」之道。
　　7.意義引申：能「化干戈為玉帛者」為真「武」之最高精
　　　神。

「祭」1.原組合：「肉」（文）＋「又」（文）＋「示」（文）
　　　＝「祭」（字）
　　2.「祭」是祭祀之義，從字形如何知道？
　　3.拆解：「肉」既為食物，也為祭品。
　　4.拆解：「又」本義為「手」
　　5.拆解：「示」本義「天地展現的自然現象」，包含祂的
　　　「禍福吉凶」。
　　6.意義組合：「手」持「肉」給「上天」。
　　7.意義理解：進行祭祀儀式

「暴」 1.原組合：「日」（文）＋「出」（文）＋「廾」（文）
　　　　 ＋「米」（文）＝「暴」（字）

2.「暴」何以有「暴力」義？何謂「暴力」？

3.拆解：「日」為太陽。

4.拆解：「出」本義為「草木茂盛上出之形」。

5.拆解：「廾」兩手捧或端著東西。

6.拆解：「米」為穀粒。

7.意義組合：「日」「出」，以「手」捧「穀」。

8.意義理解：將穀子進行「暴」曬。為「曝曬」之本字。

9.意義引申：「暴」本義「曬穀」。人以強力加諸他人，
　　　　　　 如同陽光強力之於事物，故引申義「暴
　　　　　　 力」。為區別「暴曬」之義，遂造「曝」
　　　　　　 字，使形義分途不會混淆。

「猛」 1.原組合：「犭」（文）＋「子（文）＋皿（文）＝孟
　　　　 （字）」＝「猛」（字）

2.「猛」今有猛力之義，何也？

3.拆解：「犭」為「犬」。

4.拆解：「子」為嬰兒、小孩。

5.拆解：「皿」為大盤子。

6.意義組合：「子」＋「皿」＝「孟」，上古嫡長子出
　　　　　　 生，眾人以大盤子盛此新生兒，呈獻予國君。「孟」之
　　　　　　 本義即「嫡長子」，引申有「長」、「首」、「大」之
　　　　　　 義。

7.意義組合：「犭」＋「孟」＝「猛」。本義「健壯的犬」

8.意義引申：由「犬」之「健壯」，擴大到人之健壯。故
　　　　　　 有「猛力」義。

「淪」　1.原組合：「水」（文）＋「亼（文）＋冊（文）＝侖（字）」＝「淪」（字）

2.「淪」今有「淪落」、「淪喪」義，何也？

3.拆解：「亼」今「集合」之本字。

4.拆解：「冊」為竹簡串聯之形。

5.意義組合：「侖」指「集合」許多竹簡「有條理次序」的「編連」成「冊」的動作與過程。其中「條理次序」是首要關鍵，竹簡才能整齊串聯成冊。於是「侖」的字義、語音皆有了「條理次序」義。

6.意義組合：「水」＋「侖」為「有條理次序的水文狀態」，本義「漣漪」。

7.意義引申：「漣漪」為所有水文中，最有規律條理者，於是人一步一步的落魄，就稱之「淪落」；逐漸的喪失，便謂之「淪喪」。引申用法必然從本義中「條理次序」而來。

以上「武」、「祭」、「暴」為「會意字」；「猛」、「淪」為「形聲字」。會意字沒有任一個初文擔任聲音符號；形聲字則必有聲音符號，像「孟」與「侖」。不過「據形辨義」的漢字解釋方法，與有沒有聲音符號、是不是聲音符號無關，只要是由「文」組合成的字，在新造字中此「文」一定要提供其意義。從漢字是「形義符號」的觀點而言，「形」與「義」自然是緊密相連著，「文」提供其形體以造新字，其義當然也同時帶進了新字中，而在辨義過程中，甚至可以不知道該字的發音。從組合的會意字和形聲字中，我們看到了漢字在表音之外的創意。

第四節　字形偏旁的意義重心

每一個漢字都有其意義，而且在所有偏旁中，一定有一個偏旁是該

字的意義重心所在，使得它和其他漢字意義不同。縱然有許多漢字意義相近字，但也絕對有其關鍵意義之差異，例如「思」與「想」；「懷」與「抱」；「告」與「訴」，它們既然是兩個獨立的字，那就一定有不同。如前所言，每一個「文」在新字中都要提供意義，但是這其中一定有一個「文」的意義，是新「字」的意義重心所在。我們只要掌握這個「文」的意義重點，那麼不論它和誰組合新字，在整體辨義上就可以萬變不離其宗了。例如以下三例：

一、從「寸」之字必有「條理法度分寸」義

1. 「寸」的本義是人手掌下方的「動脈」，由於每一個人的手動脈與手掌下緣的距離是相同的。於是「寸」字就成為了度量衡中分寸的「寸」。近一步有了「分毫不差」的「有法度」、「有分寸」、「有條理」、「循序漸進」之意義。
2. 當「寸」字用去組合新字時，就會發揮這關鍵意義。
3. 例：《說文》：「導，引也」有條理法度的引導向前。
4. 例：《說文》：「寺，廷也，有法度者也。」王宮前廷，有分寸法度之場域。
5. 例：《說文》：「尋，繹理也，從工口、從又寸，工口亂也，又寸分理之也。」此字稍繁複，義指多言則亂，亂無法度，則分寸條理之。「繹是演繹而條理化之義，所以「尋」與「找」，今日連用，但差異就在有無條理。
6. 例：《說文》：「冠，絭也，所以絭髮，弁冕之總名，冠有法制故從寸。」
   「冠」是古代士大夫頭上束髮之器，官職高低冠亦有別，不可以混淆。
7. 例：《說文》：「將，帥也。」將帥帶兵，必有法度；作戰必有條理。

8. 現代漢語中「導師」、「訓導」、「導論」、「寺廟」、「尋找」、「尋覓」、「冠軍」、「弱冠」、「將軍」、「將帥」、「即將」仍然是這「從寸之字必有條理法度義」的系統。

二、從「刀」之字必有「明顯光亮」義

1. 「刀」字本義即「刀劍」之「刀」。刀子必是鐵器磨利而成，鐵器磨則光亮，明顯於未磨之鐵器，於是除「鋒利」外，又引申有「明顯光亮」義。

2. 當「刀」字去組合新字時，其「明顯光亮」義，就會成為某些新字關鍵義。

3. 例：「召」，口中發出明顯聲音以「召喚」、「召集」、「召呼」。

4. 例：「昭」，日光明亮，「昭雪」、「昭告」、「昭然」。

5. 例：「招」，手高舉而明顯，「招呼」、「招生」、「招致」、「招搖」。

6. 例：「照」，陽光與火很明顯明亮，「照耀」、「照料」、「照顧」、「照亮」。

7. 上述字例，有其造字次序，先造「刀」，後組合「召」、再造「招」、「昭」、再造「照」。而「刀」字的「明顯明亮」義也就一路成為後造字的主要義涵，如同一個字形與字義的血緣家族的遺傳基因。

三、從「口」之字必有「飲食」、「言語聲音」、「空間」義

1. 「口」字本義為「口腔」之名詞的「口」。口的功能為飲食、言語，於是又有這兩種動詞的意義。口是五官中可以明顯張開一個空間的，於是又引申有「開口」、「空間」義。
2. 當「口」字去組合新字時，新字也不出這四種意義。
3. 例：《說文》「口」部字，「喙」、「咀」、「啜」、「饑」、「喘」、「命」、「喋」、「名」、「含」、「唉」、「叫」、「嘆」等180個字，均屬這四大意義範疇。
4. 《說文》「口」部中有兩個做「開口、空間」義的：
   「啟」：上為門「戶」，下為「開口」，義指「將戶打開後的外面空間」是今日「開啟」的本字。
   「谷」：上面是土石流傾洩而下的狀態，是一個輔助符號，下方的口就代表被水沖激掏空的空間。這個「谷」字，有了「解散」、「宣洩」、「消釋」之義後，之後造出來的「兌」、「說」、「脫」、「悅」、「挩」也都有了這個主要意義。
5. 掌握「口」字的意義範疇後，那麼「口」字不論出現在哪，都可以很快速「據形辨義」了。

第五節　部首辨義與限制

自從東漢許慎在《說文解字》中，以540部首統攝9,353字後，所有漢字的部首分類法就一直沿用至今，而且也成了歷代中國人「據形辨義」的第一步驟。

一、部首歷史

「部首」是以漢字裡共通可見的偏旁，作為漢字分類的一種標準，所有漢字都必須進入一個部首，成為一種據形系聯，易於檢索的系統。許慎建立部首的原則，是該偏旁必須具有組成新字的能力，於是每一部首之下，便會系聯著若干組合字。《說文解字》有540部首，之後南朝的《玉篇》542部首、《類篇》540部首，基本上仍沿襲《說文解字》。但是這時候的漢字已經是楷書，而不是許慎分類依據的小篆，因此雖然沿襲傳統，但檢索不易的問題也出現了。

到了遼代僧侶行均編了《龍龕手鑑》242部、金代韓孝彥、韓道昭《五音篇海》444部，才開始嘗試調整了部首數量，希望使檢索更加便利。其中《五音篇海》是將部首內的字依筆畫數排列的第一部字典，个過部首則仍然不是依筆畫排列。到了明代梅膺祚《字彙》，首次將部首依筆畫排列，部首內收字也依筆畫排列。並且整併了字數過少的部首，使部首數降到214部，這也就是今天通行的部首內容與數量了。

二、部首字族系統

每一個部首之下，聯繫了若干個字，也就是每一個字的字形中，一定會有該部首這個偏旁在，而且都同屬於這個部首所代表的事物類別，於是這些字就聯繫成了一個以部首為中心的「字族」系統。既然是一個文字族群系統，那麼其共同的血緣關係，就是這個部首。以下我們從現代漢字部首的事物分類上，來看看部首所涵蓋事物之廣泛：

人體身軀	人、儿、寸、又、口、大、彳、心、手、爪、止、牙、皮、目、耳、肉、自、舌、血、足、身、面、頁、首、骨、鼻、齒
人體狀態	力、勹、厶、夂、廾、曰、欠、歹、父、甘、尸、攴、疒、癶、立、老、見、言、走、辵、彡
人物宗族	士、女、子、父、臣、氏
數字	一、二、八、十
天文	仌、日、月、火、气、雨、風

地理	厂、土、山、川、水、穴、田、谷、阜、邑、里、鹵
礦石	玉、石、金
顏色	玄、白、色、赤、青、黃、黑
聲音	音
衣服	巾、糸、衣、黹
狀態	ノ、亅、丨、「、丶」、亠、冂、凵、冖、口、丶、匚、匸、尢、彡、爻、夕、文、入、厶、方、比、至、舛、襾、長、高、齊
動作	卜、旡、毋、內、行、釆、飛、隶、食、鬥
概念	小、工、用、而、非、香、畾
器物	几、刀、匕、卩、干、弋、弓、戈、殳、斗、斤、疋、瓦、皿、矛、矢、缶、聿、网、耒、舟、車、革、鬲、鼎、鼓、臼、韋、龠
建築	宀、广、戶、門
植物	屮、木、爿、片、瓜、禾、生、竹、米、艸、豆、麥、麻、黍、韭、鬯
動物昆蟲	彐（彑）、牛、犬、羊、虫、豕、豸、貝、隹、馬、魚、鳥、鹿、鼠、龍、龜、毛、羽、虍、角
八卦天干地支	乙、己、支、艮、辛、辰、酉
神鬼	示、鬼

以上分類只是事物大類，即已涵蓋了生活層面中的主要事物。如果再更細分的話，事物類別就更仔細了。例如人與動物的生活關係密切，從動物類中的部首再加區分，就可以明顯看出：

走獸	豸、鹿
牲畜	彑、牛、犬、羊、馬、豕、鼠
飛禽	隹、鳥
河海	貝、魚、龜
蛇	虫
圖騰	龍

若再把各部首內所屬的字加進來，那就是一組該事類的完整生活圖像，而部首便是這群「字族」的事類表徵。我們也因此知道，部首的積極功能在從字形統領相同事物類別的字族，使用漢字的人，習慣會先看偏旁，尤其左邊的偏旁來認字，那就是長期以來的部首習慣，而的確也就先成功掌握了該字的事物類別。

三、部首辨義的限制性

　　使用漢字的人都會以部首區別事類，但就整個字的完整「辨義」目的而言，這其實有其限制性。因為絕大多數漢字是組合字，其每個構件偏旁都提供意義，意義相加後，才是新字的完全意義，例如前文「積木理論」、「拆解組合」單元中所作的說明。部首作為一個偏旁，它只能提供「事類」，卻不能知道這件事怎麼了，這就是部首辨義的限制性，光從部首是無法完成意義理解的。

　　例如「牛部」的字，當然都跟牛有關，每個字也都有個「牛」，但這牛如何了，就要再繼續從其他偏旁來解釋。例如「特」字，一般人知道當「特別」、「特殊」用，但只知道它是牛部，是不能和「特別」、「特殊」的概念聯在一起的。必須從右邊「寺」字來理解：

　　「寺」：《說文》「廷也，有法度者也，從寸㞢（之）聲。」
　　「㞢」＋「寸」＝「寺」：
　　　　有法度條理的土地，指王宮前的廣場「廷」，乃有法度之處所。「㞢」今「之」字，《說文》：「出也，象草過屮，枝莖漸益大，有所之。」在「寺」中擔任聲符，也提供王廷從堂前延伸而廣大的意義。

　　「牛」＋「寺」＝「特」：依祭祀法度所挑選的牛。

古人祭祀時須用全牛，並且是要毛色純一的「犧（純色）牲」，這是一種以虔誠為前提與目的的祭祀法度，所以要對牛精挑細選，不可以有雜色毛，而選出來的「犧牲」就叫「特」，以「別」於一般沒資格祭祀的牛，因此才有了「特別」、「特殊」的用法到今天。如果只知道「牛」的部首，是無法真正理解上述義涵的。

又例如《說文解字》「玉」部這幾個字的意義均不相同：

「琬」：圓形的玉，「宛」有「彎曲」之義。

「瑛」：玉的光澤，「英」有明亮明顯義。

「瑕」：玉色不純而有雜色，「叚」有「多雜」之義。

「玲」：玉的聲音，「令」狀其聲。

「玎」：玉的聲音，「丁」狀其聲。

「琀」：死者口含之玉，「葬玉」之一。

「珥」：垂於耳邊之裝飾玉，故從「耳」。

「理」：治玉、璵玉，「里」有調理、次序之義。

但它們都同屬「玉」部，看部首，只知道是和玉有關，但玉的各種形式、狀態，種類、聲音等等，就要看右邊偏旁來決定了。了解部首的辨義限制性，就更理解了全面掌握漢字「組合結構體」的重要性了。

第六節　字形重疊語義擴大

漢字中有一種形體組合方式簡單但表義功能強大的字，那就是組合兩個或兩個以上的相同初文而成的漢字。例如：

一、四體同文例

「屮」、「艸」、「卉」、「茻」（大草原）

「口」、「吅」、「品」、「（㗊）」（很多人）

「一」、「二」、「三」、「亖」（一二三四之數）

「工」、「（㺭）」（極巧妙）

二、三體同文例

「日」、「昌」、「晶」	（星光閃耀）
「木」、「林」、「森」	（大森林）
「水」、「沝」、「淼」	（水流不絕）
「火」、「炎」、「（焱）」	（火勢盛大）
「土」、「圭」、「垚」	（大土堆）
「人」、「从」、「（众）」	（眾人）
「子」、「孖」、「（孨）」	（多子）
「女」、「奻」、「姦」	（自私）
「耳」、「（二耳）」、「聶」	（附耳小語）
「言」、「誩」、「譶」	（多言也）
「隹」、「雔」、「雥」	（多鳥雜亂）
「魚」、「（鱻）」、「鱻」	（多魚新鮮）
「虫」、「（䖵）」、「蟲」	（多足之蟲）
「犬」、「（㹜）」「猋」	（多犬快速）
「石」、「磊」	（多石）
「金」、「鑫」	（多金）
「車」、「轟」	（車聲轟轟）
「力」、「劦」	（合力）
「心」、「（惢）」	（多疑也）
「直」、「矗」	（多言）
「白」、「（皛）」	（明顯）
「龍」、「龘」	（飛龍）
「鹿」、「麤」	（粗大）
「馬」、「驫」	（多馬且速）
「牛」、「犇」	（多牛且奔）
「羊」、「羴」	（多羊且羶）
「兔」、「（毚）」	（多兔且速）

「毛」、「毳」　（多毛細碎）
「泉」、「（灥）」　（水之淵源）

三、二體同文例

「百」、「（皕）」　（二百）
「示」、「示示」　（明視而算）
「虎」、「虤」　（虎怒也）
「玉」、「玨」　（二玉相合）
「貝」、「（賏）」　（頸上之飾）
「瓜」、「（瓜瓜）」　（瓜重　而根弱之勢）
「夕」、「多」　（相連增加）
「水」、「沝」　（二水相合）
「手」、「（掱）」　（兩手）
「目」、「（䀠）」　（二目並視）
「幺」、「（丝）」　（微弱）
「生」、「（甡）」　（植物並立共生）
「朿」、「棘」　（叢生而多棘）
「見」、「（覞）」　（並視也）
「頁」、「（頁頁）」　（選而後具體呈現）
「豕」、「豩」　（二豕）
「斤」、「（斦）」　（二斤）
「夫」、「（扶）」　（並行）
「立」、「竝」　（合併）
「至」、「（臸）」　（到達）
「弓」、「（弜）」　（彊而穩重）
「戈」、「戔」　（賊害也）
「田」、「（畕）」　（相鄰二田）
「干」、「（幵）」　（齊平之狀）
「辛」、「（辡）」　（罪人互訟）

　　凡是相同初文重疊而成之字，必有兩個意義方向：一是該事物的數量增大、二則是該事物的特質突出。例如「屮」是「草木初生」、「艸」是很多的草、「卉」是植物總名、「茻」則是大草原，今天寫作「莽」。「羊」是名詞的羊、「羴」是很多羊，並且羊騷味很重，就是今天寫的「羶」字的意思。「魚」是名詞魚、「鱻」是很多魚，又有了很新鱻的味道，今天寫成了「鮮」。一隻「犬」、一匹「馬」跑很快，三隻犬「猋」、三匹馬「驫」就跑的更快了。而今天寫成「飆」，「驫」字則不再用了。中國人以「三」、「六」、「九」的概念，擴大到「多數」、「不可勝數」的意義，這種思維清楚的展現在造字方法中。對於漢字據形辨義，這是一個很簡易的形訓方法。

第七節　掌握古文字源流

　　漢字可以「據形辨義」，因為漢字的歷史悠久，造字當初所賦予的本義、應用過程中產生的引申義，多數一直延用到今天。其間意義縱然有再引申、假借；擴大、縮小、轉移，但仍然會是一個意義系統。不過字形經過了數千年的發展，在線條結構上有了一些變化，其形象距離當初造字的本義就有了差距。尤其現在的楷書，是漢字發展至今的最後階段，其形體當然與造字當時差距最大，於是「據形辨義」就可能產生誤解，或是不知道如何進行。

　　掌握漢字歷史發展中的字形變化，尤其是從古文字入手，是據形辨義時重要的知識後盾。漢字字形的變化中，「線條化」是一個主要趨勢，尤其將彎曲的線條以直線取代。古文字彎曲的線條通常與所指事物形態比較吻合，也就是比較象形，直線則比較不象形。因此學習與理解古文字形，對於據形辨義當然是必要的。例如以下的字形變化，如果能夠有系統的由上往下掌握字形，其意義就很容易掌握了[2]：

---

[2]　以下古文字形，取材自《字裡乾坤——漢字形體源流》，王宏源，文津，1997年。

「人」：人側身站立之形

契文　　　　　金文　　　　　古文　篆文

「天」：人上方的天空

契文　　　　　金文　　　　　古文　篆文

「女」：女子跪坐之形

契文　　　　　金文　　　　　古文　篆文

「星」：星光閃耀

契文　　　　　金文　　　　　古文　篆文

「雲」：雲氣回繞之形

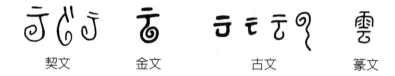

契文　　　金文　　　　　古文　　　篆文

「雷」：雲團雷電之形

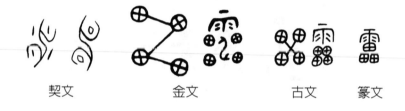

契文　　　　　金文　　　　　古文　　　篆文

「華」：枝上盛開繁花之形

金文　　　　　古文　　　篆文

「來」：麥子之形

契文　　　金文　　　古文　　　篆文　　甲骨文、金文‧麥

「齊」：麥穗向上生長齊平之形

　契文　　　　　　金文　　　　　古文　篆文

「它」：長身盤曲頭形三角之蛇

　契文　　　　　　金文　　　　　古文　篆文

「龍」：頭有角冠，上頜長，下頜短，身子捲曲之動物形。

　契文　　　　　　金文　　　　　古文　篆文

「萬」：蠍子之形

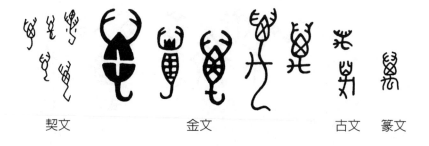

契文　　　　　　　金文　　　　　　古文　篆文

「鹿」：麞鹿之形

契文　　　　　　金文　　　　　古文　篆文

「囿」：四方圍起種植植物之場所

契文　　　　金文　　　　古文　　　篆文

「京」：建築在高土臺上之宮室形象

契文　　　　　　金文　　　　　　古文　篆文

「基」：掘地以築墙

契文　　　　　　金文　　　　　古文　　篆文

「具」：雙手握鼎以備飯食

契文　　　　　　金文　　　　　　古文　　篆文

「妻」：手握女子之髮

契文　　　　　　　金文　　　　　　古文　　篆文

「盾」：防衛之盾牌

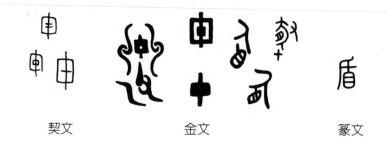

契文　　　　　　　金文　　　　　　　篆文

「豐」：似豆之禮器用以承酒器

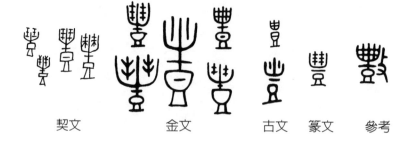

契文　　　　　　金文　　　　　古文　篆文　參考

「樂」：張絲絃於木上以為樂器

契文　　　　　金文　　　　　古文

「鬲」：三足內空似鼎之炊器

契文　　　　　金文　　　　　古文　　篆文

第八節　語音成立的條件

　　進入漢語「音義關係」的討論前，我們可以先掌握人類語音特質，明瞭語音的形成因素。人類發展出語音系統來表義，其生成條件有三：物理條件、生理條件、社會條件。

一、物理條件

　　物理條件指的是大氣中「氣流波動」的現象，從物理學觀點來看，語音和其他聲音一樣是由物體震動而發出的一系列連續的音波所構成的，不同的震動形式，就使得每一個聲音都有一定的音高、音強、音長和音質，

分析語音形態也就從這幾方面入手。

二、生理條件

　　生理條件，指的是人類具有的發音器官和收音器官，能發音，能收音，語義系統才能傳遞。發音器官有三大部分，一是氣流系統；二是喉系統；三是口腔、鼻腔、咽腔系統。其細部內容如下表：

氣流 系統	1.肺 2.氣管 3.支氣管	肺部收縮或擴張，通過氣管、支氣管吸入或呼出氣流，是發音的原動力。
喉	1.喉頭 2.聲帶 3.聲門	喉頭呈圓桶形，中有聲帶，中間的通路為聲門。氣流在喉腔中視聲門開與關使聲帶緊或鬆，而有震動，或不震動的差異。
口腔	1.上下唇 2.上下齒 3.硬顎軟顎 4.舌尖 5.舌面前 6.舌面中 7.舌根 8.小舌	口腔是主要的發音器官，包含最多發音部位，發音部位彼此合作，造成不同阻礙點，再進行不同方式調節，就可以造成不同發音。
鼻腔	是一個共鳴空間	在口腔上方，以小舌為分界。如果口腔中器官阻礙氣流，氣流不能從口腔呼出，便從鼻腔呼出，形成鼻音。
咽腔	是一個共鳴空間	喉頭上方，口腔鼻腔下方，是一個通往口、鼻、喉、食道的分界點，會厭軟骨是其中活門。

　　以下是發音器官圖：1.上下唇、2.上下齒、3.齒齦、4.硬顎、5.軟顎、6.小舌、7.舌尖、8.舌面、9.舌根、10.咽頭、11.會厭軟骨、12.聲帶、13.喉頭、14.氣管、15.食道、16.口腔、17.鼻腔。

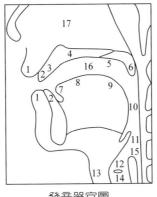

發音器官圖

三、社會條件

　　社會條件是語音成立的第三個重點，社會是語音產生的由來，沒有社會需求就沒有語音產生。人類的發音器官種類多元複雜，功能性強大，足以應付人類社會複雜的語義系統應用。但是語音如果沒有社會制約也就是大眾的「約定俗成」，那也只能跟其他聲音一樣，不會有特定義涵。從語音的最初期開始，語音就經過社會的約定俗成，才能成為共同溝通工具。而語音系統也隨著社會系統的不斷擴大而更漸精密，通過語音，社會進行思維溝通，傳遞文化，這就是語音的社會屬性與功能了。

第九節　語音與語義如何結合

一、音義結合的歷程

　　人類的生存經驗都在大自然界中，思維的內容就呈現來自外在刺激的反映，例如山的高聳、水的攸長陽光的熱、冰雪的冷等等。當有了社會又需要溝通的時候，語音就成了描述思維感受的溝通工具。語音既然要描述外來刺激，當然就要具備描摹的精準度，音與義的結合才能為人類所運用；而當這個音義結合通過社會約定俗成後，就有了固定語言形式，並且展開其生成與創造性，隨著社會轉變而轉變，例如詞義的引申、假借；擴

大、縮小、轉移都是。簡單來說，音義的結合過程如下：

> 外界刺激→行為反應→語音描摹→約定俗成
> →音義結合→引申擴大

　　音義的結合在語音的最初期就已經定型，因此到了現在，要掌握語言的本義，就要有方法條理化的一步一步上溯。尤其漢語系統又有「形義結合」的文字符號來記錄語音，就更提供了我們在追溯漢語語義上的管道與精確性。

二、聲義同源論

　　傳統聲訓理論中的「聲義同源」，就在討論語音與語義結合的原始形式，並且有很好的論述，例如阮元〈研經室集‧釋矢〉[3]：

> 　　義從音生也，字從音義造也，試開口直發其聲曰施。重讀之曰矢，施矢之音皆有自此直施而去之彼之義，。說文：施，旗貌。旗有自此斜平而去之貌，故意為施捨。尸與施同音，故禮記曰：在床曰尸，人死平陳也。左傳：荊尸而舉。尸，陳也，即俗陣字也。爾雅曰：矢、雉、尸，陳也。平、夷、弟，易也。矢、弛也；弛、易也。皆此音此義也。尸或為夷，侇從夷，與尸音義皆相近。矢為公弩之矢，象形字，而義生於音，凡人引弓發矢，位有不平引延陳而去止於彼者，此義即此音也。……又人之所遺曰矢，亦取施捨而去之義，古史記廉頗藺相如傳曰：三遺矢矣。莊子知北游曰：道在屎溺。……雉，野雞也。其飛形平直而去，每如矢矣，故古人名鳥之音與矢相近，且造一從隹從矢之字曰雉也。雉與

3　清阮元《研經室集》卷一，北京中華出局，1993年。

> 豸絲同音，每相假借……水音近矢，說文：水、準也。水之流也，平引而去，義與矢雉相同。準為法則，法字古文從水從廌，凡言廌者，皆有直義有平義。灋從水者，水至平，從廌者，為平為直，皆指事；從去者，兩人相違之間，以水廌平直之為會意……明乎此，可知古人造字，字出乎音義，而義皆本乎音也。

「施」，旗子飄揚的「平直」狀態，「施」的上古語音與「平直」之語義結合。之後同樣的發音，就有同樣的語義概念，以下的字於是都有「平直」的語義重心：

「矢」：箭的行進方向平直。

「尸」：人平直橫陳。

「屎」：屎平直而出的狀態。

「夷」：說文：「平也，東方人也。」

「雉」：雉雞平直如箭而飛。

「豸」：背脊平直的野獸。

「絼」：牽牛繩子呈現平直狀態。

「水」：水為萬物之最平者。

「準」：與水同義。

「廌」：「犀牛」也是「豸」屬。

它們上古音也都與「施」同音或音近，雖然字形不同，事物不同，但都從一個音義起源展開，那就是「平直」。雖然到了現代漢語，若干字已經音變為不同音，但追溯其古音則仍然同音，加上其意義相通，就形成了這個標準的「聲義同源」的例子。

劉師培先生在《正名隅論》說：「意由物起，既有此物，即有此意，即有此音。」又說：「義本於聲，聲即是義，聲音訓詁，本出一原。」講的也就是，外物刺激，引起人類意念、思維，於是發音描摹，意義與聲音在此時就緊密結合。他舉了一個很生活化又有趣的例子：

　　古人之言，非苟焉而已，既為此意，即象此意製此音，故推考字音之起源，約有二故：一為向人意所製之音，一為象物音所製之音，而要之皆自然之音也。例如喜怒哀懼愛惡，古人稱為六情，而喜字之音即象嘻笑之聲、怒字之音即象盛怒之聲、哀字之音即象悲痛之聲、懼字之音即象詫怪之聲。人當適意之時，以笑代言，其音近愛；人當拂意之頃，發音自嘆，其音近惡。不惟此也，凡事物之新奇可喜者，與目相值者，則口所發音多係侈聲，在多大二音之間，故多字大字之音出於口吻，仍傳驚訝之情。凡事物之不能償欲者也，心知其情，則口所發音多係歛聲，在鮮淺細少數音之間，故鮮淺細少數字之音出於口吻，仍傳不滿足之情。推之食字之音像啜羹之聲；吐字之音象吐哺之聲；咳字之音驗以喉；嘔字之音出於口；斥字趨字之音象揮物使退之聲；止字至字之音象招物使來之聲。又如人當注意事物時，其神凝、其齒歛，復撌口以吸其氣，其音近思，思字之音本之；人當誹謗他人時，其氣揚、其齒揜，復以舌抵顎做聲，其音近譏，譏字之音本之。

人的七情六慾「喜」、「怒」、「哀」、「懼」、「愛」、「惡」，發音與內心情境相合；「食」、「吐」、「咳」、「嘔」、「斥趨」它物、招物「止至」、「思」、「譏」等動作，從面部表情、器官聲響到發音描摹，都緊密吻合，這是「象人意所製之音」。「象物音所製之音」的部分，他則舉例說：

　　烏鴉二字之音近烏鴉之聲；鵝雁二字之音近於鵝雁之聲；草字之音象踏草之聲；葉字之音象風吹落葉之聲；紙字之音象擊紙之聲；几字之音象擊几之聲；缸字之音象擊缸之

聲；板字之音象擊板之聲[4]。

　　「聲義同源」的概念與理論，清代學者發揮甚多，但最早整合出「聲義同源」這個詞的，是注解《說文解字》的段玉裁。他在「坤」字注解裡說：「文字之始作也，有義而後有音，有音而後有形，音先必乎形。」在「詞，義內而言外也，從司言。」之下注解說：「意者，文字之義也。言者，文字之聲也。詞者，文字形聲之合也。凡許慎之說形說聲，皆言外也。有義而後有聲，有聲而後有形，造字之本也。形在而聲在焉，形聲在而義在焉，六藝之學也。」接著這「聲由義發」、「聲在義在」的主張，他在《說文》：「禎，以真受福也，從示真聲。」的注解中歸納了「聲義同源」的理論：

　　　　聲與義同源，故龤聲之偏旁多與字義相近，此會意形聲兩兼之字多也，說文或稱其會意，略具形聲；或稱其形聲，略具會義。雖則省文，實欲互見，不知此，則聲與義隔。

於是「聲義同源」便是我們「據音辨義」解釋法的理論基礎。

三、思維與語言的互動

　　如果我們再從思維與語言的互動關係來看，前述段玉裁的說法就更清楚了。人類思維對語言的功能大致有三：
　　　一、思維是直接引起語義變化的因素；
　　　二、思維是語言擴展的主要動力；
　　　三、思維可以控制語言的建立和擴展。
反之語言對思維又有如下的功能：
　　　一、語言是形成思維的工具；

---

[4]　《劉申叔先生遺書》〈左盦外集〉卷六，臺北華世出版社，1975年。

二、語言是表達思維的工具；

三、語言可以使思維內容定型化。

二者的互動其實是緊密結合的，段玉裁提出的「義—聲—形」的次序，是思維靠語言來運作的過程；「形—聲—義」的上溯便是向上理解「聲義同源」的路徑。而後段玉裁又在《說文解字注》中提出了「同聲多同義」、「字之義得諸字之聲」、「凡從某聲多有某義」、「形聲多兼會意」的後續理論，是近代發揮聲訓理論最完整的論述。前述阮元與劉師培的例子，說明了漢語可以「據音辨義」來解釋並找到語義來源，而這正是受「聲義同源」的音義結合理論所指導。

第十節　同聲多同義

聲與義既然同源，之後人類所發的音當中，同音或音近的的便會具有相同或相近的意義，「同聲多同義」便是「聲義同源」的延伸理論。

一、何謂「斯文」？

段玉裁在《說文》：「誓，悲聲也，從言斯聲。」下注：「斯、析也。漸、水索也。凡同聲多同義，今謂馬悲鳴為嘶。」「斯」有「分析」之義，所以「極為少量細碎的水」也發音做「漸」，造字也以「斯」做聲音符號；「馬尖聲嘶吼，聲音破碎」，也發音做「嘶」，造字也以「斯」做聲音符號。段玉裁這個例子，一般人不容易理解，因為對聲符「斯」沒有概念。以下我們將其從音義源起到文字應用，由上而下的形、音、義完整系統發展，條理論述如下：

1. 「其」：《說文》：「古文箕。」，今「畚箕」義。
2. 「箕」：《說文》：「所以簸者也。」，從事「簸」的工具。
3. 「簸」：《說文》：「揚米去其康。」，以「箕」將「米糠」與「米粒」分離。
4. 「其」是一種將米從糠中分離的工具，在語義上便有了「分析、分

離」的思維概念。

5.「斤」是斧頭之類的上古生活器具，用以劈木。例如「析」《說文》：「破木也。」「破木」就是「劈柴」，閩南方言仍保存這詞。「斤」字也具有「分離、分析」之語義思維。

6.「其」＋「斤」＝「斯」，而本義就是劈材。也同樣具有了「其」、「斤」的原初「分析、分離」的語義。

7.「斯」的發音有了「分析、分離」的語義，當別的事物也同具「分析、分離」現象時，也同樣就發音為「斯」。

8.其後造字時，便造出了「澌」、「嘶」之字。其他如「撕」、「廝」也是同樣的語義由來，都有「分析、分離」義。

9.證以現代漢語詞彙語義，這個「聲義同源」、「同聲多同義」的系統，仍然持續應用中。

10.漢語詞彙：「其中」、「其實」、「其他」、「其內」、「其外」、「其次」、「其間」、「其餘」、「其味無窮」、「其來有自」都是一個語義來源。「米」在「糠」中，米為糠之實，而這些詞都是從「糠米分離」的動態所產生的詞彙，並且有了「分析、分離」的語義基因。

11.漢語詞彙：「分析」、「解析」、「析理」、「析義」、「辨析」、「透析」、「剖析」、「離析」。以斤劈木，木便分析分離，而這些詞都是從「劈木而木分離」的動態產生的詞彙，並且有了「分析、分離」的語義基因。

12.「斯文」，指一個人可以將很複雜的事物（「文」──許多紋路），分析而條理化；「斯文掃地」便是相反義。現在人多把「斯文」當作是安靜內向，甚至形容長相清淨的人，這是語義的引申轉移，但也就不了解真正的「斯文」義，跟思路的清晰有關，與面貌其實無關；長相粗獷之人，言行思維也可以是斯文的。

13.「廝殺」、「耳鬢廝磨」有「互相」之義，「互相」必從「相

對」概念來，相對也就是有「析離」的雙方了。舊小說中常見「小廝」，指卑下供使喚之人，與主人階級相去甚遠，而是「離析」之人。

14.「撕開」、「撕破」、「撕毀」、「撕破臉」，以手將事物分離。音、形也都從「分析、分離」的語義基因而來。

不同事物雖然有不同型態，但是從人的思維觀點而言，卻可以有同樣的思維角度，形成共同的語音語義。

二、「打呵欠」

再如下面這個例子：「歉」、「欽」、「坎」、「砍」、「肷」、「欲」、「欿」，事物不同但發音都相同相近，其語義重心當然也一樣，所謂「同聲多同義」。我們分析如下：

一、1.「欠」《說文》：「張口氣悟也。」本義「打呵欠」。

2.「歉」《說文》：「嗛，食不滿也。」本義「吃不飽」。

3.「欽」《說文》：「欠貌。」本義「打呵欠」。

4.「坎」《說文》：「陷也。」本義「土地陷落」。

5.「欲」《說文》：「欲得也。」本義「貪得」。

6.「欿」《說文》：「食不滿也。」本義「吃不飽」。

二、1.「打呵欠」是因為氧氣不足，所以張口吸氣。動作是「呵欠」，語義中心是「不足」。所以「欠錢」、「欠債」、「虧欠」、「欠缺」都是「不足」義。

2.「吃不飽」為「歉」，因為食物不足。所以擴大使用在「抱歉」、「道歉」、「歉意」、「歉疚」都是對對方「不足」義。

3.「欽」本義「打呵欠」，擴大引申後，因為自身「不足」所以「欽佩」、「欽仰」、「欽敬」、「欽慕」他人。

4.陷落為「坎」，乃土「不足」。「坎坷」因為土不足路不平、「坎肩」是無袖的背心。

　　5.「欲」今日做「貪」，「貪得無厭」也因為「不足」所致。

　　6.「歉」也是食物「不足」，吃不飽。

「不足」的思維和語義，表現在不同的事物狀態中，其發音與後來的造字也都依循者這個語義中心，也就是「同聲多同義」。

三、雙聲字多同義

　　以漢語音節而言，所謂有聲音關係包括三種情況：聲母韻母完全相同，也就是完全同音；聲母相同，也就是雙聲；韻母相同，也就是疊韻。雙聲疊韻屬於音近，也可以適用「同聲多同義」的解釋理論。漢語雙聲而同義者，如王念孫在《釋大》一文中「四上疑母」的段落舉上古音中同樣「疑」母之字為例：「說文：敖，出游也，從出放，隸省作敖。……傲為之敖……眾口愁謂之嗷……戟鋒謂之釳……駿馬謂之驁……大狗謂之獒……海大龜謂之鼇……蟹首大足謂之螯。」所舉諸字，皆有「大」、「遠」之義，「敖」是駕大船出往遠方、「傲」是人勢氣高傲、「嗷」是很多人沒飯吃，所謂「嗷嗷待哺」。「釳」是有分支的大戟的許多尖鋒、「驁」是高大的駿馬、「獒」《爾雅》說四呎高的大犬。大海龜叫「鼇」、螃蟹的大腳叫「螯」。這些同屬上古「疑」母的字，其語義也都相同。

四、疊韻字多同義

　　從同韻同義來看，劉師培先生《正名隅論》：「陽類同部之字，義多相近，均有高明美大之義。」所舉字例如下：

　　易：《說文》：「開也。一曰飛揚、一曰長也。」可見「易」有
　　　　「高」之義。他如「揚」、「陽」、「煬」、「颺」、「暢」、
　　　　「蕩」等，義皆相通。

　　向：北出牖也，與鄉同。又訓為仰，故有高義。尚字從之，凡從向之
　　　　字，義有高義。

　　卬：《漢書》注云：上向也。《爾雅》注云：高朗也。仰字從之。

襄：《書傳》：上也。《史記正義》：上也。《文選注》：高也。驤
　　亦有卬義。

上：《說文》：高也。《方言》：重也。

長：從匕從兀，朱駿聲曰：高遠義也。蓋物之高者必長，張字又有大
　　義。

岡：《釋名》曰：亢也。在上之言也。若剛字則有強大之義也。

均含有高字之義也。

光：《說文》云：明也。

冏：《廣雅》云：明也。明字從之，萌字從明聲，則兼有高義。

丙：古文從火，《釋名》：炳也。炳有明義。《爾雅》：炳炳，明
　　也。

均有明字慶字之義者也。

羊：《周禮注》：善也。又與祥同。從羊之字：翔兼有高義、洋又兼
　　有大義。

良：善也。從良之字：朗有明義、閬有高義。

央：從大，與旁同義。故《左傳》曰：泱泱乎大風。若英字則兼美
　　義。

象：《說文》：南方大獸也。像字從之。

壯：《說文》：大也。狀、莊、將均含有大義。

莽：《廣雅》云：大也。古字做莾。

王：《廣雅》云：大也。皇亦訓大。從皇之字皆有大義。煌字兼有明
　　義。

芒：從亡聲。《詩傳》：大貌也。

方：與旁同。《說文》：旁、溥也。溥與大同。放字、旁字均有大
　　義。

兄：《釋名》：兄、荒也。荒，大也。況字從兄，蓋亦兼含增益之
　　義。

彭：壯也。壯義同大。

庚：《漢書注》：橫貌。又唐康均從庚聲。唐，大言也。康，褒大
　　也。

均含有大字之義者也。若夫兼大字明字之義者，則有：

爽：《說文》：明也，從大。

章：《禮記注》：章，明也。蓋章與彰同。又章義同方齊大字之義。

兼高字大字之義者，則有：

亢：《說文》：從大。《廣雅》云：高也。案远有長義。魧魷均有大
　　義。炕亦有高義。抗有高舉之義。

孟：《管子注》：大也。《說文》：猛，健犬也。又孟字通明。萌有
　　高義。

京：《說文》云：高丘也，從高省。又《爾雅》云：大也。又景倞均
　　從京聲，義均訓明，則京字兼含明義。

兼美字大字明字之義者，則又有：

昌：《說文》云：昌，美言也。一日日光也。《廣雅》云：昌，盛
　　也。閶從昌聲，《淮南子注》：閶，大也。

從以上所論可見「古聲同母義多相近」、「古韻同類義多相近」，那麼漢
語「同聲多同義」的特質當然可以成立，而也是我們從事漢語言解釋時的
重要工具了。

第十一節　字之義必得諸字之聲

　　前兩個理論，是說明文字製作前的音義結合狀況，以下三個則是文
字製作後的形、音、義的綜合理論。文字製作是為了記錄語音，縱然漢字
可以「據形辨義」，但每一個漢字也一定記錄語音，而語音又與語義早已
結合，因此要掌握漢字的原始義涵，探究字音上溯本義是一個必要途徑。
「字之義必得諸字之聲」，便是發揮這部分的理論。

一、段玉裁理論

段玉裁在《說文》：「鏓，鎗鏓也。從金、悤聲。一曰大鑿中木也。」的注解中提出了「字之義必得諸字之聲」的理論：

> 中木也，各本作平木者。玉篇、廣韻竟作平木器，今正，鑿非平木之器。馬融長笛賦：鏓硐潰墜。李注云：說文曰：鏓，大鑿中木也。然則以木通其中，皆曰鏓也。今案中讀去聲，許正謂大鑿入木曰鏓，與種植舂杵聲義皆略同。詩曰：則冰沖沖，傳曰：沖沖鑿冰之意。今四川富順縣邛州鑿鹽井深數十丈，口徑不及尺，以鐵為杵架，高縆而鑿之，俗稱中井，中讀平聲，其實當作此鏓字。囪者多孔、蔥者空中、聰者耳順，義皆相類。凡字之義必得諸字之聲者如此。釋名曰：轂言輻鏓入轂中也。鏓入正鏓入之偽。

他舉出「鏓」、「中」、「舂」、「沖」、「囪」、「蔥」、「聰」、「轂」等字，來說明雖字形不同，但都有「中空」、「通中」之義，而其字音相同相近，因此解釋字之原始本義，必須從字之音入手，也就是「字之義必得諸字之聲」。段玉裁從《說文》「鏓」字的「一曰大鑿中木」，也就是將大木鑿空來說「中空」之義，這方向完全正確。不過這「鏓」字的「鎗鏓」本身，又是何義呢？它也有「中空」之義嗎？我們再查《說文》：「鎗，鎗鏓，鐘聲也。」便可知道，原來「鎗鏓」是以「鎗」撞鐘所發出之「鎗鏓」的鐘聲。「鐘」的結構是「中空」的，所以可以發出「鎗鏓」的聲音，「鐘」字的發音與「中」、「鏓」也是同音的。如此「鏓」字的本義、一曰之義，就都是「中空」、「通中」之義了。推而廣之其他如「璁」、「熜」、「衝」、「充」、「憧」、「忡」、「琲」、「鐘」、「忠」、「衷」、「盅」也都有此義。

從前面這個例子裡，我們又可以發現比較明顯的三個聲符系統字：以「囪」為聲符的字、以「中」為聲符的字、以「東」為聲符的字。「囪」

是煙囪，當然是中空；「中」為中方開闊場域，必然有中空的空間之義；「東」是「童」的原始聲符，「東」《說文》：「從日在木中」也就是日正當中之義，與「杲」、「杳」的日出、日落相對。日正當中，當然是在廣大的空間中了。因此造字時以「囪」為聲符的字、以「中」為聲符的字、以「童」為聲符的字，也都跟著這個「聲義同原」、「同聲多同義」而產生「字之義必得諸字之聲」的系統。

二、「右文說」

　　傳統漢語解釋專家，早已注意漢字聲符與意義的關係，於是有了「右文說」的理論系統。宋代王聖美著《字解》，提出「凡字，其類在左，其義在右」的形聲字研究法，於是形成專門探討形聲字聲符表義的理論系統，稱為「右文說」。近代漢語詞源的研究興盛，也可以說是右文說所開啟的。王聖美之後，宋代王觀國《學林》更以聲符為「字母」，進一步提出「字母說」。認為偏旁是後加的，聲符為形聲字之母，此母指意義的源頭。這個研究方向，將史的觀點帶入了形聲字的研究，回歸漢字分化孳乳的歷史，符合漢字演變的實際，開啟了後世研究漢語漢字的新思路。之後宋代鄭樵《六書略》提出「母子衍生說」，探討聲兼義的問題；元代戴桐在《六書故》中，提出「六書類推而用之」排比同一聲符的形聲字，推求其意義的大類，奠定了右文說以及同源詞系聯的研究系統[5]。
　　到了清代聲訓之學大盛，段玉裁歸納「字之義必得諸字之聲」的條例外，黃承吉在《夢陔堂文集》卷二〈字義起於右旁之聲〉中也詳細論述：

> 　　凡字皆起於聲，任舉一字，聞其聲，即已通知其義。是以古書凡同聲之字，但舉其右旁之綱之聲，不必拘於左旁之目之跡，而皆可通用。並有不必舉其右旁為聲之本字，而任舉其同聲之字，即可用為同義者。蓋凡字之同聲者，皆為同

5　諸家理論詳本節六〈形聲多兼會意〉。

義，聲在是則義在是，是以義起於聲。後人見古人使字之殊形，輒意以為假借，其實古人原非假借，據字直書，不必故為假借。

黃氏之說，也就是「聲義同源」、「同聲多同義」、「字之義必得諸字之聲」的理路，廣義而言與段玉裁所說，均可視之為「右文說」的後續精密歸納。到了劉師培先生則綜合諸家理論，在《左盦集》卷四〈字義起於字音說〉中完整歸納出十項證據，證明字義起於字音：

1. 右文說
2. 形聲字先有聲符，所以義寓於聲。
3. 殷周吉金所著諸字，恆省偏旁，說文所載古文亦然，足見字義寓於聲符。
4. 周秦古籍同聲之字，互相同用，為音近義通之證。
5. 駢詞兩字之同聲者，不拘形異，其用即同。
6. 造字之初，重義略形，故同從一聲，取義亦同。
7. 字從某得義，斯從某得聲。
8. 說文聲訓字，音義多相兼。
9. 說文「讀與某同」之字，聲同者義亦相通。
10. 形聲字所從之聲，不必皆本字，而訓釋字中有音義相符者，為音近假用之故。故諧聲之字，不兼義者極尠。

三、「不亦說乎」不是「同音通假」

以上證據之重點皆在字之聲，我們以下面的例子來看追溯聲音來源的必要性。《論語‧學而》：「學而時習之，不亦說乎！有朋自遠方來，不亦樂乎！」是大家耳熟能詳之句，不過從小初學之時，大家也都有大嘆古人真是「咬文嚼字啊！」的經驗，因為明明是「喜悅」，老夫子卻要寫成「喜說」，國文老師再告訴我們，這「說」字是「悅」字的「同音通假」字，那既然如此，老夫子你當初寫個「悅」字不行嗎？其實，古人沒事不

會咬文嚼字、老夫子也沒那麼閒功夫一定要用同音通假字，而國文老師說
這兩個字當時同音通假，那其實又是不正確的。那麼這個「說」字究竟何
來呢？跟「悅」字有何關係？跟「挩」、「脫」二字有關係嗎？我們一次
將之條理化，二來也證成前述劉師培先生的證據：

1. 《說文》中有「說」、「脫」、「挩」三字，沒有「悅」字，顯然
   「悅」字後造。

2. 《說文》：「說，說釋也，一曰談說。從言兌聲。」「說」字有二
   義，其中一曰之例是「談說」，也就是我們現在的「說話」。那麼
   許慎說的「說釋」便不是「說話」，而是「消釋」、「散解」、
   「釋放」之義，這從「釋」字之義可知。當時沒有「悅」字，這
   「說釋」就是諸事消釋而「喜說」之義。

3. 《說文》：「脫，消肉臞也，從肉兌聲。」又「臞，少肉也。」可
   知「脫」是身上的肉越來越少，也就是越來越瘦的意思。這其中也
   是「消釋」、「散解」、「釋放」之義，像現在「虛脫」的用法。

4. 《說文》：「挩，解脫也。從手兌聲。」以手解脫事物為「挩」，
   此字現在不用了，顯然是我們現「脫」衣服的本字。「消釋」、
   「散解」、「釋放」之義仍然是主要語義。

5. 要知道「說」、「脫」、「挩」三字共同的「消釋」、「散解」、
   「釋放」的語義來源，必須要從它們的聲音來源，也就是「兌」字
   入手。

6. 《說文》：「兌，說也。從人㕣聲。」當時沒有「悅」字，所以這
   裡的「說」字是當時「喜說」之義。「兌」就是人諸事「消釋」而
   內心高興。「兌」字成為其他字的聲符，當然也就提供了「消釋」
   的語義。

7. 然而「兌」字的「消釋」義何來呢？「兌」是一個形聲字，仍有聲
   音來源也是意義來源，那就是「㕣」字，因此仍然要往上追查。

8. 《說文》：「㕣，山間陷泥地，從口從水敗貌。」原來「㕣」字指
   的是山上的大水宣洩而下，沖刷了山土，致使山地形成陷落的缺

　　口，這也就是今天講的「土石流」。這正是所有以「㕙」為聲符的
　　字，具有「消釋」、「散解」、「釋放」義的由來了。

9. 「說」，氣流的──消釋，形成了我們的言語；心中諸事盡消，也
　　就「喜說」。「脫」是身上的肉逐漸消解，人變瘦了。「挩」是用
　　手排除事物、消解事物，例如「挩衣服」。

10. 漢代以後，「說」字由「說話」義專屬，於是新造「悅」字表心
　　中喜悅。分化使用至今，形、音、字義各有不同，但原始語義
　　「消釋」則仍同出一源。

11. 「挩」字逐漸不用，各種本由生理產生的消釋舉動，合併由
　　「脫」字表達。例如「脫衣服」、「脫水」、「虛脫」、「脫
　　產」、「脫序」、「脫稿」、閩語的「牽脫」。

12. 〈學而〉篇說「不亦說乎」，當時「說」字便是「心中喜說」。
　　沒有「悅」字，何來通假，此非論語記者本意，更不是咬文嚼
　　字。「悅」字造出來後，「說」、「悅」混用之過渡期，始有同
　　音通假使用，過渡期後，便又各字分途至今。

劉師培先生十點證據，除了駢詞之例，其餘的在這個例子中都可以得到印
證，足證「字之義必得諸字之聲」，因為「凡同聲多同義」，更因為「聲
義同源」。

第十二節　凡從某聲皆有某義

　　這個理論的重點，在系統性的系聯形聲字的諧聲偏旁與意義關係。字
義既然得諸字之聲，那麼使用相同諧聲偏旁的形聲字，其意義也應當相同
或相近。以一群形聲字的同一聲符為綱，統攝其意義，便又可以形成以音
義關係為主的「字族」系統。

　　段玉裁在整部《說文注》中，歸納這樣的音義系統有八十多條，我們
引論說解幾例如下：

一、凡從「畾」聲皆有「鬱積」之義

《說文》：「藟，艸也。從艸畾聲。詩曰：莫莫葛藟。一曰秬鬯。」

〈段注〉：「案凡藤者為之藟，系之艸則有藟字，系之木則有櫑字，其實一也……秬鬯之酒，鬱而後鬯，凡字從畾聲者，皆有鬱積之義。是以神明鬱壘。上林賦云：隱轔鬱壘。秬鬯得藟者，義在乎是。其字從艸者，釀芳草為之也。」

案：「畾」為象形初文，是今日「雷」的本字，三個「田」表雲氣之「累積」、「鬱積」。以畾為聲符之字便有此義，例如「藟」、「壘」、「櫑」、「畾」、「纍」、「儡」、「讄」、「纝」、「畾」、「轠」、甚至「累」字，乃事物累積而勞累，也是「纍」的省文。

二、凡從「夗」聲皆有「委曲」、「彎曲」之義

《說文》：「夗，轉臥也。從夕卪，臥有卪也。」

〈段注〉：「謂轉身臥也。詩曰：輾轉反側。凡夗聲宛聲字皆取委曲意。」

案：「夗」字是卷曲著身體而輾轉睡臥之義，於是有「彎曲」之義，段玉裁說的「委」也是彎曲義，例如「委婉」、「虛與委蛇」。凡以「夗」為聲音符號者，就皆有彎曲義，例如「苑」、「怨」、「盌」。「夗」又造「宛」字，為以下字之聲符：「婉」、「琬」、「綩」、「箢」、「碗」、「椀」、「晼」、「腕」、「菀」、「蜿」、「睕」、「惋」、「踠」、「捥」、「帵」、「剜」、「豌」。形成了以聲音為綱的字族系統，部首只代表了某個事物類別。

三、凡從「句」聲皆有「彎曲」之義

《說文》：「朐，脯挺也。從肉句聲。」

〈段注〉：「凡從句之字皆曲物，故皆入句部。」

案：《說文》：「句，曲也。從口屮聲。」、「屮，相糾繚也。」
「糾繚」即今所謂「糾纏」義，屮的古文字即象二物糾纏之
狀。糾纏必彎曲，於是凡從「屮」為聲符者皆有彎曲義，從
「句」為聲符者皆是曲物。例如「枓」、「糾」、「觓」、
「佝」、「怐」、「朐」、「袧」、「鉤」、「句」、
「枸」、「泃」、「拘」、「跔」、「詢」、「夠」、「均」、
「茍」、「岣」、「敂」、「笱」、「耇」、「珣」。

四、凡從「皮」聲皆有「分析」之義

《說文》：「詖，辨論也。古文以為頗字，從言皮聲。」

〈段注〉：「皮，剝取獸革也。凡從皮之字，皆有分析之義，故
　　　　詖為辯論義。」

案：「皮」在身軀表層，古人從野獸之身軀也就是「革」，取下
　　的叫「皮」，所以有「分析」、「分開」、「分離」之義。
　　例如「跛」、「彼」、「彼」、「波」、「恢」、「坡」、
　　「玻」、「陂」、「破」、「駊」、「頗」、「鈹」、
　　「疲」、「被」、「披」、「秛」、「耚」、「狓」。

五、凡從「康」聲皆有「虛」義

《說文》：「漮，水虛也。從水康聲。」

〈段注〉：「釋詁曰：漮，虛也。虛，師古引做空。康者，穀皮
　　　　中空之謂。故從康之字皆訓為虛。」

案：「康」本義是穀物外殼，所以「中空」、「虛空」，是今天
　　「米糠」的本字。「康」字。「康」有虛空之義，所以
　　用在「健康」、「康健」，二字相反義。其餘以「康」
　　為聲符之字，亦皆有空之義。例如：「慷」、「糠」、
　　「榐」、「嵻」、「稴」、「鎌」、「躿」。

六、凡從「辰」聲皆有「動」義

《說文》：「娠，女妊身動也。從女辰聲。」

〈段注〉：「凡從辰之字皆有動義，震振是也。妊而身動曰

娠。」

案：(1)《說文》：「辰，震也。」，僅看《說文》無法知道「辰」何以有震動義。

(2)在甲骨文、金文中寫作「图」、「图」，其實是「大蛤」之義，也就是大蚌殼，這才是字形本義。

(3)古人不但食用大蛤，而且將其殼磨利用以除草，如同鐮刀的功能。《淮南子氾論訓》：「古者剗耨而耕，磨蜃而耨。」高誘注：「蜃，大蛤，磨令利，用之耨，除田穢也。」

(4)大蛤有左右兩片殼，可以打開關閉，有動作之象。另外以大蛤為鋤草利刃，除草時揮舞利蛤更顯「震動」之義。

(5)今日之「辰」，做時辰用，是引申義，因為時間是不斷的流動的。時辰義專用「辰」字，於是後造「蜃」字來表本義「大蛤」。

(6)凡從「辰」聲者，便皆有了震動之義。例如「晨」、「震」、「振」、「賑」、「誫」、「辱」、「槈」、「耨」、「唇」、「脣」。

七、凡從「巠」聲皆有「直」義

《說文》：「陘，山絕坎也，從阜巠聲。」

〈段注〉：「孟子做徑云：山徑之蹊。趙注：山徑、山領也。揚子法言作山徑之蹊。皆即陘也。凡巠聲之字皆訓直而長者也。」

案：「經」、「莖」、「頸」、「烴」、「涇」、「徑」、「逕」、「脛」、「經」並皆直而長之事物，而皆以「巠」為聲符。

此外如「從非之字皆有分背之義」、「從云之字皆有回轉之義」、「從甬之字皆興起之義」、「從今聲金聲之字皆有禁制之義」、「凡農聲之字皆訓厚」、「從多之聲皆訓大」、「凡從曾之字皆取加高之義」、

「凡從卑之字皆取自卑加高之義」等等，均是段玉裁注《說文》時所歸納提出，這便是「凡從某聲皆有某義」的聲訓理論與證據。

　　漢字的字典都是部首分類，同部首的字固然歸諸一類了，但是此類只是該字族的事物類別，並無法單從部首義而知道該事物如何了。要知道該字的意義由來，更需要從諧聲偏旁入手，如同以上諸例之字。如果要同時兼顧形、音、義三者的綜合關係，那麼以部首為漢字分類並不是唯一與最精密的方式。根據上述的理論與例證，如果我們將所有漢字聲符整理出來，編一部以「聲符」為文字分類之綱的字典，例如以聲符「侖」為部首，掌握「侖」的「次序」、「條理」意義，那麼跟著「侖」的字：「倫」、「輪」、「淪」、「崙」、「圇」、「掄」、「綸」、「論」、「嵱」、「惀」、「陯」、「錀」、「踚」、「蒍」、「鯩」、「蜦」、「稐」、「腀」、「碖」，便都有了「次序、條理」義，而只是在不同事物上發生而已。如此一來，對於漢字的音義關係才有了更深入的系統概念，對於這組有形、音、義共同血緣關係的「字族」，才能充分掌握，而且知所運用。

第十三節　形聲多兼會意

一、段玉裁的舉證

　　段玉裁在《說文注》中歸納前人說法並提出「形聲多兼會意」這個聲訓理論，例如「票」字注：「從票為聲者多取會意」、「雙」字注：「凡形聲多兼會意」。在「池，陂也。」下注解說：

　　　　淺人謂沱、池無二，夫形聲之字多含會意，沱訓江別，故從它，沱之言有它也。停水曰池，故從也，也，本訓女陰也，詩謂水所出為泉，所聚為池，故曰：池之竭矣，不云：自瀕泉之竭矣。不云自中，豈與沱同字乎？

「沱」字義要由「它」字解、「池」字義則從「也」字入手。也就是說形聲字的字義，應該以聲符偏旁的意義為重，因此，形聲字的諧聲聲符，當然兼具有會意的功能。這「會意」，可以指體察其義，也可以是六書中的「會意」，因為六書的會意字，本來也就是以偏旁組合而匯聚意義。

二、濫觴於右文說

「形聲多兼會意」理論的濫觴其實仍是宋代的「右文說」。宋代王聖美著《字解》二十卷，創「右文」一詞，其書已失傳，在沈括《夢溪筆談》卷十四引用了其說法：

> 古之字書，皆從左文，凡字，其類在左，其義在右，如木類，其左皆從木。所謂右文者，如戔，小也。水之小者曰淺、金之小者曰錢、歹而小者曰殘、貝之小者曰賤，如此之類，皆以戔為義也。

「戔」字《說文》說：「賊也，從二戈。」「戔」字是「殘」的本字，《說文》：「殘，賊也。」，今「殘」行而「戔」字廢；另外「賊，敗也。」「戔」、「殘」、「賊」三字，其實指的是「骨肉被戈破敗而細碎」，例如上古有「脯醢之刑」，也就是剁成肉醬，骨肉自然都細小而殘敗了。加上《說文》：「歹，裂骨之殘也。」就更清楚「戔」的「小」義所從來了。所有以「戔」為聲符的字，當然這個意義是最主要的。

宋代王觀國著《學林》提出「字母」說，理論與「右文」相同：

> 盧者，字母也。加金則為鑪，加火則為爐，加瓦則為甗，加目則為矑，加黑則為黸。凡省文者，省其所加之偏旁，但用字母則眾義該矣。

《說文》：「盧，飯器也。」、「凵，凵盧、飯器也。」是一種盛飯的大

竹簍子，所以有「簏」字。「盧」用為姓，於是又造「爐」字。各種飯食是用爐子燒煮的，於是又有了爐子義，如「爐」、「鑪」、「壚」都是爐子。爐子用柴火炭火燒，所以表層烏黑，於是「盧」又引申做「黑色」，如黑眼珠「矑」、純黑色「黸」，古人顏料取之自然，炭火燒爐子的表層烏黑，是黑中之正色，所以造此字。又「盧」是一種容器所以空中，「頭顱」字便取此義。

三、聲符不兼義的例外情形

形聲字的聲符除了提供聲音，兼有提供意義以理解的「會意」功能，這就是「形聲多兼會意」。絕大多數的形聲字聲符都符合這樣的理論，但是我們也注意到了段玉裁在歸納這個體例時的用語是「形聲多兼會意」，既然是「多」而不是「必」，那是否代表有例外情形？我們檢視形聲字果然有著聲符不能正確提供意義的例子，最普遍的情形是動物類的形聲字，它的聲符往往是以發音來命名，例如「貓」的聲符「苗」是模仿貓的叫聲而來，「苗」與貓義無關；「鴨」的「甲」聲也是鴨子發音；「鵝」的「我」聲是鵝的叫聲；「雞」的「奚」聲是雞的叫聲。這種以聲命名的形聲字就是例外。

四、聲符假借說

前人經常提出的第二種例外情況，認為聲符若是用了「同音假借」的字，就必須找到有聲音關係的「本字」來還原聲符的解說，始能合理。從清末章太炎先生到民初劉師培、黃季剛及近代林尹先生，都主張此說。這個說法從清代一直講到現代，其實大有問題，在我們下一單元的辯駁前，先看看前人的立論與舉證：

章太炎《文史略例》以為聲符會有假借，凡同音、雙聲、疊韻字均可能假借為聲符：

　　　昔王子韶（聖美）創作右文……會意形聲相兼之字，信

多合者。然以一致相衡，即令形聲攝於會意，夫同音之字，非只一二，取義於彼，見形於此者，往往而有。**若農聲之字多訓厚大，然農無厚大義；支聲之字多訓傾斜，然支無傾斜之義。**蓋同韻同紐者別有所受，非可望形為驗，況復旁轉對轉，音理多途；雙聲馳驟，其流無限。

又劉師培《左盦集卷四》〈字義起於字音說〉：

> 若所從之聲與所取之義不符，則所從得聲之字，必與所從得義之字，聲近義同。如神字下云：天神引出萬物者也。從示申聲，**申引音義相同**，從申得聲猶之從引……（彭示）字下云：門內祭先組所以旁皇也，從示彭聲。**彭旁音義相同**，從彭得聲猶之從旁也。由是而推：……驚訓為駭、警儆訓為戒，均為敬聲，則以敬亟雙聲，古文敬亟為一字。**字從敬聲，猶從亟得聲也**……斐為分別文，從文非聲；腓為脛腨，從肉非聲。則以非與分、肥與方，均一聲之轉。**斐從非聲，猶之從分。腓從非聲，猶之從肥從旁也。**

他從聲音關係的連結中，以為聲符「申」之本字為「引」、聲符「彭」之本字為「旁」、聲符「敬」之本字為「亟」、聲符「非」之本字為「分」，始可說義。

又林尹先生《訓詁學概要》〈第六章訓詁條例〉引申黃季剛先生說法：

> 聲符無義可說者，黃先生以為可分為二類，一類是以聲命名者、一類是形聲字聲符為假借者……聲符為假借的字，如祿，說文：福也。」祿從彔聲，說文：彔，刻木彔彔也。**刻木彔彔和福的意義引申不能通，福義而從彔聲，必是聲符**

假借的關係。古時田獵而獲羊是有福的，所以祈求能獲羊，造祥字，說文：祥，福也。田獵獲鹿也是有福的，所以祈求能獲鹿，造祿字，**聲符本應是鹿，用彔字假借，遂成祿字。**

五、「聲符假借說」的矛盾與錯誤

清代古音學大盛，上古同音而通假使用的概念成為風氣，直接也導致「形聲字聲符假借說」，例如前述諸家所論。於是找出通假之本字，認為本字才是理應的聲符，成為此種理論之主張。不過我們認為這些說法本身具有極大的內部矛盾性，因為：

1. 他們既然贊成「聲義同源」、「同聲多同義」、「字之義得諸字之聲」、「凡從某聲皆有某義」，那麼接下來的最後理論「形聲多兼會義」為何就會有「通假」的例外？

2. 又既然兩字是「同音」所以可「通假」，那又如何證明，現在認為的「通假聲符」，不是當初造字人所使用的原始聲符？

3. 更明顯的矛盾，是既然「同音」，那麼必然就「同義」，那為何諸家以為該「通假之聲符」乃「無義可說」？豈非反對了自己的「同音通假」的前提。

以下我們以針對諸家所提出的例子，一一反駁：

「農」 1. 章太炎：「農聲之字多訓厚大，然農無厚大義。」

2. 《說文》：「農，耕人。從晨，囟聲」

3. 要知道「農」的厚大義，理論上必須從聲符「囟」上溯其義。但這個「囟」聲符，徐鍇、段玉裁都以為許慎辨識小篆錯誤，《段注》：「徐鍇曰當從凶乃得聲，玉裁按：此囟聲之誤，囟者明也。」

4. 按徐、段之說，則「農」從「凶」為聲符，《說文》：「凶，惡也。象地穿交陷其中也。」，「地穿而土陷落」形成一個大凹陷，於是「凶」有厚大之義，乃由此象而

來。

農夫為「耕人」，「耕」必大掘田地，亦使地陷落，故從「凶」聲符。

5. 旁證：《說文》：「兇，懼恐也。從儿在凶下。」人內心有極大恐懼，乃心之空洞不實在，如同一個極大的陷落，故從「凶」字。又《段注》：「杜注左曰：兇，恐懼聲」，如同今日有人吵架對罵，一人高聲大罵，令一人亦大聲反擊說：「你好兇啊！」、「兇什麼兇啊！」，這兇便是要引起「厚大」恐懼，或是受到「厚大」恐懼之義。

6. 旁證：《說文》：「兄，長也。」、《釋名》：「兄、荒也」，「兄」、「兇」、「凶」同音，「長」、「荒」皆「大」之義。

7. 以「農」為聲符之字，多「厚大」之義，如「濃」、「膿」、「釀」、「禮」。章說非也。

「支」

1. 章太炎：「支聲之字多訓傾斜，然支無傾斜之義。」

2. 《說文》：「支，去竹之支也，從手持半竹。」古文「支」字的下方是手，上方是竹字的一半，所以許說手持半竹。

3. 事物分「半」則傾斜，西瓜剖半則傾斜、黨派分裂則傾斜為半、竹枝成對，只省一半則枝傾斜。「半」、「傾」、「斜」、「歪」、「裂」、「分」、「拆」、「細」、「小」其義可通。

4. 「枝」樹枝分斜、「肢」四肢分斜、「吱」聲音斜裂不清、「技」手巧能做各個細節「伎」同「技」、「妓」婦人所佩帶小物。

5. 「支」有傾、斜之義，章說非也。

「申」　1.劉師培：「申引音義相同，從申得聲猶之從引。」

2.《說文》：「神，天神引出萬物者也。從示申聲」、「申，神也。」

3.「申」、「引」音義通，均有「延長」義。說二者相猶可以，但說「神」以「申」為聲符乃無義可說，則錯。

4.許慎以「引」說「神」，以「申」為「神」，其實只看到「申」為「神」聲符、「申」、「引」音義通。固然不錯，但似乎大家在理解上，老是得費這些功夫，而未必全解。事實上許慎並不知道「申」字的形體所指為何，所以讓後人老從音義相通去說；而甚至語言文字學大盛的清儒，其實也不知道「申」為何物，連段玉裁在「申」篆下東說西解，也沒說出個本然。

5.清末甲骨文出土後，我們知道了「申」的本義是天上的閃電，字形表閃電的屈曲之形，本義就是「電」，今天「電」字下方即是「申」。

6.甲骨卜辭中只有「申」字，沒有「神」字，原來我們概念中的「神」，其實是從天體中的閃電、火光而來，因為那是極其明顯的天空變化與震撼，所以甲骨中的「申」本義閃電，也是天空之神。

7.周朝以後有了「神」字，那是祭祀系統至周全備，所有跟天地祭祀的字都加上了「示」偏旁，使得所有天地鬼神都進入「祀」的概念。

8.當然也因為閃電是從天延伸直下，細大而長遠，於是「申」字有著「延引而長」的意象與語義，作「申張」、「延申」、「申請」、「申訴」義，此義專用「申」字，於是又另造「神」字表天神。

9.「申」為閃電、「引」為張弓以射。固然音與「延長」義均通，但是事物不同，造字者豈會以「張弓」事而表「天

神」？「引」字怎可以是「神」字的原始聲符？許慎以「引」說「神」乃其聲訓體例，也深知音義可通，但其義在天神向下界延伸出萬物，後人豈可一看「引」字，就如劉氏所說：「所從之聲與所取之義不符」，而竟要聲符「申」、「引」互調，且謂「申」為「聲符假借」？此皆非矣。

「彭」 1.劉師培：「彭旁音義相同，從彭得聲猶之從旁也。」

2.《說文》：「彭，鼓聲也。從壴、從彡。」

3.「彭」有「大」、「多」之義，即從鼓聲來，左邊的「壴」是鼓，重點在右邊的「彡」。《段注》：「從彡猶從三也，指之略多，多不過三，故毛飾畫文之字作，彭亦從彡也。大司馬冬狩，言三鼓者四、言鼓三闋者一；左傳曹劌亦言三鼓，雖未知每鼓若干聲，而從彡之意可見矣。」，

4.鼓聲大作之時，彭彭作響，其聲多矣，故彭字有「彡」表多數意義，「多」、「大」用法即從此來。

5.劉先生說：「所從之聲與所取之義不符」，所以舉「旁」字欲代「彭」聲，此非也。固然「旁」、「彭」均有「多」、「大」之義，但是「彭」字有自己的音義來源，也有自己的聲符字族：「膨」、「澎」、「嘭」、「憉」，何必是假借聲符。

「敬」 1.劉師培：「驚訓為駭、警儆訓為戒，均為敬聲，則以敬亟雙聲，古文敬亟為一字。字從敬聲，猶從亟得聲也。」

2.《說文》：「敬，肅也。從攴苟」、「肅，持事振敬也。」二字轉注。

3.「攴」是以手擊打，「苟」是曲生草，《段注》：「攴而迫也，迫而苟也。」義即以手施加外力而使事物屈曲，所以

有了「敬肅」之義。

4.「敬肅」、「嚴肅」、「驚駭」、「警戒」都是相通義，所以《說文》：「驚，馬駭也。」以「敬」為聲符、「警，言之戒也。」以「敬」作聲符。「敬」是一種壓力，所以「尊敬」、所以「敬慎」、「敬謹」。均是相通義。

5.「敬」、「亟」雖然音義通，但「敬」為「驚」、「警」、「儆」之原始聲符可知，絕非「無義可說」。

「非」 1.劉師培「斐為分別文，從文非聲；腓為脛腨，從肉非聲。則以非與分、肥與方，均一聲之轉。斐從非聲，猶之從分。肥從非聲，猶之從肥從旁。」

2.《說文》：「非，違也。從飛下翅。」所以以「非」為聲符的字，都有「分別相對」之義。

3.《說文》：「斐，分別文也。」指多樣之紋路，各有不同，明顯美麗，故以「非」為聲符，表紋路之差異分別，所謂「斐然文章」。《說文》：「腓，脛腨。從肉非聲」據《段注》指的是脛骨後之肉，狀似粗肥之腸，在脛骨之後所附，故亦有旁出分別之義。也通「肥」字。

4.「非」、「分」音義相通，但「分」者以刀分之，不是「斐」字之重點意義，因此「非」才是「斐」的聲符，不是假借而來。「旁」亦有分別、龐大之義，但「腓」字以「非」為聲符，同樣合理，不是假借。劉氏之說，拘泥於同音通假以說聲符，恐皆非是。

「录」 1.黃季剛：田獵獲鹿也是有福的，所以祈求能獲鹿，造祿字，聲符本應是鹿，用录字假借，遂成祿字。」

2.《說文》：「祿，福也。從示录聲。」、「录，刻木录

彔。」所以黃先生以為「刻木」與「福」無關，所以此聲符無義，乃假借而來。

3. 其實不然，彔是祿的原始聲符，不必是同音假借。先看《段注》：「小徐曰：彔彔猶歷歷也，一一可數之貌。按剝下曰：彔刻割也，彔彔麗廔，嵌空之貌。毛詩車，歷錄亦當歷彔。」

4. 原來彔是以釜斤伐木時，在木上留下的一刀一釜的痕跡，清晰可見數量又多，且一一可數，我們今天說的「歷歷在目」本字應該做「彔彔在目」。彔字字形是伐木釜鑿之痕，其義則有「大量的」、「清晰的」、「可數的」、「明顯的」、「次序的」。

5. 「祿」以彔為聲符，便是形容福份的「大量」、「明顯」，中國人通常以「祿」為官位、地位，祿位又和財位成正比，於是「明顯的」、「次序的」、「可數的」的意義也在這裡發揮。因此「福祿」以「彔」為聲符，是合理正常，也是最初的聲符，不是假借「鹿」而來。

綜上所論，前賢所說形聲字聲符假借之例，全部不正確，也過於依賴「同音通假」之古音義理論，而致使論述方向偏移。那麼「同音通假」的情況不存在嗎？非也，「同音通假」當然可以是綜合發揮音義溯源的可靠理論之一，因為「聲義同源」、「同聲多同義」、「字之義必得諸字之聲」、「凡從某聲皆有某義」，那當然同音就可以通假使用。歷代文獻裡也確實有「同音通假」的許多情況，尤其是在書寫應用中的互通，不過互通的兩字，它仍然是各自獨立的文字個體，有它的本義，尤其兩個都是形聲字時，更必須獨立處理兩個聲符與意義的關聯。如果像前述諸例，不仔細考究聲符與意義的關聯，輕易就以「同音通假」要改換形聲字聲符，這就過於擴大其功能，不但有點推託且氾濫使用，也絕對遠離了造字當初的設計了。

第十四節　字根及語根理論

一、何謂「字根」、「語根」

　　從以上傳統聲訓理論中可以發現，尋找聲音的來源是掌握原始語義的重要關鍵。其中占最大多數的漢字形聲字，由於有聲音符號作標音，所以提供了最好的追溯管道，也成為解釋漢語言中原始語義的必要方式。

　　形聲字都有聲音符號，根據前面單元所論，聲符就提供了本字的主體意義。如果聲符本身又是一個形聲字，那就是還有其他字為其標音，這時就又必須再從其聲符往上追溯，始能找到真正的語義來源。從字形而言，這個最早的聲符是「字根」；從其語音而言則是「語根」。找到字根，便能分析其原初的音義關聯，這就是「字根理論」、「語根理論」。要建立「字族」、「詞族」系統，也要靠「字根」、「語根」。

　　如何認定「字根」呢？「字根」必須是形聲字最初的聲符，它不可以再是一個形聲字，必須是象形字、指事字或會意字，因為這三者沒有聲符，是最早造出來的文或字，本身即有造字時的音義原始義涵，後來造的形聲字，便以之作為聲符。林尹先生在《訓詁學概要》中舉了三組例子，說明尋字根的方法，我們引論如下：

二、字根舉例：「刀」及其字族

　　「刀」字是一個字族的「根」，我們可以從以下進程證明：

　　「窯」：「從穴羔聲」，是形聲字，不是字根。

　　「羔」：「從羊照省聲」，是形聲字，不是字根。

　　「照」：「從火昭聲」，是形聲字，不是字根。

　　「昭」：「從日召聲」，是形聲字，不是字根。

　　「召」：「從口刀聲」，是形聲字，不是字根。

　　「刀」：象形字，字根是刀。

　　如果我們要知道燒瓦燒陶的「窯」為何這麼寫，為何以「羔」為聲符，其發音與意義為何？那麼我們就必須追察其字根，於是發現「召」、

「昭」、「照」、「羔」到「窯」層遞式的作為聲音符號，它們具有同一個聲音來源，那就是「刀」，而意義也從刀來。「刀」是名詞的刀子，刀是鐵器磨成，於是有「光亮」、「明顯」義；磨則利，所以有「鋒利」義；刀子所以砍伐，於是可當動詞「砍」義。

因此，「召」是很清楚明顯的說話，「召集」、「召開」、「召喚」都要發出語音而完成。「昭」是陽光很明亮，「昭日」、「天理昭彰」、「沈冤昭雪」都是明顯明亮義。「照」是火光明亮，「照耀」、「照亮」、「照顧」都是明顯明亮義。羔羊是初生之小羊，毛色潔白明亮，故「羔」從「照」為聲符，後來省去「昭」之形，於是今日只看到下方的火，而不知羔羊何以有「火」。「窯」是燒瓦燒陶之穴，必須大火高溫，因此窯洞中總是光亮無比。

綜上可知，此例諸字之字根是「刀」，形體中都有「刀」這個最早的聲符；其上古發音也都跟刀同音，而取「明顯」、「明亮」義，也都一貫，這就是語根。如此一來，這組字不論從字形來看、從字音來看、從字義來看，他們都同屬一個以「刀」為血緣關係的「字族」系統，掌握其字根、語根，我們就可以輕易認識這個「家族」的所有成員。它們另外從「口」、「日」、「火」、「羊」、「穴」，其實只是事物類別差異而已。

以「刀」為字根語根的家族成員，不只上述諸例字而已，這是一個龐大的家族：

	(艹)				
	到	荝			
刀字族群	召	沼	蒾		
		昭	照	羔	糕
					窯
					鱻
		貂			
		剖			
		苕			
		蛆			

刀字族群	超
	貂
	超
	招
	妱
	鉊
	駋
	韶
	昭
	珆
	紹
	邵
	劭
	袑
	卲
	佋
	䛁
	軺
	鞀

三、字根舉例：「屮」（之）及其字族

「蒔」：「從艸時聲」，是形聲字，不是字根。

「時」：「從日寺聲」，是形聲字，不是字根。

「寺」：「從寸屮聲」，是形聲字，不是字根。

「屮」：指事字，字根是屮

「屮」今「之」字，是字根，「寺」、「時」、「蒔」層遞為聲符，形音義皆從「之」來。《說文》：「之，出也，象艸過中，枝莖漸益大，有所之也。」是草木逐漸向上生長，枝幹莖葉都逐漸長大之象，於是語義中有「長大的」、「次序的」、「向上的」、「方向的」、「突出的」、「漸增的」等意義。「寺」是王者前廷，乃有次序的由正堂向外延伸；

「時」是時間次序的、漸增的往前流動；「蒔」《說文》：「更別種。」意思是農人「以時而更種它物」，隨四時更替而更改作物之意，亦有是次序的、逐漸的之義。故以上諸字，皆由字根「之」的音義來，掌握「之」便掌握其他的字。

　　以下我們看「之」字的所有「字族」：

之 （ㄓ） 字 族 群	芝		
	蚔		
	岐		
	巿		
	事		
	志	絘	
		誌	
	寺	時	蒔
			塒
		待	侍
		詩	
		邿	
		郚	
		畤	
		恃	
		侍	
		特	
		栬	
		秲	
		持	
		痔	
		峙	
		蔚	
	臺	檯	
		孆	
		擡	

四、字根舉例:「東」及其字族

「寵」:「從宀龍聲」,是形聲字,不是字根。

「龍」:「從肉童省聲」,是形聲字,不是字根。

「童」:「從重省聲」,是形聲字,不是字根。

「重」:「從東聲」,是形聲字,不是字根。

「東」:「從日在木中。」是會意字。字根是東

《說文》:「東,動也。從日在木中。」指太陽沒入森林中,語義有「籠罩」、「龐大」、「厚重」、「由上而下之狀態」等意義。《說文》:「重,厚也。」;《說文》:「童,男有罪曰奴,奴曰童,女曰妾。」童從「重」聲,乃取其罪厚重之義,有罪而服勞役便曰「童僕」。「龍」為天上大物,《說文》:「鱗蟲之長,能幽能明,能細能巨,能短能長,春分而登天,秋分而潛淵。」厚重之長龍,又有飛天潛淵之動態,故從「童」;《說文》:「寵,尊居也。」指尊大之豪宅,〈段注〉:「引申為榮寵」。以上諸字,音義皆源於「東」可知。以「東」為中心之字族,數量龐大:

東字族群	棟		
	崠		
	崠		
	涷		
	凍		
	菄		
	鯟		
	鶇		
	埬		
	重	童	龍	籠
				瓏
				嚨
				寵
				瀧

東字族群				朧
				龘
				聾
				儱
				隴
				櫳
				礱
				躘
				驡
				寵
				龔
				蠪
				巃
				襱
				鸗
				龐
				龐
				竉
				壠
				隴
				壟
				攏
				龔
				龓
				爖
				壨
				鏧
		瞳		
		橦		
		董		
		潼		
		曈		

東字族群			鐘
			僮
			勭
			種
			罿
			憧
			獞
		動	慟
			働
		種	
		僮	
		埵	
		娷	
		腫	
		褈	
		尰	
		湩	
		緟	
		腫	
		踵	
		暉	
		瘇	
		鍾	
		哩	
		鍾	
		煙	

五、聲符的數量及其語根功能

　　以上三組字根之例，讓我們知道追求字根的重要性，它不但可以考知單字之義，也因此尋回了字族系統，更因此知道該字族的共同義涵，也就是其原始語義。另外也讓我們對於漢字「聲符」的語言功能，在距離造字期這麼久遠的今天，有了重新的理解，「聲符」可以說是我們上溯漢語語義源起的一大利器。

　　接下來，理解前文並對字根有興趣的人，應該會問的一個問題便是：聲符有多少個？因為若把每一個聲符的原始語義，也就是語根，都弄清楚的話，那麼對於漢字形音義的完整了解，便可以以一通十、以十通百，整

個字族甚或是音義相近的其他字族，也可以相通而理解了。段玉裁的《說文解字注》中，有一個單元，可能很多人都知道，或在翻檢說文時瞥過一眼，但卻從不知道段玉裁要做什麼，那就是附錄中的〈古十七部諧聲表〉，它第一個就可以回答我們這問題。

〈古十七部諧聲表〉是段玉裁的六書音韻表之二，它將《說文》中所有諧聲偏旁也就是聲符歸納出來，並一一納入上古十七個韻部之中。其序文說：

> 六書之有諧聲，文字之所以日滋也。考周秦有韻之文，某聲必有某部，至嘖而不可亂，故視其偏旁以何字為聲而知其音在某部，易簡而天下之理得也。許叔重作說文解字時未有反語，但云某聲某聲，即以為韻書可也。自音有變轉，同一聲而分散於各部各韻。如一某聲，某在厚韻、媒膜在灰韻；一每聲，而悔晦在對韻、敏在軫韻、晦痗在厚韻之類。參差不齊，承學多疑之，要其始則同諧聲者必同部也，三百篇及周秦之文備矣。輒為十七部諧聲偏旁表，補古六藝之散逸，裂某聲某聲分繫於各部以繩今韻，則本非其部之諧聲而闌入者憭然可考已。

從段玉裁的說明，可以知道此諧聲表的目的，及我們可賴以從事語根研究的功能如下：

1. 任何聲符都可上溯並歸入某個上古韻部。
2. 從《說文》中的「某聲」之說解，其實已經呈現了上古韻部的分部。
3. 同聲符的字理當進入同一上古韻部。
4. 但目前同聲符之字出現在不同韻部，乃古今音變所致。
5. 於是製作此表，一以找出聲符、二可以看出其古今音變。
6. 對於後世追求語根的目的，則可以利用此表再向上追溯「聲義同源」的最初形式。

〈古十七部諧聲表〉內容如下：

古十七部諧聲表　六書音均表二

六書之有諧聲，文字之所以日滋也。攷周泰有韵之
文，某聲必在某部，至嘖而不可亂，故視其偏旁以何
字為聲，而知其音在某部，易傋而天下之理得矣。詩
叔重作說文解字時，未有反語，但云某聲某聲即以
為韵書可也。自音有變轉，同一聲而分繫於各部
韵，如一某聲而某聲在厚韵，媒腜在灰韵，一每聲而悔
痗在隊韵，敏在軫韵，晦痗在厚韵之類，參錯不齊，承
學者多疑之，要其始則同部也。三百篇及
周泰之文備矣，輒為十七部諧聲偏旁表，補古六蓺

三百十四　表二　一

之散逸，類剟某聲某聲，分繫於各部以繩今韵，則本
非其部之諧聲而闌入者，憭然可攷矣。

第一部　鹹韵半聲之咍上聲止咍去聲志德。

才聲　戈聲　在聲
事聲　虫聲　市聲　某聲
而聲　刀聲　辺聲（與十三部近別）　凷聲（隸作凷）　某聲
又聲　有聲　九聲　仕聲
匠聲　龜聲　棥聲　彝聲
狸聲　來聲　思聲　其聲
絲聲　台聲　枲聲　里聲

二百十三　表二　二

佩聲　久聲　臺聲　式聲
呂聲（隸作以）　能聲　矣聲　疑聲
亥聲（以）　郵聲　牛聲　茲聲
茲聲　畐聲　富聲　不聲
丕聲（石經作丕）　甾聲　從聲　甾聲
辭聲　司聲　㠯聲　朵聲　甾聲
友聲　否聲　宰聲
啚聲　耳聲　喜聲
己聲　止聲　齒聲　巳聲
寺聲　時聲　士聲
　　　史聲　吏聲
貝聲　弅聲（與十五部異別）　絑聲　戒聲
婦聲　舊聲　乃聲　異聲
北聲　食聲　散聲　子聲
音聲　意聲　再聲　葡聲
備聲　直聲　惪聲　圣聲
弋聲　則聲　賊聲　革聲
或聲　或聲　息聲　巫聲
力聲　防聲　棘聲　喬聲
黑聲　匿聲　㝡聲　色聲
塞聲　瓜聲　大聲　㕯聲

〔上表〕

右諧聲偏旁見於今韵轉入他
部內者皆從弟一部轉入

服聲	得聲	麥聲	陌聲
克聲	伏聲		苟聲與四部別
導聲	牧聲		苟聲初別
	墨聲		

第二部　陸韻小平聲簫宵肴豪象上聲篠小巧晧太聲嘯笑效号

毛聲	蔡聲	與聲（粟標作）	天聲	刀聲	交聲	勞聲	侖聲
小聲	麃聲	芙聲	敖聲	召聲	虐聲	翟聲	爵聲
樂聲	暴聲	少聲	卓聲	到聲	高聲		
梟聲	暴聲（二字轉通作暴）			兆聲	喬聲		
澡聲							

二八六　二表　三

苗聲	敫聲	羔聲	樂聲	弱聲	号聲	㫃聲
龠聲	孝聲（與三聲別）	巢聲	盗聲	兒聲	號聲	受聲
要聲	敦聲	弔聲	勺聲	貌聲	了聲	
叉聲	芈聲	堯聲	崔聲	臬聲		

〔下表〕

右諧聲偏旁見於今韵轉入他
部內者皆從弟二部轉入

第三部　陸韻平聲尤幽象入聲屋沃燭覺

九聲	求聲	䖒聲	憂聲	攸聲	蕭聲	奧聲
尻聲	流聲	休聲	汓聲	條聲	未聲	秋聲
州聲	六聲	舟聲（偏旁石憩聲）	游聲	修聲	叔聲	本聲（同半）
	坴聲	惥聲	替聲	脩聲	戚聲	叔聲
						翏聲

二八七　三表　四

畀聲	弔聲	柔聲	糕聲	焦聲	壽聲	西聲	牢聲	斗聲	門聲	報聲
焱聲	雷聲	救聲	罘聲	李聲	酋聲	爪聲	收聲	同聲	手聲	手聲
影聲	周聲	包聲	冒聲	絲聲	臭聲	叉聲（古文）	因聲	冒聲	老聲	老聲
卯聲	孑聲	匋聲		幽聲	叉聲	蚤聲	秀聲	好聲	牡聲	牡聲

畜聲 畱聲 雔聲 帚聲

𦣞聲（古文百。） 百聲 頁聲（亦古文頁。） 道聲

守聲 夲聲 皀聲（隸作皁。） 𢍏聲

缶聲 由聲 宄聲（宄儆字。與八部宂、十二部宂別。） 戊聲

丑聲 丂聲 考聲 保聲

𠊱聲（古文保。） 簋聲 劉聲 肘聲

叜聲 棗聲 韭聲 夒聲（隸偏旁改同憂。）

臼聲 咎聲 艸聲 草聲（俗作皁。）

夰聲 昊聲 孝聲 祝聲

鳥聲 谷聲 角聲 族聲

表二 五

屋聲 獄聲 哭聲 足聲

束聲 欶聲 匊聲 𦥑聲

學聲 竹聲 篘聲 復聲

肉聲（偏旁石經作月。） 告聲 育聲 毒聲

啇聲 賣聲 辱聲 𡨄聲

𠈖聲（古文夙。） 曲聲 玉聲 奧聲

吉聲 㱿聲 蜀聲 木聲

珏聲 录聲（與十四部彔別。） 㮚聲 逐聲

菐聲 豖聲（與十五部豕別。） 卜聲 攴聲（隸作攵。）

局聲 夙聲（說文作𡖋。） 鹿聲 㣎聲

𦎫聲（隸作孰。） 秃聲 目聲

右諸聲偏旁見於今韵他部內者、皆從弟三部轉入。

弟四部（陸韵平聲侯、上聲厚、去聲候。）

婁聲 句聲 朱聲 禺聲

壴聲 尌聲 廚聲 區聲

蓲聲 矦聲 几聲（與十五部几別。） 殳聲

需聲 須聲 俞聲 芻聲

后聲 取聲 冣聲（與十五部最別。） 聚聲

後聲 臾聲 侮聲 口聲

表二 六

𨸏聲 厚聲 付聲 府聲

吞聲 奏聲 丶聲 主聲

斗聲 冓聲 豆聲 具聲

扁聲 寇聲 晝聲 部聲

豎聲 斲聲

右諸聲偏旁見於今韵他部內者、皆從弟四部轉入。

弟五部（陸韵平聲魚、虞、模，上聲語、麌、姥，去聲遇、御、暮，入聲藥、鐸。）

且聲 沮聲 者聲 奢聲

父聲 甫聲 尃聲（與十四部専別。） 浦聲

【表二
　　七】

亏聲（兼作亏）　巧聲　夸聲　琴聲
雩聲　瓠聲　夫聲　牙聲
叚聲（與十四部段別）　穀聲　家聲　車聲
巴聲　虎聲　慮聲　處聲
盧聲　吳聲　洛聲　古聲
居聲　虐聲　於聲（古文舄）　与聲
瓜聲　舄聲　路聲　亦聲
與聲（同射）　各聲　古聲　惡聲
躳聲　卸聲　御聲　與聲
魚聲　太聲　亞聲　舍聲
鮺聲　蘇聲

余聲　涂聲　素聲　睸聲
瞿聲　西聲　賈聲　算聲（俗作蒜）
庶聲　度聲　席聲　龗聲
巨聲　榘聲　壺聲　奴聲
昪聲　圖聲　乎聲　乍聲
土聲　夕聲　無聲　毋聲
巫聲　石聲　正聲（與三部足別）　馬聲
呂聲　卤聲　下聲　女聲
處聲　羽聲　兆聲　雨聲
五聲　吾聲　予聲　午聲

【表二
　　八】

許聲　戶聲　雇聲　武聲
鼠聲　黍聲　禹聲　鼓聲
鼓聲　夏聲　鳥聲　鼓聲
鼓聲　夔聲　旅聲　寡聲
隻聲　雙聲　盧聲　豦聲
雙聲　盧聲　若聲　魯聲
山聲　蘆聲　巂聲　翠聲
虞聲　兔聲　斥聲（俗作斥）　朔聲
囷聲　叕聲　聲聲　章聲（與十三部章別）
擇聲　谷聲（與三部谷不同）　卻聲
郭聲（隸作郭）　舝聲（隸作）　毛聲　音聲
稻聲　霍聲　炙聲　白聲

乇聲　帛聲　尺聲（與三部尺別）　赤聲
　　　赦聲　赫聲　罄聲
臬聲　　　咢聲（說文作咢）
　　　霹聲　霸聲　炎聲

右諧聲偏旁見於今前他
部內者皆從第五部轉入。

第六部　（隊前平聲蒸登上太聲蒸拯嶝等。）

弇聲　朕聲
薈聲　夢聲　蠅聲
弓聲　曾聲　升聲
曾聲　朋聲
奔聲　脒聲　興聲　凌聲
雅聲

互聲（部與十四目別）　恆聲

丞聲　烝聲

承聲　徵聲

兢聲　厶聲（古文）　厽聲

厷聲（同肱）　久聲（兼作）　ㄙ聲（作厷）　登聲　登聲（說文作鼑）

棗聲　仍聲　爭聲　稱聲

嶜聲　蕈聲

右諧聲偏旁見於今韻他部內者皆從弟六部轉入。

第七部（陸韻平聲侵鹽添 上聲寑琰忝 去聲沁豔㮇 入聲緝葉帖）

《表二》九

心聲　今聲　念聲　金聲

咸聲　鹹聲　寧聲　林聲

酓聲　欽聲　歆聲　凡聲（與十一部幸別）

風聲（與十五部突別）　羊聲　南聲　芊聲（部幸別）

尋聲　朁聲　男聲　琴聲　彡聲

焚聲　甚聲　音聲　三聲　先聲

突聲（部與十五突別）　朁聲　侵聲　品聲　錦聲

全聲（與二部突別）　壬聲　任聲　占聲　黏聲

丑聲（名別）　注聲　淫聲　參聲　城聲

鐵聲（隸之作）　巳聲（說文作弓）　三聲　汎聲　從聲

兼聲　廉聲　僉聲　俞聲　閃聲

丙聲　眈聲　丱聲　冄聲

稟聲　審聲　弇聲

厭聲　昌聲　及聲

立聲　溼聲　翕聲　邑聲

龖聲　叶聲　雥聲　合聲　拾聲

廿聲　右諧聲偏旁見於今韻他部內者皆從弟七部轉入。

《表二》十

第八部（陸韻平聲覃談咸銜嚴凡 上聲感敢 去聲勘闞陷鑑釅梵 入聲合盍葉洽狎業乏）

函聲　名聲　叴聲　剡聲　監聲

炎聲　剡聲　熊聲

鹽聲　散聲（補文敄字說文作敊）　嚴聲

甘聲　詹聲　斬聲　夑聲

广聲　奄聲　夑聲　巤聲

尤聲（與尢別古尤在三部）　妾聲　甲聲　欠聲

涉聲　業聲　葉聲　逮聲

聤聲　耴聲〔與圓部取別〕　鼠聲
盍聲〔與圓部取別〕　函聲　弱聲
帀聲　夾聲　亩聲
　　　　　籥聲

右諧聲偏旁見於今韻他
部內者、皆從弟八部轉入。

第九部〔陸韻平聲東冬鍾江、上聲董腫講、去聲送宋用絳〕

隆聲　丰聲　奉聲　夅聲
蟲聲　冬聲　夅聲　降聲
重聲　童聲　龍聲　公聲
中聲　躬聲　宮聲　東聲

〈表二〉

逢聲　用聲　甬聲　庸聲　厖聲
从聲　巡聲　凶聲　恩聲
同聲　農聲　邕聲　雖聲〔同雍〕
宋聲　戎聲　封聲　容聲
工聲　巩聲　空聲　送聲
克聲　共聲　雙聲　冢聲
凶聲　凶聲　匈聲　兇聲
蒙聲
熒聲　宗聲　崇聲
豐聲　窽聲　龙聲
㑊聲　猴聲　茸聲

十一

右諧聲偏旁見於今韻他
部內者、皆從弟九部轉入。

第十部〔陸韻平聲陽唐、上聲養蕩、去聲漾宕〕

王聲　行聲　衡聲　坒聲
匡聲　往聲　狂聲　网聲
岡聲　黃聲　廣聲　易聲
錫聲　陽聲　湯聲　屮聲
牆聲　將聲　臧聲　永聲
方聲　放聲　旁聲　皇聲
亢聲　兵聲　充聲　京聲

〈表二〉

芊聲　羕聲　叡聲　襄聲〔隸作襄〕
庚聲　康聲　唐聲　皂聲
鄉聲　卿聲　上聲　畺聲
彊聲　強聲　兄聲　桑聲
爽聲　丣聲〔與十三部刅別〕　梁聲　彭聲
央聲　昌聲　囧聲　回聲
兩聲　向聲　兩聲　倉聲
盲聲〔隸作亯亯〕　皿聲　尚聲　相聲
象聲　丙聲　孟聲　堂聲
慶聲　　　　夒聲　卬聲
　　　　　　　　　章聲

十二

〔上〕

第十一部　陸韻平聲庚、耕、清、青上聲梗、耿、靜、迥去聲映、諍、勁、徑。

右諧聲偏旁見於今韻他部內者,皆從弟十部轉入。

商聲

亡聲　亢聲　退聲（典聲兼作）

長聲（良聲兼作）　皀聲　量聲　冀聲

詰聲　競聲　香聲　弱聲　㔾聲

秉聲　龜聲　亞聲　凵聲

竝聲　允聲　匚聲

正聲　熒聲　丁聲

生聲　成聲　亭聲

盈聲　鳴聲

表二　（十三）

殸聲（籀文磬）　戠聲　名聲　衛聲　冂聲　頃聲　需聲　冏聲（古文問）　省聲

王聲（與七部互別）　廷聲　呈聲

青聲　鼎聲

平聲　盛聲　寧聲

嬰聲　粤聲　敬聲

冥聲　冪聲　爭聲

开聲　幷聲　貞聲

至聲　井聲　耿聲

關聲　夆聲（隸作夆）　晶聲

右諧聲偏旁見於今韻他部

〔下〕

內者皆從弟十一部轉入。

第十二部　陸韻平聲真、諄、臻先上聲軫……去聲震、稕入聲質、櫛、屑。

秦聲　命聲　仁聲

粦聲　田聲　親聲　旬聲　守聲

卂聲（人聲古文矵）　申聲　陳聲

匀聲　賢聲　進聲

玄聲（見二十先見一震）　黽聲

胤聲（見二十震）

四聲　必聲　壹聲　亶聲

頻聲

仁聲　眞聲

命聲　申聲　電聲　因聲　天聲

田聲　千聲　新聲　令聲　信聲　辛聲

親聲　旬聲　賓聲　開聲　身聲　人聲

粦聲　賓聲　瀕聲　寅聲　丙聲

秦聲　燊聲　人聲　兒聲（古文兒）

顛聲　俟聲

匀聲　冏聲　閵聲

兩聲　臣聲　臤聲

扁聲　堅聲　弦聲

民聲　弅聲　鹵聲

牽聲　引聲　矜聲

八聲　肖聲　穴聲　瓷聲

必聲　宓聲　瑟聲

普聲（從白與五部互別,今作眥）　寶聲

頁聲　吉聲

壹聲　頡聲　質聲　七聲

冘聲（黚聲隸省）　即聲　節聲

剛聲（別隸作）

日聲　疾聲　桌聲
漆聲　至聲　室聲
一聲　乙聲　畢聲
逸聲　血聲　徹聲
印聲（甲隸作）　呷聲（抑隸作）　失聲

右諧聲偏旁見於今韻他部
內者皆從弟十二部轉入。

弟十三部　陸韻平聲譯文欣魂痕上聲準吻隱混很太聲稕問焮恨。

先聲　辰聲　屯聲　春聲
困聲　囊聲　晨聲　唇聲

《表二》

門聲　殷聲　分聲　靈聲
鼄聲　㫃聲（今作㫃）　西聲　亞聲
免聲　昏聲（民不從）　孫聲　喬聲
賁聲　君聲　具聲　冪聲（敄隸作）
鯀聲　昆聲　韋聲
瑞聲　川聲　云聲　堇聲
存聲　巾聲　侖聲　堇聲
壹聲　文聲　彣聲　云聲
閔聲　猌聲　侖聲　各聲
斤聲　刃聲　典聲　盈聲
　　　　　　幽聲　皿聲

十五

溫聲　繈聲　熏聲
焚聲　彬聲　盾聲
参聲　外聲　焌聲
寸聲　筋聲　蚰聲
憙聲　隱聲　雪聲
橐聲　乚聲　囷聲
　　　彝聲　豚聲
　　　　　　羴聲

右諧聲偏旁見於今韻他部
內者皆從弟十三部轉入。

弟十四部　陸韻平聲元寒桓刪山仙上聲阮混旱緩潸產獮太聲願慁翰換諫襇線。

更聲　專聲
　　　袁聲　罠聲

《表二》

米聲（采與一部別）　券聲　卷聲　叺聲
哭聲　厂聲　彥聲
雁聲　厬聲　旦聲　牟聲
辛聲　言聲　泉聲　遼聲
歎聲　難聲　鑾聲
官聲　丱聲　㿝聲（同原）
卵聲　爰聲　晨聲
罒聲（亙隸作）宣聲　閒聲
連聲　覓聲　桓聲　見聲
亙聲（隸作亙）
羿聲　巻聲（卷隸作）　冘聲
　　　　　　寬聲　宛聲
　　　　　　　　　廾聲（張參曰說文以為古卵字）

十六

上表（表二，十七）

〈聲（篆文作𤰔。）干聲　岸聲　旱聲

罕聲　旻聲　妟聲　區聲

安聲　髮聲　加聲　馭聲

奻聲　加聲　曼聲　東聲

闌聲　蘭聲　卯聲　崔聲

單聲　患聲　奐聲　夐聲

肩聲　幵聲　㐭聲　貫聲

番聲　潘聲　爲聲　閑聲

廛聲　丹聲　閒聲　肰聲

縣聲　肰聲　元聲　完聲

冠聲　肙聲　山聲　袞聲

衍聲　憲聲　椒聲　散聲

㳶聲　獻聲　樊聲　延聲

虜聲　耑聲　次聲（與十五部別。）菱聲

絭聲　叚聲　燕聲　羡聲

丸聲　虔聲　蕝聲　鮮聲

爨聲　北聲（隸作𢆶。）寶聲（寒隸作𡨄。）襄聲

姦聲　面聲　般聲　煩聲

贊聲　祘聲　象聲　笑聲

公聲（與九部別。）沿聲　袞聲　班聲

下表（表二，十六）

建聲　算聲　犬聲

刪聲　片聲　萬聲（與十六部相別。）𠦪聲

允聲　炎聲　兩聲　秩聲

燮聲（誤从瓦。）斷聲

右諧聲偏旁見於今韵的他部內者，皆從弟十四部轉入。

第十五部　陸韵平聲脂微齊皆灰上聲旨尾薺賄駭海泰至未霽怪泰怪夬隊廢入聲術物迄月沒曷末黠鎋薛。

妻聲　帥聲

歸聲　飛聲　皆聲

厶聲（與六部別。）皀聲　私聲

又聲　衣聲　鬼聲　𡴆聲

㠱聲　貴聲　畾聲　眔聲

襄聲　綏聲　枚聲　几聲

禾聲（與十七部別。）兀聲　視聲　祁聲

役聲　杀聲　豋聲　後聲

非聲　口聲（與四部別。）韋聲　幾聲

佳聲　崔聲　唯聲　隼聲（雗同。）

夷聲　七聲　匕聲　旨聲

稀聲　者聲　尼聲　尾聲

犀聲　虫聲　屖聲　𦣞聲

畏聲　希聲　氏聲與十六部氏別　底聲
厎聲　隺聲　㡀聲　夂聲
師聲　威聲　癸聲　比聲
皀聲　米聲　㸚聲　皋聲
罪聲　伊聲　委聲　回聲
囘聲古文回　尸聲　次聲　戾聲
利聲　𥝢聲古文利　黎聲　毇聲
毀聲　介聲　爾聲　㒸聲
豊聲與九部豐別　夊聲　弟聲　朿聲
美聲　隶聲　此聲　火聲

水聲　矢聲　兕聲　二聲
履聲　肄聲　棄聲　𠦬聲
㧖聲　兌聲　气聲　旡聲
旣聲　㤅聲　㥜聲　胃聲
𠯑聲　四聲　豕聲　彖聲
季聲　𥝌聲　惠聲　卒聲
未聲　市聲與一部市別　位聲　率聲
朩聲　𢓊聲古文作退　出聲　隶聲
彗聲　㥞聲　凷聲　尉聲
犮聲　對聲　頪聲　類聲

內聲　孛聲　貝聲　乂聲
𣏟聲　蠆聲　厲聲　匃聲
曷聲　离聲　𡴀聲　丯聲
㓞聲　契聲　害聲　折聲
哲聲　帶聲　戌聲　歲聲
薉聲　外聲　世聲　貰聲
㪅聲　厥聲　威聲　祭聲
医聲　殹聲　𡿪聲　㓹聲
大聲　介聲籒文大　癹聲　發聲
伐聲　乀聲　戉聲　亅聲

叕聲　夅聲　𠦒聲　昏聲隸作舌
聐聲　屮聲　岜聲　辥聲
䔒聲　㯥聲　㦿聲　䡴聲
桀聲　牵聲與七部牽、十一部幸別　達聲　月聲
舌聲口舌字从干　最聲　奪聲　戠聲
𥝌聲　聿聲　律聲　弗聲
𡈼聲　乞聲　系聲　衰聲
妃聲　配聲　肥聲　兀聲
自聲　臬聲　白聲亦自字。與五部白別　畀聲
术聲秫省作朮　曳聲　剌聲隸作制　鼻聲

《表二》（續）

第十五部 諧聲（續）

叜聲　窡聲　馘聲　敝聲　益聲　柔聲　舁聲（兀從）　骨聲　去聲　昪聲　日聲（日與十二別）　閔聲（閔籀文）

崈聲　末聲　史聲　器聲　埶聲（埶與七部別）　互聲　繼聲　殺聲　首聲　乾聲　名聲　鬱聲

叡聲　勿聲　冏聲　尚聲　肉聲　鼐聲　會聲　介聲　賴聲　刺聲（刺與十六部別）　突聲　蠲聲（蠲與十六）

寂聲　㝮聲　术聲　尨聲　彝聲　彑聲　巛聲　由聲　乙聲（乙與十二別）　址聲　希聲

右諧聲偏旁見於今韵他部內者皆從弟十五部轉入。

弟十六部　陸前平聲支佳卦入聲紙蟹、太聲實卦入聲陌麥昔錫。

支聲　智聲　氏聲　虒聲　奚聲　兒聲（兒與十四部別）　彖聲（彖與十四部別）

巂聲　早聲　祇聲　圭聲　規聲　蚩聲（非從豕）

知聲　斯聲　厎聲　佳聲

是聲　乀聲　厂聲　厄聲　厽聲

《表二》（續）

第十六部 諧聲

糸聲　乚聲（乚與十部別）　豕聲　麗聲

危聲　分聲　廌聲　危聲

益聲　㣇聲　帝聲　廌聲

適聲　易聲　柝聲　晢聲

束聲（束與三部別）　策聲　速聲（逯籀文）　責聲（責作賣）

刺聲　辟聲　鬲聲　蠲聲

鷊聲　脊聲　帚聲　狄聲

解聲　厄聲　屰聲　賜聲

迹聲　秝聲　麻聲　歷聲

役聲　閔聲　畫聲　辰聲

派聲　冊聲　彀聲　繫聲

系聲　縈聲　買聲

右諧聲偏旁見於今韵他部內者皆從弟十五部轉入。

弟十七部　陸前平聲歌戈麻上聲哿果馬太聲簡過禡。

它聲　冎聲　皮聲　離聲　施聲

沱聲　過聲　己聲　離聲

佗聲　哥聲　可聲　也聲　義聲

冎聲　為聲　何聲　地聲　儀聲

池聲　離聲　義聲

右諧聲偏旁見於今韵他部內者皆從弟十六部轉入。

義聲	加聲	嘉聲	多聲
宛聲	奇聲	猗聲	差聲
麻聲	靡聲	我聲	羅聲
羅聲	罷聲	羆聲	罷聲
巫聲	晉聲	坐聲	化聲（七部與十五部別）
吹聲	娑聲	广聲	沙聲
瓦聲	坐聲	左聲	墻聲
遁聲	隋聲	和聲	
蘇聲	果聲	禾聲	朵聲
崔聲	貞聲	瑣聲	惢聲
卧聲（蔄聲同）	戈聲	羸聲	牛聲
剭聲			

表二

右諧聲偏旁見於今韵他部內者、皆從弟十七部轉入。

右十七部諧聲凡不可知者及疑似不明者、缺之。不以會意滑不以漢後音韵愍溯洞沿流什得其八九矣。

凡四千六百零一字

表二終

第五章
漢語文化詮釋理論與方法

　　所有語言解釋的理論與實際操作，目的都在進一步從事文化詮釋，也唯有完成這個目的，或是具備完成這個目的的概念與能力，學習解釋理論也才有意義。語言本就是社會與文化的產物，因應著社會變遷而有了各種形式的生成與變化。研究一個族群的社會現象與文化模式，固然有很多的層面與方式，但是通過整體語言材料的本身來直接反映社會與文化，是一個全面卻易簡的研究路徑。以下我們提供一些從事漢語文化詮釋的理論與方法及應具備的觀念態度，並從很生活化的語言材料中，來看漢語與中國文化的互相輝映。

第一節　詞彙詞族演繹法

一、詞彙承載文化

　　「詞彙」是和文化關係最密切的語言要素。從語言結構形式與語法歷程來看，形成詞彙的「音素」是構成語音的基本元素，不是表義的基本單位，其有限的數量也不足以承擔大量的文化意識與表達。詞彙之後的句子，不論具有多長多複雜的語法，也仍然是由若干個詞彙組成，文獻中用句子、用篇章來記錄文化，其實關鍵仍然是當中詞彙的深厚文化義涵。因此要以語言了解文化、研究文化，詞彙是第一個要重要的材料。

　　詞彙之所以承載文化，我們可以從以下幾個特點來理解：

　　一、詞彙的生成與消亡，直接受到文化的生成與消亡的影響。例如社會中「新詞」的產生與消亡。

二、詞彙表現在語法上的形式結構，與族群的文化模式有關。例如
　　「蹴」是「踢」、「鞠」是皮製的球，「蹴鞠」就是「踢足
　　球」，它是源自春秋戰國時的一種體育活動與文化。

三、各種固定模式的詞彙，代表各種固定後的文化模式與內涵。例如
　　歷代不斷產生的「成語」。

四、大量同類或相關的詞彙，就代表一個同類或相關的文化模式與內
　　涵。例如要知道中國人的「過年」文化，蒐羅「年」的相關詞
　　彙，便是第一要務。

五、詞彙經由各種社會運作產生，社會運作又是累積文化的必經途
　　徑，因此詞彙又成為記錄文化的主要工具。例如「檳榔西施」是
　　臺灣社會的特殊產物，也形成社會中的一種「次文化」，這種商
　　業模式不可能永遠存在，當它消失後，文獻中「檳榔西施」一
　　詞，就直接記錄了早期或是古代的這種「次文化」。

二、詞彙的詞族概念

　　從單詞到詞組、從詞組到詞族的延伸、連結、貫串、演繹，是進行漢
語文化詮釋的第一個全面有效的方法。一般人若只看到一個單音節詞彙，
要能夠敏感的、有系統的、專業的連結出一個文化體系，這是不容易的，
因為一般人可能連單一詞彙的詞義由來都不清楚。但是如果可以從本義開
始，再有效率的將相關詞彙數量擴增、分類、條理化，而後重組成一個
寬廣的概念時，由詞彙所反映的文化系統，就可以輕易呈現，並且深植人
心。

　　簡單來說也就是建構「詞族」系統以對應文化系統，詞族一定從「詞
素」展開，例如「頭」這個詞可以造出以下這些詞彙，成為一個詞的家
族，從人體生理到草木蟲魚、器物等的應用與引申，是一個非常熱鬧的家
族，就如同一家人分工在外。如果你想知道中國人怎麼用「頭」，那就看
它的家族聚會吧：

頭	
人體	人頭、頭顱、頭骨、頭蓋骨、拳頭、頭髮、手頭、鼻頭、骨頭、頭腦、頭殼、頭皮、乳頭、龜頭
次序	頭版、頭條、領頭、帶頭、頭一場、頭一個、話頭、從頭、話說從頭
時間曆法	年頭、太歲頭、太歲頭上動土、頭七
人物	頭家、工頭、賭頭、軍頭、頭頭、頭領、魔頭、頭目、大頭、大頭目、地頭蛇、頂頭上司、龍頭老大、角頭老大
狀態	頭上、呆頭、披頭、披頭散髮、斷頭、斷頭臺、拋頭顱
生理	頭痛、頭大、頭暈、頭疼、頭癬、頭皮屑、頭好壯壯
器物	罐頭、插頭、枕頭、水龍頭、針頭、線頭、榔頭、斧頭、鎖頭、鋤頭、車頭、火車頭、機頭、頭等艙、鏡頭、頭彩、頭香、案頭
姿態動作	垂頭、垂頭喪氣、抬頭、低頭、搖頭、砍頭、擺頭、磕頭、磕響頭、點頭、回頭、頭也不回、轉頭、掉頭、倒頭、倒頭就睡、眉頭、眉頭深鎖、摸頭、洗頭、撞頭、冒出頭、抱頭、抱頭痛哭、埋頭苦幹、破頭、想破頭、抓頭、抓破頭、斬雞頭、香菇頭
食物	芋頭、蔥頭、菜頭、湯頭、大頭菜、洋蔥頭、蒼蠅頭
地名地域	頭城、溪頭、四汴頭、山頭、街頭、山頭、角頭、岸頭、臺灣頭、渡船頭
動物昆蟲	龍頭、蛇頭、雞頭、豬頭、魚頭、呆頭鵝、虎頭蜂、綠頭鴨、獐頭鼠目、牛頭馬面、
植物	樹頭、吃果子拜樹頭
視覺	看頭、有看頭、沒看頭
言語	頭頭是道
情緒	興頭
其他	風頭、避風頭、鋒頭、搶鋒頭、手頭緊、頭路、無頭、無厘頭、無頭公案、多頭、多頭馬車

三、詞彙詞族演繹法舉例

　　以下我們就以中國「紀年文化」的系統理解為研究目標、以「詞彙延伸演繹」為方法與路徑，看看以「年」的概念為中心的詞彙家族，有多少深遠而精緻的文化義涵在其中。首先將這個案例的研究步驟綱列如下：

　　㈠「紀年」問題提出

　　㈡搜尋經典解釋

　　㈢探索文字本義

　　㈣引申義「年」的由來

　　㈤詞彙連結

　　㈥相關詞彙

　　㈦概念集結與文化詮釋

　　　　1.族群思維層命

　　　　2.自然科學層面

　　　　3.風俗與神話層面

　　　　4.生活語言層面

　　　　5.紀年文化體系表例

㈠「紀年」問題提出

　　⑴「你幾歲」的「歲」什麼意思？

　　⑵為何又說「你幾年次」、「幾年級」？

　　⑶「三年五載」的「載」又是什麼東西？

　　⑷過「年」要拿壓「歲」錢，可以說成「壓年錢」嗎？

　　⑸「年獸」長什麼樣？有年獸嗎？誰看過？

　　⑹「農曆」是什麼？何時有？中國人為何用農曆？

　　⑺「太歲」是啥？為何「犯太歲」？為何「安太歲」？

　　我們看的出來，這些問題繼續往下問似乎問也問不完；這些詞彙看起來都有關，可是從來也不很清楚其究竟；老師都說「歲」就是「年」、「年」就是「歲」，同義複詞，那為何用法不同？還不能互換？「你幾歲？」就不能說「你幾年？」那老師說的完整嗎？其實以上隨意點出的幾個問題，它背後是一個非常久遠、非常深厚、非常科學、非常人文、非常民族性、至今從未間斷的文化體系，所有問題都在一個文化系統之中，藉由詞彙演繹，可以一次解決、一次理解。

(二)搜尋經典解釋

追溯「年」的文化，可想而知它不是近代才產生，所以搜尋早期文獻的相關紀錄，是必要且經濟的步驟。先秦經書在這時候，通常可以給我們很好的立足點，例如《爾雅・釋天》篇這條資料：

載，歲也。夏曰歲、商曰祀、周曰年、唐虞曰載。

在所有經書當中經常出現「載」、「歲」、「祀」、「年」四個字，《爾雅》在此為它們做了意義間的通釋，那就是我們現在說的「年」的概念，並且分別說明了各字所應用的年代差異。透過《爾雅》解釋，我們知道了現在「年」的概念與專用詞，在堯舜時期叫「載」、夏朝叫「歲」、商朝叫「祀」、到了周朝才開始稱「年」。僅僅這條資料，便已提供我們研究上的一個積極開展點。

(三)探索文字本義

各個時代，對於十二個月循環一次的自然現象名稱不同。以下先純粹解釋各斷代所用字之本義：

1.「歲」

《說文》：「歲，木星也，越歷二十八宿，宣遍陰陽，十二月一次。從步，戌聲。」

〈段注〉：「五星，水曰辰星、金曰太白、火曰熒惑、木曰歲星、土曰填星。歲越疊韻，宣歲雙聲，此二句謂十二歲而周十二次也……賈公彥引星備云：歲星一日行十二分度之一，十二歲而周天。」

案：原來「歲」字本義是天上的「木星」，十二年繞太陽一周，是夏朝人觀測天象所得的紀年依據。從「步」，指木星運行有固定軌跡，所謂「天行有常」，如步伐般；從「戌」則有木星環繞天體、戌守天體之義。

2.「祀」

《說文》：「祀，祭無已也。從示，已聲。」

〈段注〉：「析言則祭無已曰祀，從已而釋為無已。此如治曰亂、徂
曰存，終則有始之義也。釋詁曰：祀，祭也。」

案：今日「祭祀」連言，但「祭」是祭之儀式禮節；「祀」依許、段
所解可知，是「祭有終始」之義，也就是說從年頭到年尾，各種
祭禮都要一一執行。待年尾終祭後，其實又是年初之祭的開始，
始終循環進行，「無已」是沒有停止的意思。

3.「年」

《說文》：「年，穀熟也。從禾，千聲。春秋傳曰：大有年。」

〈段注〉：「年者取禾一熟也……穀梁傳曰：五穀皆熟為有年，五穀
皆大熟為大有年。」

案：「年」字的古文字「秊」，上方是「禾」下方是「人」，穀熟收
割後，人頂著穀物之狀。所以「年」字本義為「穀熟」。

4.「載」

《說文》：「載，乘也。從車𢦑聲。」

〈段注〉：「乘者，覆也，上覆之則下載之，故其義相成。引申之謂
所載之物曰載……引申為凡載物之稱……又假借之為始，
才之假借也，才者艸木之初也，夏曰載，亦謂四時終始
也。」

案：「載」就是「車載」、「載物」之義，今日所用仍是本義。段
玉裁以為又假借「才」之「初始」義，而引申有四季「始終循
環」義，也就是今日「年」的概念。

㈣引申義「年」的由來

顯然「歲、祀、年、載」四個字的造字本義，都不是今天「一年」的
意思，那麼如何從其本義引申出有「年」的引申義，就一定要理出一個頭
緒：

1.「歲」本義「木星」，中國以木星紀年，所以「歲」義又引申為

「年」。

2. 「祀」本義「四時循環祭祀」，所有祭祀完成就是一年，故引申為「年」。

3. 「年」本義「穀熟」，上古一年一熟，遂引申為一「年」。

4. 「載」本義「車載」、「載物」。段玉裁以為「載」無「年」義，故說乃假借「才」字之「初始」義，並擴大為「始終」，四時有始終，故「載」做「年」義，此說非也。上古祖先發明出「車」以載物、載人，於是大家以為車的意義就在「載」，其實這是車的功能不是意義。「車」的終極意義是在「移動」，將任何事物由出發點A地，較輕鬆的移動至目的地B地；車到B地後，難道棄車行走嗎，當然是又由B地移動回A地。就算車子由A到B、到C、到D、到E，也必須由E再回到A。車的意義在移動，但也要有「載」的時候，才需要移動，只要「載物」、「載人」，這「始終循環」的概念就開始具體展現。「載」本身有「循環」義，四季遷移也有「循環」義，於是以「載」用作「年」義使用。段玉裁所言假借，只有迂迴，卻不是引申之由來；另外又可見「同音通假」之氾濫使用。

㈤進行詞彙連結

掌握了「載」、「歲」、「祀」、「年」的字形本義後，接下來的步驟便是詞彙連結，將「載」、「歲」、「祀」、「年」作為詞素所造的與「紀年衍生文化」有關的詞彙先找出來，之後才可據以從事文化的說解與詮釋。

載	三年五載、千載難逢、承載、載運、載浮載沈
歲	太歲、太歲在頭、太歲頭上動土、犯太歲、安太歲、守歲、壓歲錢、歲月、歲時、年歲、幾歲、歲數、長命百歲、歲歲年年、歲入、歲出、歲寒三友、歲暮、歲末、歲收
祀	祭祀、春祀、秋祀、配祀、祀法、淫祀、五祀
年	紀年、年齡、年度、年代、年份、成年、未成年、年事已高、年富力強、少年、老年、年邁、中年、年曆、年表、年號、年譜、年鑑、年會、年終獎金、年關、豐年、新年、過年、年夜飯、年年有餘、年糕、年畫、年獸

㈥相關詞彙延伸

任何一個深邃有內涵的民族文化，必然由多元因素所共組而成。以社會現象而言，這文化一定是經由社會進行的多元行為模式所積澱，也呈現社會群體的集體行為模式。因此當我們談論中國人的「紀年衍生文化」時，前述由「載」、「歲」、「祀」、「年」所造的詞，仍然不足以窺得全貌。還必須有關於它的起源、由來、思維、學術、民俗、族群意識等等的相關詞彙，才能進行更精緻的文化詮釋。例如從《爾雅》的經文，以及前述詞彙之相關文化概念中，我們又可以連結到以下詞彙，與「載、歲、祀、年」的詞，共構成一個「紀年文化」的「詞族」：

載	唐虞、堯舜、聖王、智者、觀宇宙、尊天、敬天、思維、循環、民族精神
歲	天體、天體運行、觀測、天文官、天文學、星宿、歲星、木星、算數、夏曆、陰曆、農曆、天干、地支、四季、節氣、紀年、紀月、紀日、十二生肖、狩獵
祀	祭祀制度化、尊天地、敬環境、畜牧
年	春節、春酒、尾牙、春聯、鞭炮、除舊布新、農業

㈦概念集結與文化詮釋

有了具體的「紀年衍生文化」的「詞族」搜羅，接下來就可據以進行文化的觀察與詮釋。從詞彙可以看到文化事件、行為，詞彙依事件先後、行為層次排列，也就進行著文化的詮釋工作。

1.族群思維層面

堯舜是遠古聖王，所謂聖者，主要是他們在文明的初期，開創了寬廣而又細密的思維，架構出可依循且可千秋萬世的文化根基。歷史上的聖王，其領導群眾的核心價值永遠是以民為主，各種作為都要族群可以長治久安。堯舜聖王不是天上神明，跟我們一樣是人，但是他卻比群眾更細膩的觀察居住的天地，了解所處的環境，希望可以利用萬物，創造文明。

經過堯帝的觀察天地，發現天體是運行不斷的，例如日夜的循環、四季的循環，於是有了宇宙是「天行有常」、「生生不息」的概念，利用萬

物，創造文明也就由此展開。這是對人民的一大鼓舞，天地循環，於是人也要利用自然，於是展開了精密的天文觀測。聖王不是天文專家，所以培養天文知識份子、設置天文官員，「羲仲」、「和仲」便是世界文獻記載中最早的天文官，請看《尚書‧堯典》：

> 曰若稽古：帝堯曰放勛。欽，明，文，思，安安。允恭克讓，光被四表，格於上下。克明俊德：以親九族，九族既睦；平章百姓，百姓昭明；協和萬邦，黎民於變時雍。乃命羲、和：欽若昊天，歷象日月星辰，敬授人時。分命羲仲，宅嵎夷，曰暘穀。寅賓出日，平秩東作；日中、星鳥，以殷仲春。厥民析；鳥獸孳尾。申命羲叔，宅南交。平秩南訛；敬致。日永、星火，以正仲夏。厥民因；鳥獸希革。分命和仲，宅西，曰昧穀。寅餞納日，平秩西成；宵中、星虛，以殷仲秋。厥民夷；鳥獸毛毨。申命和叔，宅朔方，曰幽都。平在朔易；日短、星昴，以正仲冬。厥民隩；鳥獸氄毛。帝曰：「咨！汝羲暨和，期三百有六旬有六日，以閏月定四時成歲。」允釐百工，庶績咸熙。

堯　帝

　　這段文字，記錄了堯對天地的觀察，和他的天文官員對天象的持續研究，是非常淺顯但重要的天文學開端。我們翻譯如下：

　　　　考察古代傳說，帝堯名叫放勳。他嚴肅恭謹，明察是非，善於治理天下，寬宏溫和，誠實盡職，能夠讓賢，光輝普照四面八方，以至於天上地下。他能夠明察有才有德的人，使同族人親密團結。族人和睦了，又明察和表彰有善行的百官，協調諸侯各國的關係，民眾也隨著友善和睦。於是堯命令羲氏與和氏，恭敬的遵循上天的規律，根據日月星辰運行的情況來制定曆法，教導人民按照時令從事生產。堯又命令羲仲去住在東方的暘穀，恭敬的迎接日出，觀察辨別太陽東昇的時刻。以晝夜時間的相等，黃昏時鳥星載南方的出現，確定仲春時節。這時候，民眾散在田野上耕種，鳥獸開始生育繁殖。堯再命令羲叔住在南方的交趾，觀察辨別太陽向南運行的情況，恭敬的迎接太陽南來。根據最長的白天，黃昏時火星出現在南方的天象，來確定仲夏時節。這時民眾居住在高處，鳥獸羽毛稀疏。堯又命令和仲住在西邊的昧谷，恭敬的為太陽送行，觀察辨別太陽西落的情況，根據晝夜時間相等，黃昏時需星出現在南方的天象，來確定仲秋時節。這時人們回到平原居住，鳥獸的羽毛重新生長。堯還命令和叔住在北方的幽都，觀察太陽向北運行的強況，根據最短的白天時間，黃昏時昂星出現在南方，來確定仲冬時節，這時人們住在室內避寒，鳥獸長出了細軟的毛。堯帝說：嗯，羲氏和氏啊，一周年有三百六十六天，用增加閏月的方法，來確定春夏秋冬四時，這就成為一年。他以此來治理天下，所有事情都興盛起來。

　　《尚書》這段文字透露著非常重要的訊息，堯帝帶著天文官員們，制

定了中國第一部曆法，通過對天體運行變化，和地上物種的變化的觀察，確定了四時節令。這個思維，架構出了人們的時間遷移感和空間方位感。有了「時空意識」的產生，人們開始畫分時間，辨別方位。直接影響到的便是文明的開展，人們可以開始定居遷徙、從事生產、進行商業貿易，可以春種秋收，可以冬避寒、夏避暑。「時空意識」使人們確認自身在天地間的位置，掌握人生存的意義與價值。《爾雅》說：「唐虞曰載」，「載」是「循環」之義，當時的人將一年稱做「一載」，由觀察天地的自然科學帶領，各種思維進入生活習慣層面，可見聖王的觀察天地，對文化有著何等的影響力

2.自然科學層面

夏代知識份子繼往開來，以「歲星」紀年，這是必須有最先進的觀測，最精密的數學，才可以完備的天文科學系統。許多現代人聽到夏朝老祖先就知道有「木星」，簡直目瞪口呆，不敢置信，這種反應根本就是一種錯誤的「貴今賤古」，以為自己什麼都比古人厲害。殊不知，《周髀算經》一書成書不晚於漢代，是一部集數學、天文學於一身的科學專書，裡面有數學、幾何學、比「畢氏定理」更早的勾股定理、更算出了圓周率為3，這些自然科學在傳統中國，根本不是祕而不宣的神祕。

我們就來看看古人對「歲星」的了解，歲星就是木星，它的公轉週期是11.86年，由西向東轉，夏朝人觀測天體後，知道它大約每十二年就出現在同一區域。於是將天空畫分為十二等份的區間，叫做「星紀」、「玄枵」、「娵」、「訾」、「降婁」、「大梁」、「實沈」、「鶉」、「首」、「鶉火」、「鶉尾」、「壽星」、「大火」，也叫做「十二次」。當有歷史事件發生時，記下木星位置，就可以說明事件時間，例如《國語》：「武王伐紂，歲在鶉火。」就是記錄周武王打敗商紂王的年代，這就是「歲星紀年法」。

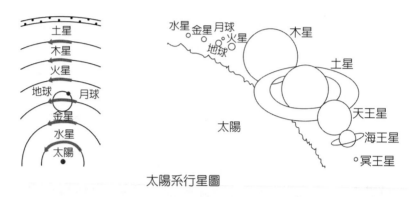

太陽系行星圖

「歲星」就是我們平常說的「太歲」嗎？其實不是，因為木星周期不是十二年整數，第八十四年後「歲星紀年」的累積誤差便達一次，誤差相當明顯。於是曆法學者又創造一套變型體制，辦法是先將周天沿赤道帶從東向西均分為「十二辰」，與木星的方向相反，用「子、丑、寅、卯、辰、巳、午、未、申、酉、戌、亥」為序號並和「十二次」相對應。然後再假想一個叫「太歲」的行星，它沿著木星的軌道但反方向均速運行，周期是十二年整數，這樣太歲就剛好每年從東向西經過一「辰」，務求「十二辰」和十二方位（地支）的順序一致，如此一來紀年的精密就可以達到了（如下圖）。

「十二次」與「十二辰」

夏朝人訂出我國第一部歷法就是「夏曆」，也就是今天說的「陰曆」、「農曆」。這世界最早的曆法，一直沿用至今，自命是最先進的現代人，時常以為古人落伍的現代人，甚至連結婚都要翻翻「夏曆」、搬家也要翻翻「農曆」，現在想想古人其實比我們要科學的多了！

農民曆

3.風俗與神話層面

⑴「年獸」

「紀年衍生文化」可說是中國風俗中最精彩的一頁，就科學而言「太歲」是一個虛擬的行星，之後在民俗中被神化，成為眾神之魁，而為百姓尊敬。「太歲在頭」、「太歲頭上動土」，均是犯沖，於是要「安太歲」以趨吉避凶，過年時要有「壓歲錢」也是同理。「過年」是中國人的最大民俗文化，年要過完了，吃吃「尾牙」以慶祝豐收；除夕夜要吃團圓的「年夜飯」，整個晚上不睡覺要「守歲」，守歲的原因是有「年獸」會在除夕夜吃人，所以午夜時候，大肆燃放鞭炮以嚇走年獸；年獸怕紅色，所以大家貼滿紅色的「春聯」來嚇跑它；夜晚過去，大家安全的躲過年獸，於是「恭喜」、「恭喜」慶賀打敗年獸獲得新生。新年的時候有「年糕」可以吃，有「年畫」來應景，開春以後再喝個「春酒」慶祝一元復始、大地回春。

我們常認為「神話」、「傳說」是一種迷信，例如「年獸」傳說，小時候聽了很害怕，也不懷疑有沒有年獸，該守歲就守歲，該放鞭炮嚇它就放鞭炮。幾年下來啥也沒有出現，誰也沒被年獸咬走，便開始說這是迷信的「鬼話」，貶的一文不值。「年」這個字當然不是「年獸」，它是人頂著收成的穀物豐收回家，「過年」就是一年的穀物全收成了，年也就過了。那麼我們該如何看待「年獸」神話呢：

　　第一、年獸是遠古狩獵、畜牧、農業時代的精神產物。與其他神話一樣，是來自民間對於自然現象的想像與解釋，甚至安撫的力量。當辛苦一年有了收成，在歲末之際，為了珍惜這一年的辛勤成果，於是我們守著這個夜，緬懷過去的努力經營；而當有危機、困境出現，家族所有的人起而團結捍衛，守著家園，等候天明的新生。有了這個「年獸」危機，族長可以藉此傳達保護家園的理念，族人可以堅守辛勤的血汗收穫，這個族群可以團結在一個理念之下。

年獸（攝於宜蘭國立傳統藝術中心，2007年1月春節）

　　第二、神話為平民階層所流傳，它卻可能源自知識份子的修飾甚至裝飾，或者作為教育，或者作為替代複雜理念的簡單形式。領導者藉此達到帶領民眾的目的、智者藉此傳遞冷硬的教化理念、長者藉此寓教於樂的薰陶子孫。「年獸」神話中傳遞的「珍惜」、「團圓」、「團結」、「堅守」、「親情」、「毅力」、「新生」等等的思維，不正是一種風俗形式的嚴謹教化。

　　過年是我們人生不可或缺的習俗文化，前面這些過年的專有名詞，也是大家耳熟能詳的詞語，他就像這個族群共同的意識、思維甚至生命，維繫著你我的人生精神。中國人的農曆新年，依循著夏朝曆法的時間，從遠古到現在。「曆法」是夏朝天文科學的產物，它依循著古聖先王引領百姓

長治久安、永續經營的王道思想。今日我們循著這個曆法而過年，科學精神與人文風俗的融合，在「年」的文化中展露無遺。

　　⑵「十二生肖」

　　十二生肖是古人以十二種動物與十二地支相配紀年，也就是「子鼠、丑牛、寅虎、卯兔、辰龍、巳蛇、午馬、未羊、申猴、酉雞、戌狗、亥豬」。

　　「十二地支」是紀年科技與應用所產生，「十二生肖」是各種動物，這二者理論上分屬獨立不會有牽連。但是在中國紀年文化中、民俗傳說中、甚至一般群眾的日常生活中，它卻已經牢牢相應，其中原委由來，我們先看文獻紀錄，王充《論衡物勢》：

　　　　寅，木也，其禽虎也。戌，土也，其禽犬也。丑、未，
　　亦土也，丑禽牛、未禽羊也。木勝土，故犬與牛羊為虎所服
　　也。亥，水也，其禽豕也。巳，火也，其禽蛇也。子亦水
　　也，其禽鼠也。午亦火也，其禽馬也。水勝故豕食蛇；火為
　　水所害，故馬食鼠屎而腹漲……酉，雞也；卯，兔也；申，

猴也。

王充提到地支、五行與生肖的相配，這說法當然不起於漢代，先秦已有之。其起源當然得回到科學上的紀年、紀月、計日文化上來談起。歲星運行天體，十二年周天一次，於是有了十二等份，再以十二地支來為其命名。所以中國的時間分割以十二為累進單位，如《周禮‧春官‧馮相氏》：「掌十又二歲、十又二日、十又二辰，二十八星之位，辨其敘事，以會天位。」

十二生肖和《周禮》中說的「二十八星之位」就有很大關係了，也就是「二十八星宿」。中國古代為了認識星辰和觀測天象，把天上的恆星幾個幾個地組合在一起，每個組合給一個名稱。這樣的恆星組合稱為「星官」，各個星官所包含的星數多寡不等，少到一個，多到幾十個。所占的天區範圍也各不相同。在眾多的星官中，有三十一個占有很重要的地位，這就是三垣二十八宿。到唐代的《步天歌》中[1]，三垣二十八宿發展成為中國古代的星空區劃體系，頗似現今天文學上的星座。二十八星宿的名稱如下：

四象：二十八宿							
東方青龍	角宿	亢宿	氐宿	房宿	心宿	尾宿	箕宿
對應動物	角木蛟	亢金龍	氐土貉	房日兔	心月狐	尾火虎	箕水豹
北方玄武	斗宿	牛宿	女宿	虛宿	危宿	室宿	壁宿
對應動物	斗木獬	牛金牛	女土蝠	虛日鼠	危月燕	室火豬	壁水㺄
西方白虎	奎宿	婁宿	胃宿	昴宿	畢宿	觜宿	參宿
對應動物	奎木狼	婁金狗	胃土雉	昴日雞	畢月烏	觜火猴	參水猿
南方朱雀	井宿	鬼宿	柳宿	星宿	張宿	翼宿	軫宿
對應動物	井木犴	鬼金羊	柳土獐	星日馬	張月鹿	翼火蛇	軫水蚓

---

[1] 《步天歌》為一部以詩歌形式介紹中國古代全天星官的著作，現有多個版本傳世；最早版本始於唐代，最廣為人熟知的是鄭樵《通志‧天文略》版本，此版本稱為《丹元子步天歌》。北宋歐陽修等人認為著作唐代開元年間曾任右拾遺內供奉一職之王希明所撰。

在這當中我們已經看見動物與星宿的結合，當歲星運行在天體中時，其十二個以地支命名的區間，上方天體中的二十八星宿剛好就對應：

地　支	星　宿
子	虛日鼠
丑	牛金牛
寅	尾火虎
卯	房日兔
辰	亢金龍
巳	翼火蛇
午	星日馬
未	鬼金羊
申	觜火猴
酉	卯日雞
戌	婁金狗
亥	室火豬

從這裡我們可以知道，所謂地支與十二生肖：「子鼠、丑牛、寅虎、卯兔、辰龍、巳蛇、午馬、未羊、申猴、酉雞、戌狗、亥豬」的對應，其實是產生於天文科學。

至於為何是這些動物？清代劉獻廷《廣陽雜記》引李長卿《松霞館贅言》[2]說：

> 子何以鼠也？曰：天開於子，不耗則氣不開，鼠，耗蟲也，于是夜尚未央，正鼠得令之候，故子屬鼠。地闢於丑，而牛則開地之物也，故丑屬牛。人生於寅，有生則有殺，殺人者虎也，又寅者，畏也，可畏莫若虎，故寅屬虎。卯者，日出之候，日本離體，而中含太陽玉兔之精，故卯屬兔。辰

2　《歷代史料叢刊——廣陽雜記》，北京中華書局，1997年。

者，三月之卦，正群龍行雨之時，故辰屬龍。巳者，四月之卦，於時草茂，而蛇得其所，又巳時蛇不上道，故屬蛇。午者，陽極而一陰甫生，馬者，至健而不離地，陰類也，故午屬馬。羊齧未時之草而茁，故未屬羊。申時，日落而猿啼，且申臂也，譬之氣數，將亂則狂作橫行，故申屬猴。酉者月出之時，月本坎體，而中含水量太陽金雞之精，故酉屬雞。于核中，豬則飲食之外無一所知，故亥屬豬。

從動物性、時辰、五行、卦象再結合自然特質立說，其實說得不錯。不過閱讀這樣的文獻，一般人可能辛苦，所以我們再看另一種比較民間的說法。十二地支除了紀年，也可以計月、計日，並且也計時，也就是十二個時辰，民間的生活跟動物極有關係，所以有了這樣的連結：

十二辰	時　　間	物
子	PM23:00─AM1:00	深夜老鼠活動頻繁，人睡而鼠出。
丑	AM1:00─AM3:00	牛通常深夜吃草，故農家常深夜餵草。
寅	AM3:00─AM5:00	老虎黎明前夜行，虎嘯常在此時。
卯	AM:5:00─AM7:00	兔子夜伏而喜食晨露之草
辰	AM:7:00─AM9:00	清晨多霧，龍騰雲而升。
巳	AM:9:00─AM11:00	霧散而清明，蛇於此時覓食。
午	AM11:00─PM13:00	野馬好午時嘶鳴。
未	PM13:00─PM15:00	羊最喜歡的活動時間。
申	PM15:00─PM17:00	太陽偏西，猴群習慣此時啼叫。
酉	PM17:00─PM19:00	夕陽西下，雞群回巢。
戌	PM19:00─PM:21:00	人們休歇，狗兒戌守。
亥	PM21:00─PM23:00	夜深人靜，豬仔酣睡。

天干地支之名其實已經就是計時之名稱，不論年、月、日、時，不過上古人民每日與動物牲畜為伍，甚至有著「動物圖騰情結」，將生活事務與天干地支聯繫起來，對老百姓而言的確是親切也容易許多的。至於

二十八星宿中早已有著動物之名,這則出於天文觀測,將天上星群以動物身形連結,在觀測與記錄上一定是比較便利而可行的。如果我們再看其他族群的星群觀測之名,例如西方的「魔羯座」、「獅子座」、「牡羊座」、「金牛座」等等,也就更清楚人與動物自上古以來的親密關係了。

前文我們強調,神話傳說通常來自知識階層對下層民眾的修飾,將整體知識應用系統收納在一個極簡且俗民化的框架裡,老百姓知所應用而不需要通過知識考驗,從上古到今日皆然。對於風俗神話傳說,我們要有這樣的觀念,才不會以「迷信」視之。尤其知識份子若忽略了知識系統,那麼與百姓何異,肩上的文化傳承責任,又還能託付給誰[3]?

下圖為「中國第一張十二生肖郵票」:

4.生活語言層面

語言是社會與文化的反映,社會行為、文化思維都賴語言而傳遞、溝通。越是長遠深邃的文化形式,它創造的生活語詞就越大量。「你幾歲啦?」、「歲歲平安」、「歲歲年年」、「歲寒三友」、「歲月的滄桑」、「您多大歲數?」、甚至經濟名詞「歲入」、「歲出」、「歲

收」。我們可曾知道它們竟都源自於「木星」這個太陽的九大行星之一，多麼生活化的語言，但是卻有一個多麼科學化的起因、又有一個如此人文的長久文化淵源，才形成了我們今日的生活語言。

「你幾年次呀？」、「年齡」、「少年」、「中年」、「老年」、「年輕」、「年富力強」、「年事已高」、「年邁雙親」；這事件什麼「年代」呀？這葡萄酒什麼「年份」呀？看看「年鑑」吧。「年關將近」囉，「年終獎金」有多少呀？我們除了知道「年獸」故事、除了每天用這些詞彙外，是不是該透過詞彙的連結、語言的解釋、文化的詮釋，好好的理解周朝時候老祖先如何辛勤的從事農業種植，穀物的收成是族群命脈的唯一來源。「年」的穀物收成實在是太重要的課題了，從遠古之時它是百姓唯一的倚靠，到今天它成為日常生活詞彙，這中間的歷史、社會變遷、文明演進、文化累積，一一記錄在我們的生活語言之中。如果我們不進行語言解釋、詮釋，這些普通但又承載最大量文化的日常詞彙，就被我們平白糟蹋而不自知了。

(八)紀年文化體系表

最後我們將「紀年衍生文化」所連結出的詞彙，簡單分類整理成易知易懂的形式，以詞彙連結來建構文化系統的功能，也就一目了然了：

「年」的詞彙及其多元文化體系		
自然與應用科學詞彙	紀年	載─歲─祀─年
	天文	天體─天體運行─觀測─天文官─天文學─星宿─歲星─木星─算數─四季紀月─紀日
	曆法	夏曆─陰曆─陰陽─五行─天干─地支─節氣─農曆
	社會經濟	狩獵─畜牧─農業
人文風俗詞彙	生活語詞	你幾歲─歲歲年年─太歲頭上動土─歲入─歲出─歲寒三友─歲數─歲暮─歲月─歲收
		三年五載─年齡─年度─年年有餘─年事已高─年代─年份─年富力強─年輕─少年─老年─年邁─年譜─年鑑─年終獎金─年關

「年」的詞彙及其多元文化體系		
	民俗神話傳說	太歲—太歲在頭—犯太歲—安太歲—壓歲錢—春祀—秋祀—新年—過年—年夜飯—守歲—年獸—春聯—鞭炮—年糕—年畫—春酒—尾牙
族群思維詞彙	族群意識	王道思想—循環—尊天—敬天—除舊布新—團圓—團聚—團結—親情—一元復始—萬象更新

第二節　部首字族演繹法

　　「部首」是中國最早的文字分類法，它以事物類別的差異來做文字分類的依據，屬於「木」類事物的字就立「木」部統領；屬於「水」類事物的字就立「水」部統領。換句話說，相同事物類別的字，在部首分類法中就會匯聚在一起，形成一個同類事物的「字族」。這樣的文字分類法，提供了我們針對個別事物文化觀察與詮釋時的便利，只要將某一個部首中的所有字進行條理化分類、解釋、詮釋，該部首所代表的事物的文化系統就會具體呈現。以下我們以最早創立部首分類法的《說文解字》，來看看幾個部首字族系統的所呈現的文化體系與內涵。

一、「玉」部呈現的「玉文化」

　　中國人尊玉、愛玉、玩玉、弄玉，形成世界上特殊的「玉」文化。時至今日，一般人仍然愛玉，多少人的名字裡就有「玉」字，也彷彿知道中國有悠久的玉文化，也彷彿知道「玉」的意義與精神，但是要能夠條理化的說出來，卻又似懂非懂、丟三落四了。甚至連中國人為何在眾多礦石中特愛玉石，也未必清楚知道，更說不出所以然。這些問題其實只要攤開《說文》「玉」部，立刻可以迎刃而解，恍然大悟。

　　我們看許慎對部首「玉」字的解釋與詮釋：

　　　　玉，石之美有五德者。潤澤以溫、仁之方也；其聲舒揚

專以遠聞、知之方也；䚡理自外可以之中、義之方也；不撓
而折、勇之方也；銳廉而不歧、絜之方也。象三玉之連，｜
其貫也。

一般人初次看到這段解釋，會以為這又是什麼傳統儒家思想，否則怎會有
「仁」啦、「勇」啦、「義」啦這些好像《論語》的字眼，《說文》不是
一本字典嗎？怎會跟儒家扯上關係呢？其實這樣的概念是完全誤解，而且
沒有認真看懂許慎的專業解釋與詮釋。許慎這段對「玉」的解釋，是所有
解釋「玉」的文獻中的經典之作，該對一個礦石做的解釋他完全做到，更
詮釋了人們愛玉的原因；甚至「玉」之所以成為中國人的民族精神象徵，
在這段文字中都詮釋無遺。許慎究竟做了什麼架構的解釋與詮釋，請看以
下的說明：

玉　文　化			
	性質	石	礦石的一種
	整體觀	美	人對玉的整體觀感
解釋	美的原因 （德─特質）	潤澤以溫（觸覺）	溫潤有光澤
		其聲舒揚專以遠聞（聽覺）	玉石碰撞鏗鏘悅耳，故佩玉以聽其聲。
		䚡理自外可以知中（視覺）	玉石透光
		不撓而折（質地）	堅硬不受外力曲折
		銳廉而不歧（外觀）	沒有崢嶸稜角
玉之特質 ‖ 人之特質			
詮釋	石之德＝人之德	仁＝愛人＝潤則以溫（相處）	與仁者相處，如沐春風
		知＝智慧＝其聲舒揚專以遠聞（教化）	智者之言論令人舒適、傳之久遠。

玉　文　化		
	義＝正當＝䚡理自外可以知中（清白）	義者宜也，表裡如一。
	勇＝堅毅＝不撓而折（勇敢）	勇者無懼，威武不能屈。
	絜＝耿介＝銳廉而不歧（正直）	絜者淨也，正直耿介，不任意刺傷人。

許慎對「玉」的說解方式與內容，包括了幾個重點：

1. 解釋「玉」的「礦石」屬性。
2. 解釋中國人因為「美」所以愛玉。
3. 其美在何處呢？以人的感官功能，相對比較所有礦石後的「美」的特質界定。
4. 「美石」很多，但中國人何以特愛「玉」這種石，因為玉的特質剛好符合我們對「人」的特質的要求與定義。
5. 「人格特質」與「玉石特質」的相同。

　　語言解釋與語言的文化詮釋並非易事，但《說文》將之分論合說，融合的完美無缺。這就在「玉」部的一開始給我們一個對「玉文化」理解的總前提，當我們接下來一一翻檢「玉」部中的每一個字時，無論認識的、不認識的玉部字；親切的、罕見的玉部字，都可以輕易的納入你的整體「玉文化」概念中了。

　　以下我們將《說文》「玉」部中的所有字，一一再分列於其所屬的「玉文化」類別中，一個完整卻又易簡而知的中國「玉文化」系統，就清楚浮現了：

玉器名稱	「璙，玉也。」
	「瓘，玉也。」
	「璥，玉也。」
	「珸，玉也。」
	「璑，玉也。」
	「鑿，玉也。」
	「璠，璠與，魯之寶玉。從王番聲。孔子曰：美哉璠瑜，遠而望之奐若也、近而視之瑟若也。一則理勝、二則孚勝。」
	「瑾，瑾瑜，美玉也」
	「瑜，瑾瑜也。」
	「玒，玉也。」
	「瓈，瓈瓚，玉也。」
	「瓊，亦玉也。」
	「珦，玉也。」
	「瓃，玉也。」
	「珣，醫無閭之珣玗琪。周書所謂夷玉也。一曰玉器。」
	「璐，玉也。」
用玉等級	「瓚，三玉二石也。禮天子用全純玉也，上公用（馬尨）四玉一石、侯用瓚、伯用埒，玉石半，相埒也。」
玉之光芒	「瑛，玉光也。」
玉之美惡	「珛，三采玉也。」
	「玌，朽玉也。從玉有點。」
	「璿，美玉也。」
	「球，玉也。」
	「琳，美玉也。」
玉之瑞器	「璧，瑞玉圜也。」
	「瑗，大孔璧，人君上除陛以相引。《爾雅》曰：好倍肉謂之瑗、肉倍好謂之璧。」
	「環，璧肉好若一謂之環。」
	「璜，半璧也。」
	「琮，瑞玉大八寸，似車釭。」
	「琥，發兵瑞玉，為虎文。」
	「瓏，禱旱玉也，為龍文。」
	「琬，圭有琬者。」

	「璋，剡上為圭，半圭為璋。」
	「琰，璧上起美色也。」
	「玠，大圭也。」
	「瑒，圭尺二寸有瓚，以祠宗廟者也。」
	「瓛，桓圭公所執。」
	「珽，大圭長三尺，抒上終葵首。」
	「瑁，諸侯執圭朝天子，天子執玉以冒之，似犂冠，《周禮》曰：天子執瑁四寸。」
	「瑞，以玉為信也。」
以玉為飾	「璬，玉佩。」
	「珩，佩上玉也。所以節行止也。」
	「玦，玉佩也。」
	「珥，瑱也。詩曰：玉之瑱兮。」
	「瑱，以玉充耳。」
	「琫，佩刀上飾。天子以玉，諸侯以金。」
	「珌，佩刀下飾。天子以玉。」
	「璏，劍鼻玉也。」
	「瑤，車蓋玉瑤。」
	「瑑，圭璧上起兆瑑也。周禮曰：瑑圭璧。」
	「珇，琮玉之瑑。」
	「璪，弁飾，往往冒玉也。」
	「璪，玉飾。如水藻之文。從玉喿聲。虞書曰：璪火黺米。」
	「瑬，垂玉也。冕飾。」
	「璹，玉器也。」
	「瓗，玉器也。」
玉之顏色	「玼，玉色鮮也。從玉此聲。詩曰：新臺有玼。」
	「瑟，玉英華相帶如瑟弦也。詩曰：瑟彼玉瓚。」
	「瑮，玉英華羅列秩秩。從玉栗聲。逸論語曰：玉粲之瑮兮。」
	「瑩，玉色。從玉，熒省聲。一曰石之次玉者。逸論語曰：如玉之瑩。」
	「璊，玉經色也。從玉㒼聲。禾之赤苗謂之虋，言璊，玉色如之。」
	「瑕，玉小赤也。」
雕琢玉石	「琢，治玉也。」
	「琱，治玉也。一曰石似玉。」

喜愛玉石	「理，治玉也」
	「珍，寶也。」
	「玩，弄也。」
玉之聲音	「玲，玉聲。」
	「瑲，玉聲也。从玉倉聲。詩曰：鞗革有瑲。」
	「玎，玉聲也。从玉丁聲。齊太公子伋謚曰玎公。」
	「瑲，玉聲也。」
	「瑣，玉聲也。」
	「瑝，玉聲也。」
次玉之石	「珷，石之次玉者。以為系璧。从玉丰聲。讀若詩曰：瓜瓞菶菶。一曰若盒蚌。」
	「玪，玪𤨙。石之次玉者。」
	「𤨙，玪𤨙也。」
	「琚，瓊琚。从玉居聲。詩曰：報之以瓊琚。」
	「瑇，石之次玉者。从玉莠聲。詩曰：充耳瑇瑩。」
	「玖，石之次玉黑色者。从玉久聲。詩曰：貽我佩玖。讀若芑。或曰：若人句脊之句。」
似玉之石	「珉，石之似玉者也。」
	「珢，石之似玉者。」
	「瑰，石之似玉者。」
	「璪，石之似玉者。」
	「瑝，石之似玉者。」
	「瑁，石之似玉者。」
	「璁，石之似玉者。」
	「瑎，石之似玉者。」
	「瓛，石之似玉者。」
	「璺，石之似玉者。」
	「璯，石之玉。」
	「玽，石之似玉者。」
	「琂，石之似玉者。」
	「瑠，石之似玉者。」
	「瑳，石之似玉者。」
	「瑤，石之似玉者。」

	「瑂，石之似玉者。」
	「璒，石之似玉者。」
	「𤩽，石之似玉者。」
	「玕，石之似玉者。」
	「瑂，玉屬也。」
	「瑎，黑石似玉者。」
	「瑀，石之似玉者。」
石之美者	「琨，石之美者。从玉昆聲。虞書曰：楊州貢瑤琨。」」
	「珉，石之美者。」
	「瑤，玉之美者。从玉䍃聲。詩曰：報之以瓊瑤。」
	「碧，石之青美者。」
珍珠	「珠，蚌之陰精。从玉朱聲。春秋國語曰：珠以禦火災，是也。」
	「玓，玓瓅，明珠色。」
	「瓅，玓瓅。」
	「玭，珠也。从玉比聲。宋弘云：淮水中出玭珠。玭，珠之有聲。
	「琊，蜃屬。从玉劦聲：佩刀，士琊瑑而珧玭。」
	「珧，蜃甲也。所以飾物也。从玉兆聲。禮云：佩刀，天子玉瑑而珧玭。」
	「玫，火齊，玫瑰也。一曰石之美者。」
	「瑰，玫瑰。一曰圜好。」
	「璣，珠不圜也。」
	「琅，琅玕，似珠者。」
	「玕，琅玕也。从玉干聲。禹貢：雝州球琳琅玕。」
	「珊，珊瑚，色赤，生於海，或生於山」
	「瑚，珊瑚也。」
	「珋，石之有光，璧珋也。出西胡中。」
送死之玉	「琀，送死口中玉也。」
	「瑬，遺玉也。」
金似玉色	「璗，金之美者。與玉同色。从玉湯聲。禮：佩刀，諸侯璗瑑而繆玭。」
用玉之巫	「靈，巫。以玉事神」

從玉部所有字中，我們看到了玉的多樣種類、玉的顏色、玉的美惡、

玉的聲音、玉製的寶器、玉的雕琢、玉的光澤、巫師用的玉、送死之玉到玉的次級品、似玉的礦石、珍珠、其他礦石之美者。集合這些字，加上許慎的說解與排列，就正是一個「玉文化」的縮影。

　　此外《說文》「玉」部之後有「珏」部下收二字：「班，分瑞玉也。從珏刀。」義同「頒」字，指的是將「瑞玉」分頒給諸侯群臣，《尚書・堯典》說：「班瑞玉於群后」，也就是由帝王頒發、分出瑞玉之義。古時諸侯、大臣乃至后妃，受封之時即獲頒不同形制之瑞玉，以象徵其地位、職務。玉所以被珍藏，從此處也可以看出來。二是「瑍」字：「車等間皮篋也。古者使奉玉所以盛之。從車珏。」古代人臣擔任使者出使之時，必有天子所頒之玉以為徵驗，此字便是盛裝玉之皮夾子，且藏於使車之中。

　　最後我們回歸到「玉」、「珏」二物及其字形意義，來作為「玉文化」的總結：

> 「玉，象三玉之連，丨其貫也。」
> 「珏，二玉相合為一珏。」

「玉」字中的三筆橫筆，指的是雕琢後的玉石，中間的「丨」是將玉石串起的繩子，所以「玉」字字形，其實是「玉佩」之形。「珏」字合二玉，也就是兩串玉佩的相合，是一個較大的玉佩。「玉佩」所以供人「珮玉」，古代士大夫、知識份子、帝王群臣莫不佩玉，目的在「聽其音審其行」、「以玉之德勉己之德」。佩玉行走之時，玉石碰撞有鏗鏘之音，不急不徐則玉音協和舒揚、行事莽撞則玉音混亂雜噪，於是聽玉佩之音，便可審人舉止是否有條不紊，所謂「豫則立、不豫則廢」也。「玉」有五德「溫潤、音舒、透明、不撓、不歧」，人亦須有五德「仁、知、義、勇、絜」，古人佩玉，是為了要隨時提醒自己，莫負「五德」。時至今日，現代人亦愛玉，但若不知「玉」之義，佩玉何為[4]？

4　以下玉佩，見北京首都師範大學「中國詩歌研究中心」網站http://www.guoxue.com/art/yqjs/zt/zy001.htm

商代龍紋玉佩

戰國龍形玉佩

漢代龍鳳紋玉佩

戰國龍形玉佩

戰國虎玉佩

二、「示」部的「祭祀文化」

　　祭祀文化是中國文化中至為重要的一環，從遠古的祭祀思維、儀式、法則，到今天它的許多行為模式、精神意義仍然千古不變，從祭祀文化中，可以看見族群共同的血脈與基因。任何族群的祭祀行為都是由深邃的文化思維所衍伸的，這當中包括了從知識份子的思維起源、到凝聚族群意識、再到儀式落實、儀式變遷、實踐思維，而後到俗民文化的祭祀，都是一脈相承的文化系統，絕非一句「迷信」就可以輕易推翻。如何將一般人雜亂無章的「祭祀文化」概念，條理化、系統化，而後知所面對，知所敬仰？集合《說文》「示」部文字字族，便是一個有效的方法。

　　為什麼要祭祀？祭祀的思想起源是什麼？從遠古祭祀的最初期就認為天上有「玉皇大帝」？最早的知識份子官員們就「觀測」到天上有「王母娘娘」嗎？請看許慎「示」字的經典解釋與詮釋：

> 　　示，天垂象，見吉凶，所以示人也。从二。（二，古文上字。）三垂，日月星也。觀乎天文，以察時變。示，神事也。凡示之屬皆从示。

這其中有「吉凶」、「神事」之詞，是不是許慎已經如你所想的也是迷信了？要知道許慎編的是字典，研究的是文字本義，他要詮釋文化概念的起源。《說文解字》不是一部宗教書、宣善書、道德經，更不是「神鬼地獄記」！字典何需「裝神弄鬼」。許慎要說的真義如下：

示	構造	從二	示字上方的「二」是古文的「上」	「上」字除上下外，亦做「上天」之義。
		三垂，日月星也。	示字下方三畫，表日、月、星辰	三表多數，造字者以三畫表自然界中的各種現象，許慎舉日、月、星為代表。
	字義	天	天空	「上」所指的「天」，是自然界的天，不是「人格神」的天。
		垂	懸垂	各種自然現象有如懸垂於天空
		象	自然現象	日光、月色、星辰、雷電、晴雨、風雲、冰雪
		見	展現	自然現象展現
		吉凶	各種對人的好壞處	陽光為吉、烈日則旱；雨水為吉、暴雨則災；日出行事、夜則險峻
		所以	功能	自然的天的功能
		示人	展示給人們	便是展示自然現象給人們
	詮釋	觀乎天文	觀察各種天文	人們觀察各種自然現象
		以察時變	體察天文的變化	隨著自然變化而趨吉避凶，天晴則行、下雨躲雨、雨水可耕、閃電則避……
		示，神事也。	「示」就是一種「神事」	「申」本義閃電，「神」指各種從天延伸而下的自然現象。「示」字其實就是「自然現象」。「神」也不是「人格神」。
	本義	天的自然現象		
	引申義	展示、顯示		

許慎在「示」字的說解中，揭示了幾個後人一直誤解的重點，而這些重點都跟以後的祭祀文化有關。尤其祭祀文化的源起，乃是一種人順應天地，安適的生存於天地間的生活基調。這段文字透露的重點意義如下：

1. 最早對於天的認知，其實是生活中每天面對的自然現象。
2. 自然現象的總合就是我們生存的環境。
3. 自然現象對人類生存而言，是有好壞層面影響的，而我們就以「吉凶」二字來總稱這些好壞。
4. 最基本安全的生存之道，就是順應自然的變化，而以避禍為首要。避開不好的事就會有福。

5. 「神」這個字的本義，不是「人格神」。它仍然是就自然界的總總現象而言。

6. 引申來說，所有祭祀以祭天為首，其緣起正是一種「尊敬自然」、「敬畏自然」的思維。

就造字而言，「示」字作為大部分祭祀相關文字的形符，顯然祭祀文化的起源，是出自對自然天的敬畏，而祈求趨吉避凶，生活安適。就衍生出來的各種祭祀對象、種類、儀式、法度而言，祭祀的核心思維與價值，仍是我們老祖先們「順應自然」又「人定勝天」的一種基本卻又偉大的生存情操。

以下我們將《說文》「示」部字，做祭祀文化的重新歸類，藉以理解中國祭祀文化的大要：

祭之禮儀	「祭，祭祀也。從示，以手持肉。」	以手持肉而祭祀
	「禮，履也。所以事神致福也。」	履，實踐之義。行禮以祭祀之義。
祭之數量	「祀，祭無已也。」	指整年之祭祀依序循環進行
	「禩，祀也。」	祀的別稱
	「䄾，祀也。」	祀的別稱
	「禱，數祭也。」	進行多次祭祀
祖先宗廟之祭	「祖，始廟也。」	祖先、宗廟之義
	「祪，祔祪祖也。	後死者附於先組祭祀
	「祔，後死者合食於先祖也。」	附祭於先祖
	「（祰），門內祭先祖所旁皇也。」	祭祖而期盼先組來享
	「祏，宗廟主也。周禮有郊宗石室。」	宗廟大石代表宗廟
	「祫，大合祭先祖親疏遠近也。從示合。周禮曰：三歲一祫。」	所有先祖一起合祭
祭之祝禱	「祝，祭主贊詞者。」	對神的讚美之詞
	「禱，告事求福也。」	告神所求之事
	「禧，祝福也。」	祝禱而治病
除惡之祭	「祓，除惡祭也。」	求去凶險等惡之祭

	「禜，設緜蕝為營，以禳風雨、雪霜、水旱、癘疫於日月星辰山川也。从示，榮省聲。一曰禜、衛，使災不生。」	去除天災人禍之祭
	「禳，磔禳祀，除癘殃也。古者燧人禜子所造。」	除瘴癘災殃之祭
祭而得福	「禧，禮吉也。」	《爾雅釋詁》：「禧，福也。」
	「禎，以真受福也。」	真誠而受福
	「祿，福也。」	官祿地位
	「禠，福也。」	除災得福
	「禎，祥也。」	貞正而得福
	「祥，福也。」	吉祥之福
	「祉，福也。」	福祉
	「福，備也。」	全備之福
	「祐，助也。」	天助之福
	「琪，吉也。」	吉祥之福
	「祈，求福也。」	祈求得福
	「禬，會福祭也。从示从會，會亦聲。周禮曰：禬之祝號。」	祭求所有之福
祭天	「神，天神引出萬物者也。」	天神
	「祕，神也。」	神之祕也所謂神祕。
	「禷，以事類祭天神」	〈段注〉：「禷，祭天名也。」
	「禪，祭天也。」	即封禪祭天
祭地	「祇，地祇提出萬物者也。」	地神又叫「地祇」
	「社，地主也。」	地之神
四時祭	「祠，春祭曰祠，品物少多文辭也。從示司聲。仲春之月祠不用犧牲，用圭璧及皮幣。」	春天的祭祀，祭品少，祝禱之詞多，以求今年豐收。
	「礿，夏祭也。」	夏天之祭
	「禘，禘祭也。」	〈段注〉：「王制春曰礿、夏曰禘、秋曰嘗、冬曰蒸。」
師祭	「禡，師行所止，恐有慢其神，下而祀之曰禡。周禮：禡於所征之地。」	軍隊祭祀

禖祭	「禖,祭也。」	即媒神之祭。
路祭	「禓,道上祭。」	祭於道路
馬祭	「禂,禱牲馬祭也。」	為馬禱福也。
祭之誠	「祇,敬也。」	祭之誠敬態度
	「禔,安也。」	祭之安適態度
	「齋,戒絜也。」	祭之清靜身心
	「禋,絜祀也。一曰精意以享為禋。」	祭之清淨
	「祲,精氣感祥。春秋傳曰:見赤黑之祲是也。」	得神之精氣
祭而無福	「禍,害也。神不福也。」	求福而不得。
	「祟,神禍也。」	鬼神所做災禍。
	「祅,地反物為祅也。」	〈段注〉:左氏傳伯宗曰:天反時為災、地反物為祅、民反德為亂,亂則妖災生。
祭品	「祂,以豚祠司命也。漢律曰:祠祂司命」	以豚祭小神。司命,小神也。
	「祳,社肉,盛以蜃,故謂之祳。天子所以親遺同姓。从示辰聲。春秋傳曰:石尚來歸祳。」	以蜃(大蛤粒)祭祀
祭之器物	「柴,燒柴尞祭天也。」	燒柴生煙以祭天
	「祼,灌祭也。」	〈段注〉:「灌以鬱鬯」熬煮香草以祭天。
	「禂,祭具也。」	祭祀用品
祭之樂	「祴,宗廟奏祴樂也。」	祭祀音樂
祭之禁忌	「禁,吉凶之忌也。」	祭時之禁忌

　　「祭祀」是中國人一個非常悠久而重要的文化,它起源於遠古時期對大自然的適應與尊敬,從自然的天衍生出具人格的天、從「敬」而衍生出「畏」、從思維意識落實出禮儀規範、而禮儀規範又衍生成生活習俗。從《說文》「示」部字,我們看到了祭祀的主體規模,祭祀要有對象、方式、禮儀、器物、音樂,態度要虔誠、四時皆有祭,不祭或是不虔誠,也許就有祟禍。祭祀文化發展至今,仍然具備了這些主要內涵,「示」部字首先就給了我們一個很好的文化輪廓。

　　「祭祀文化」可說是跨越時空，從未間斷的主導著族群的許多生活層面，因此在語言系統中相對產生的祭祀語詞與文字，絕非一個「示」部字族可以涵蓋，許多跟祭祀文化相關的詞彙與文字，散在其他部首裡，像「醮」（冠娶祭）、「場」（祭神道）、「血」（祭祀用牲血）、「釁」（血祭）、「犧」（祭祀用毛色純一之牛）、「奠」（置祭品而祭）、「香」（炷香）等等，都不在「示」部之中。如果我們以《說文》「示」部為出發點，再從《說文》以後的歷代字典中，察找「示」部所增加的文字；另外又從其他部首中察找與祭祀相關的所有文字，那麼祭祀文化的全貌，就可以更鉅細靡遺的條理出來了[5]。

三、「鬼」部的「鬼文化」

　　《說文》「鬼」部及其字族共正文17字，重文4個字，字數不多但卻是個精彩的「小品」段落，它具體而微的呈現出了中國「鬼文化」的基礎概念。首先我們看「鬼」之所以為鬼：

說文	鬼	本義	人所歸為鬼。	〈段注〉：釋言曰：「鬼之為言歸也。」郭注引尸子：「古者謂死人為歸人。」左傳子產曰：「鬼有所歸乃不為厲。」禮運曰：「魂氣歸於天，形魄歸於地。」
		構造	從儿，	「儿」是人體之形，〈段注〉：自儿而歸於鬼也。
			由，象鬼頭。	「由」為鬼的頭部
			從厶，鬼陰氣賊害故從厶。	「厶」今「私」字，〈段注〉：「神陽、鬼陰；陽公、陰私。」
	由	本義構造	鬼頭也，象形	「由」部有二字，「畏，惡也。從由，虎省，鬼頭而虎爪可畏。」、「禺，母猴屬。頭似鬼。」
	厶	本義構造	姦衺也。韓非曰：倉頡作字，自營為厶。	「厶」人手臂向內彎曲之形，「私」字古文。鬼類「自私」，義指會加害於人。

　　「鬼」、「歸」二字同音，意義相通。人死後形體埋於地下歸於塵土，但精神則回歸於天，塵土與天，其實也就是大自然界的天地宇宙。人生於宇宙天地，死後回歸宇宙天地，這是「鬼」最簡單的意義與概念，這概念並無任何「裝神弄鬼」的迷信成分。人死順利回歸者，則形氣均散，不會賊害；但若陰錯陽差不得歸去，則成為「厲鬼」賊害眾人，這就成了一般人認知中的「鬼」了。

　　至於為何會無所歸去，無所歸又成為怎樣的「鬼」，請看《說文》「鬼」部字：

分類	鬼部字	說文	說明
鬼之精神	魂	「陽氣也。從鬼云聲。」	〈段注〉：「猶云云行不休也。淮南子曰：天气為魂。左傳子產曰：人生始化曰魂，既生魄，陽曰魂，用物精多則魂魄強。」 案：「魂」為人之「陽氣」。「云」為「雲」本字，「云云不休」指人之魂不可中斷，斷則精神離散，因此需要「用物精」，其實就是一般所謂「吸收養分」保持好精神之義，否則便失魂落魄。
	魄	「陰神也。從鬼白聲。」	〈段注〉：「陽言氣，陰言神者，陰中有陽也。白虎通曰：魄者迫也，由迫迫然著於人也。淮南子曰：地氣為迫。祭義曰：氣也者神之盛也、魄也者鬼之盛也。鄭云：氣謂嘘吸出入者也，耳目之聰明為魄。郊特牲曰：魂氣歸於天、形魄歸於地。祭義曰：死必歸土，此之謂鬼，其氣發揚於上，神之著也，是以聖人尊名之曰鬼神。」 案：綜合眾家所說，「魂、魄」之氣乃人天生所有，依附形體而生。「魂、魄」是氣不是形體，形體會亡，但氣則回歸自然，所以二字造字之時均從「鬼」部，而「鬼」即是「歸」也。

分類	鬼部字	說文	說明
鬼之類別	魃	「厲鬼也，從鬼失聲。」	〈段注〉：「月令注：昴有大陵積尸之氣，氣佚則厲鬼隨而出行。虛危有墳墓，四司之氣為厲鬼，將隨強陰出害人。西山經剛山：是多神魑魅。郭云：魑魅之類也。」 案：魃鬼是最厲之鬼，從大陵墳場陰氣消散而來，此字從「失」便取陰氣散失之義。
	魖	「耗鬼也。從鬼虛聲。」	〈段注〉：「耗者乏無之言。」 案：「耗」、「乏」、「虛」三字義通，即「空無」之義。所謂「魖鬼」乃是無形之鬼，只有陰氣而無形體，所以從「虛」為聲。人遇魖鬼，無形可見，只感陰氣之深，此最為恐懼，故而人之陽氣漸虛，也是從「虛」之義。
	魃	「旱鬼也。從鬼犮聲。周禮有赤魃氏除牆屋之物也。詩云：旱魃為虐。」	〈段注〉：「山海經曰：大荒之中，有山名之曰不句，有黃帝女妭，本天女也，黃帝下之殺蚩尤，不得復上，所居不雨。妭即魃也。」 案：自古有旱災，一般民眾不知所以，故傳說有「魃」鬼為旱，魃鬼竟是黃帝之女。傳說必有由來，其實乃知識份子統治階層所創，要民眾知所警惕，而當行祭祀例如祈雨之時，民眾也知所祭而虔誠。若說成愚民，不如說是安撫政策。
	彲	「老物精也。從鬼彡，彡鬼毛。」	〈段注〉：「百物之神曰魅……或云：魅，人面獸身而四足，好惑人，山林異氣所生。」 案：「彲」即今「魅」字。「老物精」即鬼中之「老鬼」，異氣休煉而成「精」，所以可以幻化為百物，疑惑人心。傳說中「狐狸精」、「蜘蛛精」都是這「老物精」。它身上有無數「鬼毛」披身，所以此字從「彡」，更見其精怪之處。
鬼之衣服	魖	「鬼服也。一曰小兒鬼。從鬼支聲。韓詩傳曰：鄭交甫逢二女魖服。」	〈段注〉：「衣部曰：（營的上方下面改成衣）鬼衣也……漢舊儀：顓頊氏有三子，生而亡去為疫鬼，一居江水為虐鬼；一居若水為魍魎惑鬼；一居人宮室區隅，善驚人為小兒鬼。」 案：「小兒鬼」在今日民間仍多盛傳，出生嬰兒哭鬧不止、日夜顛倒，仍說有小兒鬼作弄，若依古籍所載傳說，便是這顓頊的第三個兒子了。
鬼之容貌	魖	「鬼貌也。從鬼虎聲。」	案：鬼之容貌如虎般恐懼凶惡，故字從「鬼」從「虎」。

分類	鬼部字	說文	說明
	䰝	「鬼貌。從鬼賓聲」	〈段注〉：「此蓋與（覞）（覢）之義相近。」
事鬼成俗	䰞	「鬼俗也。從鬼幾聲。淮南傳曰：吳人鬼、越人䰞。」	〈段注〉：「謂好事鬼成俗也。」案：「事鬼」一詞，先秦已有，如《論語先進》：「未能事人，焉能事鬼。」《墨子明鬼》：「古之聖王禹湯文武，兼愛天下之百姓，率以尊天事鬼，其利人多，故天福之。」可見「事鬼成俗」之事早已有之，對神曰「拜」、對鬼曰「事」，因為鬼能害人，故有伺奉之俗。今日猶有「養小鬼」之俗，其來應該非常久遠了。
鬼之聲音	䰰	「鬼魅聲䰰䰰不止也。從鬼需聲。」	案：「䰰」字今唸「柔」的音，上古音的韻母主要元音是「u」，所以鬼的聲音是「u」「u」的。
鬼之變化	傀	「鬼變也。從鬼化聲。」	案：鬼可以幻化變形，例如前面「魃」這種老物精怪。民間傳說中的鬼也是各種型態都有，這就是「傀」字所指，所以從「化」取變化之義。
鬼之可惡	醜	「可惡也。從鬼酉聲。」	案：鬼賊害人故可惡，今日言「醜態」、「醜聞」均有可惡義，至於「美醜」則以鬼貌比喻人之不美了。
鬼之迅捷	魏	「從鬼堯聲。」	〈段注〉：「各本無此篆，元應書五引說文（鬼堯）字訓捷健也。」案：今本《說文》沒有此字本義，依段注則是鬼的迅速敏捷之狀。傳說中的鬼飄忽不定，游移西東，便是迅捷之義。
見鬼驚詞	魖	「見鬼驚詞。」	案：鬼之容態可惡、動作迅捷、幻化惑人、賊害生人，因此人見鬼大驚失色，而又發出此驚嚇之聲音。

　　「鬼」在各個族群裡都是令人驚恐的賊害之物，人的文化中會有死去為「鬼」的各種內容，其實它反映的是人們對於「生」的概念與解釋。不同的族群有不同的生命解釋，於是便有不同的「鬼」文化、鬼形象、鬼聲音、鬼動作、鬼類型的對「死」的探討。我們從《說文》「鬼」字的「歸」的概念來看，這是多麼簡易的「生於自然」、「歸於自然」的宇宙

起源、物種起源概念。前文探討「載」、「歲」的「紀年文化」與天文學理論時，我們知道那起於先聖先王對生存環境的細膩觀察，從而我們尊重自然，敬畏自然。而當我們面對「生命始終」的問題時，依然依循著這「天生萬物」的族群思維，而有「人死歸天」的概念。許慎並沒有說這歸去，是歸去一個「人格神」的「上帝」處，這歸去乃是「回歸自然」。

　　西方最厲害的鬼大概是「吸血鬼」了，輕鬆一點來看的話，這好像比起我們的「魖」無形之鬼、「魕」老物精怪，是「遜色」多了；甚至中國的「魃」鬼一出，天下大旱，何僅吸血而已呢！不過，的確各民族的思維不同、文化不同，鬼自然也不同，要之皆有其深遠的文化歷史，才可能有如此精彩的「鬼文化」。我們只看《說文》的寥寥17字，這人類特殊精彩的文化已可想見了。

四、部首字族涵蓋的文化類型

　　每一個部首之下，聯繫了若干個字，也就是每一個字的字形中，一定會有該部首這個偏旁在，而且都同屬於這個部首所代表的事物類別，於是這些字就聯繫成了一個以部首為中心的「字族」系統。既然是一個文字族群系統，那麼其共同的血緣關係，就是這個部首。我們在前文第四章中，曾經將現代部首的事務類別做過分類，現在我們再看一次這個分類：

人體身軀	人、儿、寸、又、口、大、彳、心、手、爪、止、牙、皮、目、耳、肉、自、舌、血、足、身、面、頁、首、骨、鼻、齒
人體狀態	力、勹、厶、辶、廾、曰、欠、歹、攵、甘、尸、攴、疒、癶、立、老、見、言、走、辵、髟
人物宗族	士、女、子、父、臣、氏
數字	一、二、八、十
天文	炎、日、月、火、气、雨、風
地理	厂、土、山、川、水、穴、田、谷、阜、邑、里、鹵
礦石	玉、石、金
顏色	玄、白、色、赤、青、黃、黑

聲音	音
衣服	巾、糸、衣、黹
狀態	ノ、亅、丨、「、丶」、亠、冂、凵、冖、口、、匸、、匚、尢、彡、爻、夕、、文、入、幺、方、比、至、舛、而、長、高、齊
動作	卜、旡、毋、内、行、采、飛、隶、食、鬥
概念	小、工、用、而、非、香、黽
器物	几、刀、匕、卩、干、弋、弓、戈、殳、斗、斤、疋、瓦、皿、矛、矢、缶、聿、网、耒、舟、車、革、鬲、鼎、鼓、臼、韋、龠
建築	宀、广、戶、門
植物	屮、木、爿、片、瓜、禾、生、竹、米、艸、豆、麥、麻、黍、韭、鬯
動物昆蟲	ヨ（彑）、牛、犬、羊、虫、豕、豸、貝、隹、馬、魚、鳥、鹿、鼠、龍、龜、毛、羽、虍、角
八卦天干地支	乙、己、支、艮、辛、辰、酉
神鬼	示、鬼

以上分類只是事物大類，即已涵蓋了生活層面中的主要事物。如果再更細分的話，事物類別就更仔細了。例如人與動物的生活關係密切，從動物類中的部首再加區分，就可以明顯看出：

走獸	豸、鹿、
牲畜	彑、牛、犬、羊、馬、豕、鼠
飛禽	隹、鳥
河海	貝、魚、龜、
蛇	虫
圖騰	龍

若再把各部首內所屬的字加進來，那就是一組該事類的完整生活圖像，而部首便是這群「字族」的事類表徵。我們也因此知道，部首的積極功能在從字形統領相同事物類別的字族。而將整個字族的意義做分類，其實也就同步進行著文化的分析，如同本節所舉的三組例子。這是一個頗為全面，又不失簡易的語言文化詮釋法。

第三節　常識知識整合法

　　一般人探討文化的時候，經常是將常識串聯，而後直接謂之為文化，其實這只陳述了現象，卻仍對這文化整體莫知其所以然。例如「居住」是人類生存所必要的生活方式，它又和建築工藝密切相關。歷史一久，「居住與建築文化」就成了非常重要的族群文化，很多居住與建築的方式、型態，經過長時間發展，最後成為了百姓的生活常識與方式。於是很多人會這樣說：「格局方正，是中國傳統的居住文化」，這句話本身沒有問題，問題在它只陳述了居住文化中的一個思維概念，卻不知道其原因道理與由來，於是這句話只說了一個大家都知道的常識，卻不具備知識系統性；這句話當然就不成為一種具有思維探索、呈現歷史發展的文化詮釋。

　　任何常識觀點，都有陳述與記載該常識的語言，這語言的起源可能已經很久，但發展到每一個斷代成為生活常識的時候，人們對這語言意義的認知，由於相隔久遠、行為變遷，多數已經無法立刻知道這語言與常識間的密切關聯性。我們主張回歸到「以語言詮釋文化」的基調上來，也就是希望可以拉近語言的當時義，和後代變遷後的行為模式與常識間的距離。

　　以下我們就以今日「居住文化」的一些常識與行為模式為例，看看如何以語言材料來詮釋其整體文化系統。

一、宮室建築與居住文化

　　語言裡有很多語詞意義我們通常日用而不知，可是它的使用與起源可能已經數千年了。例如：

　　1.「格局方正」、「平衡對稱」，以前就這樣嗎？

　　2.為什麼地址裡有幾「巷」幾「弄」，以前就有嗎？誰發明的？

　　3.那「弄堂」是什麼？在哪？「弄」什麼？跟「巷弄」有關嗎？

　　4.「庭院」的「庭」什麼意思，為啥叫「庭」？

　　5.睡覺的「寢室」和「側室」有關係嗎？

　　6.兄弟鬩牆的「牆」和「禍起蕭牆」的「牆」是同一面牆嗎？

7.有「西廂房」，那有沒有「東廂房」？「廂」是什麼？

8.「唐突」的「唐」跟「廳堂」的「堂」有關係嗎？

更多更多的這些跟與居住和建築文化相關的問題要去哪裡找答案呢？所有語詞都有來源典故、所有常識背後也都有知識系統在記錄。語詞與文化既然是相對應的，那也就是說所有文化都有來源與知識系統的記錄，那就是文獻。前面的這些建築與居住問題，在文獻中都可以找到解答。不過透過文獻，以語言詮釋文化之時，它經常不是找找典故出處就可以。例如有些固定語言模式像成語「禍起蕭牆」，許多人都知道起於《論語季氏》篇，似乎是常識而不用知識系統協助。其實不然，〈季氏〉篇：「吾恐季氏之憂不在顓臾，而在蕭牆之內也。」可以知道這成語出處與內容，但是「蕭牆」是什麼？在〈季氏〉篇就找不到答案了。因此要以語言詮釋文化，我們要特別留意語言解釋的專業文獻，與其中的專業知識。居住文化一定跟建築相關，許多起源於居住的族群思維，也都從建築中可以找到答案，《爾雅·釋宮》就記錄了許多傳統的「宮室」建築語詞，再配合其他文獻、相關考古知識與一般常識，前述的問題都可以迎刃而解。

二、宮室起源

《爾雅·釋宮》：「宮謂之室，室謂之宮。」故後人「宮室」合稱，不過從《詩經·綿》和岐山考古圖來看，「宮」指整體建築、「室」則是家室之義。「宮」乃為家所居住之「室」，所以《爾雅》統言之。

現代人觀念中，宮是高貴的場所或建築，但在上古之時，宮其實也是一般人的住宅，雖然它一開始一定是由王者來為人民設計，《墨子·辭過》就說的很清楚：

> 古之民未知為宮室時，就陵阜而居，穴而處下，潤溼傷民，故聖王作為宮室。
>
> 為宮室之法曰：室高，足以避潤溼；邊，足以禦風寒；上，足以待霜雪雨露。

　　中國傳統宮室型態，其實就是一種「四合院」的形式。它的起源很早，西周岐山宮室就是最早且嚴謹完整的四合院式宮室。由兩進院落組成，中軸線上依次是「復思」、「大門」、「廷」、「前堂」、「後廷」、「後室」。前堂後堂間有「廊」連結，門、堂、室的兩側是廂房，將庭院圍成封閉空間。院落四周有簷廊環繞，屋頂用瓦。它的平面布局與空間設計，乃至居住思維，至今仍然是中國人的居住習慣，「格局方正」、「平衡對稱」的不變居住習慣，也深印在我們腦中。

　　根據《周禮・冬官・考工記》：

> 　　匠人營國，方九里，旁三門，國中九經九緯。左祖右社，面朝後市，市朝一夫。

說的是西周城邦建築型態。而西周時期築城而居，內有宮室，已經是普遍的城邦、宮室居住型態。

三、上古宮室之形

　　最早記錄宮室建築的相關資料是《詩經・大雅・綿》：

> 　　古公亶父，陶复陶穴，未有家室……乃召司空，乃召司徒。俾立家室，其繩則直。
> 　　縮版以載，作廟翼翼……迺立皋門，高門有伉。乃立應門，應門將將。乃立冢土，戎丑攸行。

說周祖古公亶父本掘陶穴而居，沒有宮室。遷居岐山之後，基於長治久安，國家不再遷徙，於是召臣子們大興土木，版築而建。立了家室、蓋了大門，又立下冢土大社，完成了宮室。詩的內容很簡要，只靠這詩我們無法窺見古宮室的具體結構與形式，甚至是其內部格局。以下我們借著幾幅圖先大致掌握宮室之形，而後再進入細微理解。

(一)夏代宮室

位於河南偃師二里頭（今洛陽一帶）的考古遺址中，出土了一座距今3,800到3,500年之間的大型上古宮室，時間與文獻史料中的夏代吻合，主持這項考古工作的「中國國家社科院考古研究所」，認為這是迄今可以確認的中國最早的宮室。

這個從1956年就已經發現並開挖的遺址，在2003年發現了這座宮室建築群，積極挖掘之後，考古學家確認了它的年代、結構和範圍。這是一處規劃縝密、布局嚴整的大型古代都邑。二里頭宮城面積逾10萬平方公尺，始建於二里頭文化時期，就目前的認識而言，它是中國古代最早的具有明確規劃的都邑，其布局開創了中國古代都城規劃制度的先河。宮殿區的四周均有寬達10至20公尺左右的大路，大路縱橫交錯，大體呈井字形，構成二里頭都邑中心區的道路網。新發現的宮城城牆就是沿著已探明的四條大路的內側修築的。宮城平面略呈長方形，形制規整方正，保存完好的東北角呈直角。宮城東西寬近300公尺，南北長約360至370餘公尺。城牆用純淨的夯土築成，寬約2公尺。目前，已在宮城內發現了兩組排列有序的宮殿建築群，它們分別以大型宮殿基址為核心，每組都有明確的中軸線。宮城、大型建築以及道路都有統一的方向，顯現出極強的規劃性。

新發現的二里頭宮城，使中國古代都邑營建制度追溯至二里頭文化時期，如縱橫交錯的道路網、方正規矩的宮城、宮城內多組具有中軸線規劃的建築群、建築群中多進院落的布局、坐北朝南的建築方向以及土木建築技術的若干側面等，這一宮城被看作是中國古代宮城的始祖。

根據考古調查，這座宮室由數組周邊是迴廊的庭院所組成，主要殿堂在正中央，下有夯土臺基，高出地面約0.8公尺，邊緣呈緩坡狀，斜面上有堅硬的石灰石。另一殿堂位於中部偏北，東西長約30.4公尺，南北深11.4公尺，以卵石作為基礎。建築結構為木柱樑式，南北基址中各有柱洞9個、東西兩面則各有4個，顯然宮中有宮殿若干個。直到現代，我們概念中的大門、庭院、廳堂、迴廊等的複合式宮室建築，其實遠從夏代即已有

之[6]。

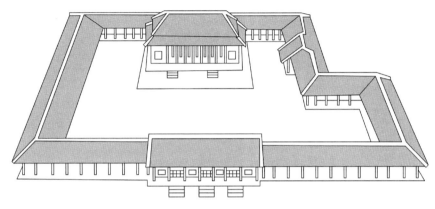

河南二里頭遺址宮室建築復原圖

(二)商代宮室

　　商代的宮室遺址比起夏代就多了，已經發現的王都有河南洛陽、鄭州
商城、安陽殷墟，諸侯城則在湖北黃陂盤龍山西呂梁山遺址。

　　宮室部分，以晚商河南安陽殷墟都城為典型，已經延中軸線順序排
列祭祀、朝廷、後宮三群建築體。整個都城面積約24平方公里，東西6公
里，南北4公里。大致分為宮殿區、王陵區、一般葬墓區、手工業作坊
區、平民住宅區、奴隸居住區等。城市布局嚴謹合理，規模、面積、宮殿
之宏偉、出土文物質量均富，充分證明安陽是商代的政治、經濟、文化中
心，是3000年前一個繁華的大都市。

　　宮殿區目前發現有54座王宮建築基地，建築物都建在厚厚的夯土臺階
上，由夯土牆、木質梁柱、門戶廊檐、茅草屋頂等部分共構而成。「殷墟
博物苑」即是依照商代宮室考古成果而建的，至為宏偉壯觀。

6　本節考古報告參：許宏《二里頭遺址及其週邊區域的聚落考古學研究》，中國社科院考古研究
　　所網站「專題研究」單元之「聚落與城市考古」。http://www.kaogu.cn/cn/index.asp

　　另外位於湖北黃陂盤龍湖畔的「盤龍城遺址」，屬於商代前期城市遺址，面積1.1平方公里，建於3500年前左右。古城平面略呈方形，南北約290公尺，東西約260公尺。城垣四面中間各有一缺口，應該是當時城門。城牆基地寬21公尺，現在四邊尚存有高出地面約1至3公尺的夯土殘垣。城垣外有寬約14公尺，深約4公尺的壕溝，壕內還發現有柱洞該就是架橋通過壕溝而進城的證據。

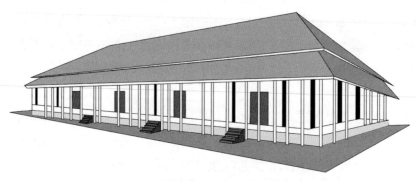

盤龍城宮殿復原圖

(三)周代宮室

　　西周洛邑王城位於現今河南洛陽，遺址已經不存在，依據《周禮考工記》之說：「匠人營國，方九里，旁三門，城中九經九緯，經途九軌，左祖右社，前朝後市，市朝一夫。」宮殿位於王城最中央，太廟和社稷挾於左右，我門熟知的都城、宮殿的總體格局至此底定。

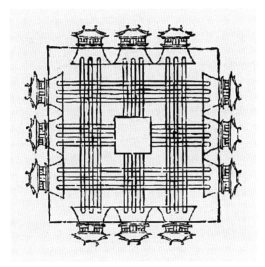

《三禮圖》所繪王城規模[7]

　　已經挖掘出土的周代建築遺址有山西岐山鳳雛和扶風召陳二處，兩地之間就是所謂的「周原」，乃是周朝的發祥地和早期都城遺址。鳳雛宮室的主要建築坐北朝南，面積1469平方公尺，是一座高臺建築。分前後兩進院落，沿中軸線自南而北分別是廣場（闕）、照壁、門道、左右塾、前廷、堂、中廊、寢室。中廊左右各有一個小院，室的左右設有後門。三列房屋的東西各有南北直線的分間廂房，整體平面呈「日」字形。

7　《新訂三禮圖》，宋聶崇義，北京清華大學出版社，2006。

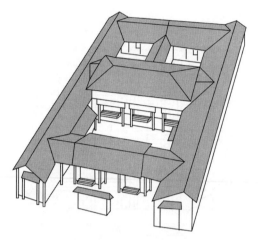

岐山宮室遺址復原圖

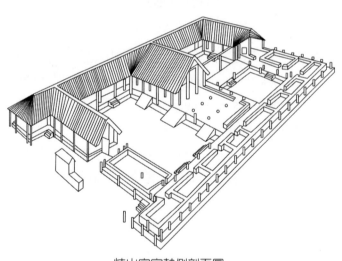

岐山宮室軸側剖面圖

這是目前已知的中國最早完整的「四合院」，「堂」是建築主體，進深約6公尺，堂前的「廷」也最大，整體配置均有一定比例。室內外空間則均以「廊」作為連接，大小、虛實、開敞、封閉、方位皆有對比關係。這種四合院建築，中軸線上的主體建築「堂」最為重要，具有統率全局的

關鍵，帶領其他依比例、對稱而建的次體建築，完整呈現莊嚴穩重的建築與應用概念。住在臺灣的我們，如果不常看到這些古宮室建築，那麼欣賞臺灣的佛道寺廟建築型態也是一樣，因為佛教傳入中國後，佛教禮拜堂正是依照傳統宮室建築型態而建的[8]。

現存世界最大宮殿群——北京紫禁城

四、從語言材料看建築與居住文化

從以上歷代的各種宮室復原圖，我們只能看圖而想其形，若是要理解硬體設計背後的「居住思維」與「文化精神」，乃至宮室內部生活應用概念，則必須借助於「宮室建築的語言材料」。所有建築體中的細部格局都有它的專名，理解這些「建築設計專名」，其實也就輕易的進入了「建築文化」、「居住思維」、「民族精神」領域中了。以下我們就借助《爾雅》建築類經文、其他相關文獻，與前文的宮室圖，進入宮室裡輕鬆一遊[9]。

8　參「藝術中國」網站，「歷代建築」之「先秦建築」專題。http://www.confucianism.com.cn/html/yishu/1248990.html

9　以下論述亦可參酌盧國屏《爾雅語言文化學》第四章〈釋宮釋器篇的文化詮釋〉，臺北學生書局，1999年。

㈠《爾雅》建築類經文

爾雅音圖宮室圖

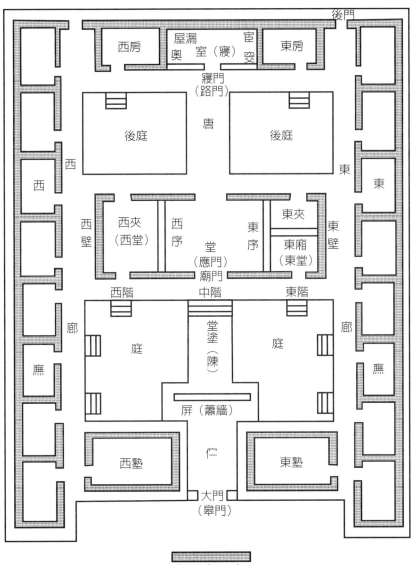

古代宮室圖

《爾雅‧釋宮》經文：

「宮謂之室，室謂之宮。

牖戶之間謂之扆，其內謂之家，東西牆謂之序。

西南隅，謂之奧，西北隅，謂之屋漏，東北隅，謂之宧，東南隅，謂之窔。

杗謂之閞，桷謂之榱，楣謂之梁，樞謂之椳，樞達北方謂之落時，落時謂之戺。

垝，謂之坫，牆，謂之墉。

鏝，謂之杇，椹，謂之榩，地，謂之黝，牆，謂之堊。

樴，謂之杙，在牆者，謂之楎，在地者，謂之臬，大者，謂之栱，長者，謂之閣。

闍，謂之臺，有木者，謂之榭。

雞棲於弋，為榤，鑿垣而棲，為塒。

植謂之傳，傳謂之突。

宗廇，謂之梁，其上楹，謂之稅，開，謂之槉，柎，謂之窠，棟，謂之桴，桷，謂之榱，桷直而遂，謂之閱，直不受檐，謂之交，檐，謂之樀。

容，謂之防。

連，謂之簃。

屋上薄，謂之筄。

兩階間，謂之鄉，中庭之左右，謂之位，門屏之間，謂之宁，屏，謂之樹。

閍，謂之門，正門，謂之應門，觀，謂之闕，宮中之門，謂之闈，其小者，謂之閨，小閨，謂之閤，衖門，謂之閎，門側之堂，謂之塾，橛，謂之闑，闔，謂之扉，所以止扉，謂之閎。

瓵瓿，謂之甓。

宮中衖，謂之壺，廟中路，謂之唐，堂途，謂之陳。

路，旅，途也，路，場，猷，行，道也。

一達，謂之道路，二達，謂之歧旁，三達，謂之劇旁，四達，謂之衢，五達，謂之康，六達，謂之莊，七達，謂之劇驂，八達，謂之崇期，九達，謂之逵。

室中，謂之時，堂上，謂之行，堂下，謂之步，門外，謂之趨，中庭，謂之走，大路，謂之奔。

隄，謂之梁，石杠，謂之徛。

室有東西廂，曰廟，無東西廂有室，曰寢，無室，曰榭，四方而高，曰臺，陝而脩曲，曰樓。」

(二)復思、皋門、闕

「復思」是面對宮室大門的一座高牆，建築上稱「影壁」，聳立在宮室最前方，帝王之家還雕上九龍叫「九龍壁」，在紫京城中仍可見到。從它位置來看，它的功能不是起於美觀的需求，而是安全與隱私。最早建大宮室而住的都是貴族，為了防止外力直接入侵大門，所以築高牆以擋；其次從宮室外的遠處也不能直接看到門內，於是有了隱私，「影壁」一詞極有可能是從「隱敝」音轉而成。

「復思」這個俗稱很有趣，就是「再想一想」的意思。帝王宮室，是居住也是上班場所，人臣去到帝王之家必有要務，所以對於要報告的公事「復思」一番。就算是去一般人家的宮室作客，也在門口先想想要談的事，以免倉卒而遺漏。

「皋門」是宮室的最前門，也就是大門。「皋」字通「高」，《說文》「皋」〈段注〉：「或假為高，如明堂位皋門注：皋之言高也。」「皋」、「高」、「大」義通，所以「皋門」就是「高大的門」。

「宮闕」一詞經常出現，今人還耳熟能詳東坡的〈水調歌頭〉：「不知天上宮闕，今夕是何年。」「宮」是房子的總稱，那「闕」是何也？《爾雅‧釋宮》：「觀謂之闕」，義指兩「觀」之間、「皋門」與「復思」之間的空地，也就是宮室大門口的空間，是出入宮室的主要區域，也可以讓車馬停靠。《說文》：「闕，門觀也。」即指此處，「闕」與「缺」音同義通，這裡是一個開闊的空間，自然也不能堆積雜務，故言

「闕」。由於「闕」就在宮室的最前方，皋門之外，於是和以內部為主的「宮」合稱「宮闕」，就成了內外兼具的宮室代稱。

㈢佇、東西塾、蕭牆

《爾雅・釋宮》：「門屏之間謂之宁，屏謂之樹。」，「宁」即今「佇」字，《說文》：「佇，久立也。」「佇」就是進入宮室皋門之後，在兩「塾」之間的空間，今日又叫「川堂」或「穿堂」，穿過此處，也就要正式進入別人家裡了。而賓客、人臣先在此處「佇」立之義，是為了等主人的召喚，而不可唐突冒進。此外，拜見君王或主人，不論是騎馬、乘轎，或是現代人開車，來到「佇」處，先行整理儀容而後進入，也是一種禮貌。現代的大型建築物，尤其機關團體，在入門川堂處常擺放一面大鏡子，對一般訪客而言，「照妖」的風水功能大概不很重要，整理一下自己的儀容好去辦事，恐怕才是重點。

「塾」在「佇」的兩側，《爾雅・釋宮》：「門側之堂謂之塾。」《說文》：「門側堂也。」宮室設「塾」的功能與意義，是讓臣子或賓客休息與等待之處。當然如果是君王將相或民間大戶，其衛兵僕役甚多，必有專管門事者，例如晨起開門、入夜避戶，當然也包括來訪應答。他們在「塾」裡工作，甚至也住在此處，而眾多器材也需有放置地點，這其實就是今日「警衛室」、「門房」之類的形制。「塾」又可以是家中小孩讀書之所，所謂「私塾」，相對於「鄉序」、「國學」為言。為何在「塾」讀書，而不在宮室之內？自春秋平民教育後，有錢有能之大戶，也收附近學童唸書，學童一多便吵雜，自然不能在家內讀書。而「塾」又在入大門兩側，距離門外也最近，上下學就不影響家內生活了。

「佇」與「庭」間有一道牆叫做「屏」，《爾雅・釋宮》：「門屏之間謂之宁，屏謂之樹。」此「樹」指「樹立」之義、「屏」則是「屏障」。由於庭之後便是最重要的「堂」，於是在「佇」與「堂」中築牆，一為了安全、二也是隱私。「屏」又叫「蕭牆」，《論語・季氏》：「吾恐季氏之憂不在顓臾，而在蕭牆之內也。」舊注多註解為「短牆」，此乃與皋門外高大的「復思」相對，並非「蕭」義為「短」或「矮小」。

「蕭」者「肅」也，聲符為「肅」，《說文》：「肅，持事振敬也，戰戰兢兢也。」，來訪賓客一但過了「佇」後，便要穿庭登堂，於是面對「蕭牆」先行振敬態度，不可隨意之義。

㈣堂途、庭、臺、階、位、鄉

過了「佇」後是「庭」，庭中有一條直通「堂」的大道，就叫做「堂途」，《爾雅·釋宮》：「堂途謂之陳。」此「陳」便是直通之義。這條「堂」前大道，自古是莊嚴肅穆之處，不可以隨意行進，如果不是極重要貴賓，任意行此就是冒失，現在所謂「唐突」就從此來。

「庭」一般概念就是花花草草的「庭院」，不過此「庭」之源起可不是這麼簡單。《說文》：「庭，宮中也。」其本字為「廷」，《說文》：「廷，朝中也。」。似乎只是「中庭」之義，不過若是帝王之家，這廷就是群臣早朝時站立之處所了，我們看柳宗元的〈答韋中立論師道書〉：

> 近有孫昌胤者，獨發憤行之。既成禮，明日造朝至外庭，薦笏言於卿士，曰：「某子冠畢」。應之者咸憮然。京兆尹鄭叔則，怫然曳笏卻立，曰：何預我邪？廷中皆大笑。

群臣早朝前，在「外庭」因為「士冠禮」起了爭執。這「外庭」就是「堂外之庭」的意思，早朝時大堂內有高階官員站立，其餘官員則皆立於外庭面對著堂候傳，這就是所謂「朝廷」，當然不是可任意隨便之處所，而是莊嚴肅穆之廣場。

「廷」之廣大莊嚴，從𡈼字便可以理解，《說文》：「𡈼，善也。從人、士，士，事也。一曰象物出地挺生也」有「挺立」、「豎立」、「挺拔」、「高遠」之義。以𡈼為聲符之字，多有此義，如「挺」、「脡」、「艇」、「侹」皆是。「廷」作為堂前之地，從堂中往外望去，便是一個廣大挺立之處。

古之中堂通常高起，《爾雅·釋宮》：「四方高而曰臺。」便是，從建築而言，這可以防水；而堂作為宮室中最重要的廳堂而言，高起也有

隆重肅穆之象。既是高堂，便須由「階」梯而上，堂前有三處階梯，分別是「中階」、「東階」、「西階」。一般通行都由東西階，中階接續「堂途」之莊嚴，不可隨意攀登。「階」又叫「陛」，《說文》：「階，陛也。」、「陛，升高階也。」古代帝王位居堂中，來朝之臣均在「階」下，而這就是「陛下」一詞的由來，起初應該是臣子自謙之詞。

《爾雅・釋宮》：「兩階間為之鄉，中庭之左右謂之位。」兩階指東西階，「鄉」是「向」的意思，有二層意義，第一、「東階」、「西階」相向；第二、古時帝王坐於堂中，南面「向」群臣，群臣立階下，在庭中各有其「位」並北面「向」帝王。這就是兩階之間謂之「向」，中庭左右皆有「位」了。

　　㈤應門、堂、廟門、序

堂的正門叫「應門」，《說文》：「應，當也。」這「當」的意思用在宮室大堂，有「面對」、「正對」之義，也就是宮室最重要的大堂，是正對著南方、宮廷、宮門、宮闕的主建築之義。

進了大門過了庭院，便上到了「堂」。《說文》：「堂，殿也。從土尚聲。」「尚」與「上」、「高」通，故堂有「尊大」、「高起」義。堂居宮室之中，故又稱「中堂」。堂即今人說的客廳，可以接見賓客，也是居家議事之處。當需祭祀之時，祭主就置於堂北面，以堂祭祀，此時便稱為「廟」。所謂「身在廟堂，心在魏闕。」便是「廟堂」合稱，義指「朝廷」、「國家」。堂的大門「應門」又稱「廟門」，便由祭祀而來。

《爾雅・釋宮》：「東西牆謂之序」，就是「東序」、「西序」，在堂兩邊相對，其目的是將堂的左右側再隔出小廳堂，也就是我們在岐山宮室圖上看到的「東堂」、「東夾」和「西堂」、「西夾」。兩側的這些小廳堂，可以供做書房、會議室之類的功能。現在臺灣還看到的少數三合院式民居，其中堂兩側也是房間或臥室，這仍是傳統宮室建築的形制。另外《說文》：「廟，尊先祖貌也。」「東堂」又稱「東廟」，所以是平日祭祀先祖的地方。

㈥唐、後庭、寢、室、房

「唐」是中堂通往寢室的主要通道，是宮室中軸線上一條重要道路，兩側即是「後庭」。「唐」與前庭的「堂途」意義相當，「唐」亦有「大」義，所以是後庭大道之義。「後庭」通常是宮室中休憩區域，也就是後花園，杜牧〈泊秦淮〉詩：「煙籠寒水月籠沙，夜泊秦淮近酒家。商女不知亡國恨，隔江猶唱後庭花。」「後庭花」即「玉樹後庭花」，是荒淫誤國的南朝陳後主所制樂曲，成為後世「亡國之音」的代稱。「後庭」本就是宮室主人玩樂之處，南朝帝王多好享樂，喜在後庭，不喜中堂國務，故杜牧以此諷刺晚唐官僚、豪紳。

過了後庭，便來到主人生活起居之處，叫「室」或叫「寢」，也就是「宮室」的「室」之所在。「寢」字《說文》：「病臥也。」又「寑，臥也。」後來都通行作「寢」，非病臥也都叫「寢」。周代王宮之寢室有六處，《周禮．宮人》：「掌王之六寢之修。」〈鄭玄注〉：「路寢一，小寢五，路寢治事之地，小寢燕息之所也。」一般人家的宮室沒這麼大，但是也叫「寢」，像《詩．頌．殷武》：「寢成孔安。」〈毛傳〉：「寢，路寢也。」又《禮記．王制》：「庶人祭於寢。」〈鄭注〉：「寢，適室也。」指的都是一般人的「寢室」，這詞一直沿用至今。

「室」是主人居家的地方，「室」之內的四個角落稱「四隅」，也就是室中的格局配置，《爾雅．釋宮》：「西南隅謂之奧、西北隅謂之屋漏、東北隅謂之宧、東南隅謂之窔。」「奧」指深遠隱密，主人的床位就在西南角落。「宧」《說文》：「養也，室之東北隅，食所居。」指的是餐廳所在，主人吃飯的地方，「宧」就通今天「頤養天年」的「頤」。東南隅的「窔」，《說文》做「官，戶樞聲也，室之東南隅。」〈段注〉：「古者戶東牖西，故以戶樞聲名東南隅也。」，室除了有大門叫「寢門」外，室的東南邊要開小門也就是「戶」，此戶可以通往室旁邊的其他小房間，經常出入所以有戶的門樞聲做響，於是以之命名此處。

西北角落叫「屋漏」，從前舊說以為該處是室中幽暗之處，因為靠著北牆，冬日北風颼颼，所以通常不是活動之處，頂多只放著些家中雜物，

有點像今日儲藏室的功能。此牆由於是宮室的最北牆，所以不開窗只開小「牖」以防北風，於是陽光只能從小牖的縫隙中「漏射」進來，所以西北隅叫做「屋漏」。《詩經・大雅・抑》：「相在爾室，尚不愧于屋漏。」意思是說，即使幽暗無人，也問心無愧，也就是「不欺暗室」之義。（此段詳細之論述，請參閱本講第五節對「屋漏」的考證。）

　　岐山宮室圖中「室」旁有「東房」、「西房」，在「室」的兩邊，相對於「正室」的話，「房」就成了「側室」與「偏房」，這不就是今日講的小老婆嗎！在古代其實就是「妾」所住的地方。「室」與「房」間有「戶」相通，前段說東南隅有「戶樞聲」，指的可能就是這「戶」。「正室」住的是元配，偏房住的是「妾」；正室有大「門」、偏房則只開小「戶」；貴族、富豪才有大房子可納妾，平民就未必。古人嫁娶要「門當戶對」，意思是說貴賤貧富要相當，否則彼此都不習慣。那「門戶之見」呢，當然也就是元配和妾、妾和妾之間立場都不同，意見就總是不合了。

　　㈦廊、廡、衕、弄

　　宮室中有許多通道，在東西兩邊直線的叫「廊」，《說文》：「廂，廊也。」、「廊，東西序也。」也就是兩邊相對的「走廊」。「廊」字從「郎」如「朗」，有「光亮」義，所以「廊」通常只是一個通道，上方沒有遮雨的頂。

　　「廡」則是廊後的「廂房」，《說文》：「廡，堂下周屋也。」指在中堂之下，宮室周邊的屋子，就如岐山宮室圖中兩邊的「廡」。臺灣看不到傳統宮室了，不過如果以臺灣標準的大廟宇來看，正堂兩側便有東西「廂房」，這仍是傳統中國宮室建築的型態。由此也可以知道，佛教傳入中國後，中國人是以自己的宮室建築形制，來蓋佛教的禮拜場所，這是佛教本土化的很重要的一部分。

　　宮中最小的通道叫「衕」，即今之「巷」通「向」，也就是「方向」義。如果是王侯的巨大宮室，那宮中大小道路自然很多，此時小巷子就成了大路轉「向」的銜接，許多巷子就有許多不同「方向」，即是其取義之來。

比巷子還小的通道，或是巷子、走廊轉角處就叫「弄」。「弄」的本義是「雙手玩玉」，《說文》：「弄，玩也。」、「玩，弄也。」，古文「弄」字下方的「廾」是「雙手」之形、上方是「玉」，也就捧著玉把玩的意思。兩手持玉把玩，這玉必是一件小東西；巷子、走廊的轉角處，會形成一個小空間，叫做「弄堂」便是取其「小巧」之義。「巷」、「弄」二字到今天還用在地址裡，沒想到它的由來竟遠自周初的宮室建築。

(八)通衢大道、康莊大道

「康莊大道」的說法，不是我們現代人開始的，從中國有了宮室建築，在宮室中就已經有了各種路名。《爾雅・釋宮》：

> 一達謂之道路、二達謂之歧旁、三達謂之劇旁、四達謂之衢、五達謂之康、六達謂之莊、七達謂之劇驂、八達謂之崇期、九達謂之逵。

「一達」是「可以通達一個方向」、「九達」就是「可以通達九個方向」。「道」、「路」是單一方向的一條路，所以「一達謂之道路」；二達便是「歧出旁分」；三達有了「很多旁分」；四達之「衢」就是十字路；五達之「康」是「大」路；六達之「莊」就更「大」；七達大道一定可以開很大的馬車「巨驂」；八達之路各方人馬都可以在此相會，「崇」、「大」也，「期」、「聚」也。九達大道，豈不是密密麻麻的而無所不通了！所以叫「馗」，是「逵」的本字，「馗」是「龜背中高而四方低下」之形，九達大道正如龜背由中高之處往周邊下去，無所不通！那麼這宮室有多大呢？

第四節　經典概念與語言材料

一、族群經典與語言源頭

各族群都有其所屬的族群經典，族群經典是族群精神與文化的直接

反映。族群經典出現的時間越早，就代表這個族群的文化與文明，比起其他族群有著更早的開端。經典一定是用族群文字書寫與記錄，記錄著由當時的生活語彙所共構而成的族群行為、思想、政治歷史、社會制度、禮樂制度、器物文明這些生活點滴。許許多多的該族群的文化，從早期形成，就一直不斷向下變遷發展到今日。社會與文化的行為方式可能會隨時代演變而演變，例如「趨簡」，但是許多表述這些文化的語言，卻經常以固定模式流傳使用至今，成為此族群表達固定意義內涵的語言形式，例如「成語」、「孰語」、「俗語」、「名言名句」乃至很多的「專有名詞」亦然，例如前文曾論及的「太歲」、「宮廷」、「康莊大道」。

簡單來說，當代的生活語言，富含族群歷史文化的語言，它是可以在族群經典中找到文獻記錄源頭的；再換句話說，要了解自己的文化內涵，從經典語言中找當代語言的源頭，便是一個簡單但是意義深遠的文化詮釋方式。

我們先輕鬆的看一群外國人的例子，英語是近代以來的國際強勢語言，可是世界第一部全英文的《英語詞典》，其實晚至西元1755年，才由英國作家Samuel Johnson編撰出來，比世界第一部中文詞典，公元前三世紀中國的《爾雅》晚了兩千多年。我們知道英語的很多詞彙，大量來自拉丁語言，「拉丁語言」指西班牙語、法語、葡萄牙語、義大利語等；英語、德語等則屬於「日爾曼語言」，兩者同為「印歐語系」，但分屬不同語族。許多英語詞彙源於拉丁語，例如「sun」（太陽）這詞是英語固有，但形容詞「solar」（太陽的），則是拉丁語外來詞；「moon」（月亮）／「lunar」（月的）；「earth」（地球）／「terrestrial」（地球的、陸地的）也是一樣的情形。英語裡的「A-Z」我們都說「英文字母」，其實它應該叫「拉丁字母」、「羅馬字母」，因為英語的26字母，是採自於拉丁語的拉丁字母，這顯然表現了兩者間在歷史上的大量互動。

在公元前55年的夏天，古羅馬凱撒大帝征服了不列顛地區的凱爾特人。為了避免不列顛的凱爾特人報復，凱撒想要一舉攻下不列顛，然而並未成功。隔年夏天，又再一次入侵不列顛，在不列顛東南角建立了一個據

點。至此大約一百年，羅馬人未再侵犯不列顛。在公元43年，羅馬人想要得到整個不列顛群島的統治權，又派了軍隊費時三年征服了英格蘭。此後大約統治了三百年。

到了5世紀左右，羅馬帝國受外族入侵，無力維持其他領地的勢力，於是撤退。這時候日耳曼族藉機入侵英格蘭。英格蘭地區主要有盎格魯、薩克遜、朱特這三個族群，他們的母言就是古英語。而日爾曼族的基督教勢力也進入英格蘭，此時便大量將拉丁文與希臘文的字彙帶入了英語系統。

公元11世紀左右，法國人又入侵了英格蘭，兩百年間的英國國王都只會說法語，他們將法國品味帶入英國皇室，皇室成員越來越多法國人，法語也成了該地區的貴族與官方語言，勢力遍及議會、法庭、法令。當時大多數的文學作品，是使用法文或拉丁文寫成的。一般只會說英語的平民階級，要取得更好的工作機會就必須學法文。兩百年後只會說英語的新王愛德華一世登基，英語及中下層階級抬頭，法語勢力才逐步退去，直到公元14世紀，英語才成為官方語言。當然前此的這幾百年中，法文已經大量的進入英語系統，「judge」（審判）「felony」（重罪）「empire」（帝國）「fashion」（流行）「logic」（邏輯）「poet」（詩人），這些遍及法政、社會、學術、文學類的詞都是英語中的法語。也難怪全英文的《英語詞典》要晚到1755年才會出現了[10]。

從上面簡單的歐洲政治、社會、語言的歷史發展來看，當代英語族群的人，若要上溯與詮釋其文化系統時，難怪要從法文、拉丁文去尋源頭。英文的早期經典，也都是拉丁文經典，那麼從經典中的語言去了解過去與現在的文化歷史，這是必然要的路徑了。

二、儒家經典的文化整體性

儒家思想是中華文化的最大主流系統，由儒家建構出來的思維觀念、

---

10 參王曾才《世界通史》第二章〈古典時代〉、第三章〈中古時代〉，三民書局，2005年。

行為規範、族群意識等等探討文化的主要依據，至今仍然深深的影響著當代人，甚至造成了許多根深柢固的觀念。一般人面對「文化」一詞的時候，經常因為它的浩瀚而不知如何入手；更多的情況是，「文化」其實就在生活中，但我們卻日用而不知，例如諸多由語言所承載的文化義涵，一般人會說會寫卻不知所以然或從何來，更不知道那語言可能都數千年之久了。

　　當我們要以語言詮釋文化的時候，儒家的經典就絕對不可或缺了。儒家的「十三經」是「全中文」的書寫，沒有其他語言的夾雜，在中國思想文化史上的重要價值與整體性，是不言而喻的。總體來說，它們是研究中國思想文化的重要史料，從某種意義上來說又是中國文化的百科全書。漢語記錄了中華文化的全體，而「十三經」又是記錄中國文化最早最大套的叢書，裡面的文化系統至今仍然蓬勃有力，裡面的語言至今仍在廣泛使用。詮釋文化，就不得不借助儒家經典。

　　今天最通行的「十三經」，是清代阮元刊行的「十三經注疏」本，它的書名、卷數、注疏者如下：

書名	卷數	注者	疏者
周易正義	10	魏王弼、韓康伯注	唐孔穎達正義
尚書正義	20	漢孔安國傳	唐孔穎達正義
毛詩正義	70	漢毛亨傳、鄭玄箋	唐孔穎達正義
周禮注疏	42	漢鄭玄注	唐賈公彥疏
儀禮注疏	50	漢鄭玄注	唐賈公彥疏
禮記正義	63	漢鄭玄注	唐孔穎達正義
春秋左傳正義	60	晉杜預注	唐孔穎達正義
春秋公羊傳注疏	28	漢何休注	唐徐彥疏
春秋穀梁傳注疏	20	晉范寧注	唐楊士勛疏
論語注疏	20	魏何晏集解	宋邢昺疏
孝經注疏	9	唐玄宗御注	宋邢昺疏
爾雅注疏	10	晉郭璞注	宋邢昺疏
孟子注疏	14	漢趙岐注	宋孫奭疏

　　這部叢書記錄了三代的思想、政治、歷史、學術、詩歌、禮儀規範、社會風俗乃至語言系統，一個社會中的思想與行為，大致在十三經中都具體的呈現。今天要以語言從事文化詮釋工作的人，一定要具備經典知識與概念，具備讀經的能力，具備經書語言的解釋能力。

三、經書語言與民族文化

　　族群經典是族群精神與文化的直接反映，這個議題看起來很大，似乎也不是三言兩語可以完成論述。不過我們在此要從最簡易直接的方式入手，體會族群文化的經典價值，體會當代語言與經典語言的關係。特別是到今天我們仍然沿用，而且耳熟能詳的成語、俗語、名言名句，如果你知道了它的出處，你對中華文化與儒家經典一定就會有立即的觀念轉變。當代生活語言源自儒家經典的數量，其實不勝枚舉，更不用說經書中的「一般詞彙」，以下我們以成語為例，舉其犖犖大者，一方面也知道經書語言其實很平易近人：

㈠易經成語舉例

成語	出處
積善之家慶有餘	《易經・坤卦・文言》：「積善之家，必有餘慶；積不善之家，必有餘殃。臣弒其君，子弒其父，非一朝一夕之故，其所由來者漸矣！由辯之不早辯也。」
一朝一夕	同上
不速之客	《易經・需卦》：「入于穴，有不速之客三人來，敬之終吉。」
切膚之痛	《易經・剝卦》：「剝床以膚，凶。象曰：剝床以膚，切近災也。」
自強不息	《易經・乾卦》：「象曰：天行健，君子以自強不息。」
見仁見智	《易經・繫辭上》：「仁者見之謂之仁，知者見之謂之知，百姓日用而不知，故君子之道鮮矣！」
言之有物	《易經・家人卦》：「象曰：風自火出，家人。君子以言有物，而行有恆。」
防患未然	《易經・既濟卦》：「象曰：水在火上。既濟，君子以思患而豫防之。」
物以類聚	《易經・繫辭上》：「動靜有常，剛柔斷矣。方以類聚，物以群分，吉凶生矣。」

成語	出處
虎視眈眈	《易經·頤卦》：「顛頤，吉。虎視眈眈，其欲逐逐。」
洗心革面	《易經·繫辭上》：「卦之德方以知，六爻之義，易以貢。聖人以此洗心，退藏於密，吉凶與民同患。」 《易經·革卦》：「君子豹變，小人革面。征凶，居貞吉。象曰：君子豹變，其文蔚也；小人革面，順以從君也。」
殊途同歸	《易經·繫辭下》：「易曰：憧憧往來，朋從爾思。子曰：天下何思何慮？天下同歸而殊塗，一致而百慮。天下何思何慮！」
無妄之災	《易經·無妄卦》：「六三，無妄之災。或繫之牛，行人之得，邑人之災。」
群龍無首	《易經·乾卦》：「用九，見群龍無首，吉。」
觸類旁通	《易經·繫辭上》：「八卦而小成，引而伸之，觸類而長之，天下之能事畢矣。」 《易經·乾卦》：「大哉乾乎！剛健中正，純粹精也。六爻發揮，旁通情也。時乘六龍，以御天也。雲行雨施，天下平也。」
滿腹經綸	《易經·屯卦》：「象曰：雲雷，屯。君子以經綸。」
飛龍在天	《易經·乾卦》：「乾，元亨利貞。初九，潛龍勿用。九二，見龍在田，利見大人。九三，君子終日乾乾，夕惕若厲，无咎。九四，或躍在淵，无咎。九五，飛龍在天，利見大人。上九，亢龍有悔。」

(二)尚書成語舉例

如喪考妣	《尚書·舜典》：「二十有八載，帝乃殂落。百姓如喪考妣。」
念茲在茲	《尚書·大禹謨》：「帝念哉，念茲在茲，釋茲在茲。」
好生之德	《尚書·大禹謨》：「與其殺不辜，寧失不經，好生之德，洽于民心。」
克勤克儉	《尚書·大禹謨》：「克勤于邦，克儉于家。不自滿假，惟汝賢。」
無遠弗屆	《尚書·大禹謨》：「惟德動天，無遠弗屆。」
巧言令色	《尚書·皋陶謨》：「何畏乎巧言令色孔壬。」《尚書·冏命》：「慎簡乃僚，無以巧言令色。」
玉石俱焚	《尚書·胤征》：「欽承天子威命，火炎昆岡，玉石俱焚，天吏逸德，烈于猛火。」
自作孽不可活	《尚書·太甲中》：「天作孽，猶可違；自作孽，不可逭。」
有條不紊	《尚書·盤庚上》：「若網在綱，有條而不紊。」
星星之火，可以燎原。	《尚書·盤庚上》：「若火之燎于原，不可向邇。」

有備無患	《尚書・說命中》：「惟事事，乃其有備，有備無患。」
離心離德	《尚書・泰誓中》：「紂有億兆夷人，離心離德。」
同心同德	《尚書・泰誓中》：「予有亂臣十人，同心同德。」
皇天后土	《尚書・武成》：「予小子其承厥志，底商之罪，告于皇天后土。」
暴殄天物	《尚書・武成》：「今商王受無道，暴殄天物，害虐蒸民。」
作威作福	《尚書・洪範》：「惟辟作福，惟辟作威，惟辟玉食，臣無有作福作威玉食。」
玩物喪志	《尚書・旅獒》：「玩人喪德，玩物喪志。」
功虧一簣	《尚書・旅獒》：「為山九仞，功虧一簣。」
殺人越貨	《尚書・康誥》：「寇攘奸宄，殺人越于貨，暋不畏死。」
子子孫孫	《尚書・梓材》：「惟曰欲至萬年，惟王子子孫孫永保民。」
一而再，再而三。	《尚書・多方》：「我惟時其教告之，我惟時其戰要囚之，至于再，至于三，乃有不用我降爾命，我乃其大罰殛之。」
居安思危	《尚書・周官》：「居寵思危，罔不惟畏。」
有容乃大	《尚書・君陳》：「必有忍，其乃有濟；有容，德乃大。」
發號施令	《尚書・冏命》：「發號施令，罔有不臧。」

㈢詩經成語舉例

投桃報李	《詩經・大雅・抑》：「投我以桃，報之以李。」
未雨綢繆	《詩經・豳風・鴟鴞》：「迨天之未陰雨，徹彼桑土，綢繆牖戶。」
窈窕淑女，君子好逑。	《詩經・周南・關鳩》：「關關雎鳩，在河之州。窈窕淑女，君子好逑。」
逃之夭夭	《詩經・周南・桃夭》：「桃之夭夭，灼灼其華。之子于歸，宜其室家。」
憂心忡忡	《詩經・召南・草蟲》：「未見君子，憂心忡忡。」
新婚燕爾	《詩經・北風・谷風》：「燕爾新婚，如兄如弟。」
切磋琢磨	《詩經・衛風・淇奧》：「有匪君子，如切如磋，如琢如磨。」
信誓旦旦	《詩經・衛風・氓》：「信誓旦旦，不思其反。」
一日不見，如隔三秋。	《詩經・王風・采葛》：「一日不見，如三秋兮。」
孔武有力	《詩經・鄭風・羔裘》：「羔裘豹飾，孔武有力。」
邂逅相遇	《詩經・鄭風・野有蔓草》：「有美一人，清揚婉兮。邂逅相遇，適我願兮。」

衣冠楚楚	《詩經‧曹風‧蜉蝣》：「蜉蝣之羽，衣裳楚楚。心之憂矣，於我歸處。」
萬壽無疆	《詩經‧豳風‧七月》：「躋彼公堂，稱彼兕觥，萬壽無疆。」
壽比南山	《詩經‧小雅‧天保》：「如南山之壽，不騫不崩。」
戰戰兢兢	《詩經‧小旻之什‧小旻》：「戰戰兢兢，如臨深淵，如履薄冰。」
綽綽有餘	《詩經‧小雅‧角弓》：「此令兄弟，綽綽有裕；不令兄弟，交相為瘉。」
小心翼翼	《詩經‧大雅‧大明》：「維此文王，小心翼翼。昭事上帝，聿懷多福。厥德不回，以受方國。天監在下，有命既集。文王初載，天作之合。」
天作之合	同上
不可救藥	《詩經‧大雅‧板》：「匪我言耄，爾用憂謔。多將熇熇，不可救藥。」
進退維谷	《詩經‧大雅‧桑柔》：「朋友以譖，不胥以穀。人亦有言，進退維谷。」
必恭必敬	《詩經‧小雅‧小弁》：「維桑與梓，必恭敬止。靡瞻匪父，靡依匪母。」
兢兢業業	《詩經‧大雅‧雲漢》：「旱既大甚，則不可推。兢兢業業，如霆如雷。」
明哲保身	《詩經‧大雅‧蒸民》：「既明且哲，以保其身。夙夜匪解，以事一人。」
夙夜匪解	《詩經‧大雅‧蒸民》：「既明且哲，以保其身。夙夜匪解，以事一人。」
愛莫能助	《詩經‧大雅‧蒸民》：「愛莫助之。袞職有闕，維仲山甫補之。」
於乎哀哉	《詩經‧大雅‧召旻》：「於乎哀哉，維今之人，不尚有舊。」
高高在上	《詩經‧周頌‧敬之》：「敬之敬之，天維顯思。命不易哉！無曰高高在上。」

(四)左傳成語舉例

天經地義	《左傳‧昭公二五年》：「夫禮，天之經、地之義也。」
從善如流	《左傳‧成公八年》：「晉欒書侵蔡，遂侵楚，獲申驪。楚師之還也，晉侵沈，獲沈子揖初，從知、范、韓也。君子曰：從善如流，宜哉！」
先聲奪人	《左傳‧宣公十二年》：「軍志曰：先人有奪人之心。薄之也！遂疾進師，車馳、卒奔，乘晉軍。」

名列前茅	《左傳・宣公十二年》：「蒍敖為宰，擇楚國之令典，軍行，右轅，左追蓐，前茅慮無，中權，後勁，百官象物而動，軍政不戒而備，能用典矣。」
一見如故	《左傳・襄公二十九年》：「吳公子札聘於鄭，見子產，如舊相識，與之縞帶，子產獻紵衣焉。」
一鼓作氣	《左傳・莊公十年》：「既克，公問其故？對曰：「夫戰，勇氣也。一鼓作氣，再而衰，三而竭。彼竭我盈，故克之。」
上下其手	《左傳・襄公二十六年》：「伯州犁曰：「所爭，君子也，其何不知？」上其手，曰：「夫子為王子圍，寡君之貴介弟也。」下其手，曰：「此子為穿封戌，方城外之縣尹也。誰獲子？」
大義滅親	《左傳・隱公四年》：「君子曰：石碏，純臣也。惡州吁而厚與焉。大義滅親，其是之謂乎！」
予取予求	《左傳・僖公七年》：「文王將死，與之璧，使行，曰：唯我知女。女專利而不厭，予取予求，不女疵瑕也。」
心平氣和	《左傳・昭公二十年》：「君子聽之，以平其心，心平德和。故詩曰：德音不瑕。」
爭先恐後	《左傳・襄公二十七年》：「晉、楚爭先。」《漢書・卷一四・諸侯王表》：「漢諸侯王厥角稽首，奉上璽韍，惟恐在後。」
幸災樂禍	《左傳・僖公十四年》：「背施無親，幸災不仁，貪愛不祥，怒鄰不義。四德皆失，何以守國？」《左傳・莊公二十年》「寡人聞之：哀樂失時，殃咎必至。今王子頹歌舞不倦，樂禍也。」
各自為政	《左傳・宣公二年》：「將戰，華元殺羊食士，其御羊斟不與。及戰，曰：「疇昔之羊，子為政；今日之事，我為政。與入鄭師，故敗。」
居安思危	《左傳・襄公十一年》：「書曰：居安思危。思則有備，有備無患。」
玩火自焚	《左傳・隱公四年》：「眾叛親離，難以濟矣。夫兵，猶火也，弗戢，將自焚也。」
舉棋不定	《左傳・襄公二十五年》：「今甯子視君不如弈棋，其何以免乎？弈者舉棋不定，不勝其耦，而況置君而弗定乎？必不免矣。」
爾虞我詐	《左傳・宣公十五年》：「盟曰：我無爾詐，爾無我虞。」
喪心病狂	《左傳・昭公二十五年》：「吾聞之：哀樂而樂哀，皆喪心也。」《漢書・卷七三・韋賢傳》：「賢薨，玄成在官聞喪，又言當為嗣，玄成深知其非賢雅意，即陽為病狂，臥便利，妄笑語昏亂。」
痛心疾首	《左傳・成公十三年》：「諸侯備聞此言，斯是用痛心疾首，暱就寡人。寡人帥以聽命，唯好是求。君若惠顧諸侯，矜哀寡人。」

無能為力	《左傳·隱公四年》：「石碏使告于陳曰：「衛國褊小，老夫耄矣，無能為也。此二人者，實弒寡君，敢即圖之！」
蠢蠢欲動	《左傳·昭公二十四年》：「今王室實蠢蠢焉，吾小國懼矣。然大國之憂也，吾儕何知焉？吾子其早圖之。」
野心勃勃	《左傳·宣公四年》：「諺曰：狼子野心。是乃狼也，其可畜乎！」《淮南子·時則》：「勃勃陽陽，唯德是行，養長化育，萬物蕃昌。」
食言而肥	《左傳·哀公二十五年》：「季孫曰：請飲彘也。以魯國之密邇仇讎，臣是以不獲從君，克免於大行，又謂重也肥？公曰：是食言多矣，能無肥乎？」
賓至如歸	《左傳·襄公三十一年》：「賓至如歸，無寧菑患，不畏寇盜，而亦不患燥濕。」

(五)論語成語舉例

一日三省	《論語·學而》：「吾日三省吾身。」
暴虎馮河	《詩經·小雅·小旻》：「不敢暴虎，不敢馮河。」《論語·述而》：「暴虎馮河者，吾不與也。」
舉一反三	《論語·述而》：「舉一隅不以三隅反，則不復也。」
三十而立	《論語·為政》：「吾十有五而志於學，三十而立，四十而不惑。」
不惑之年	《論語·為政》：「吾十有五而志於學，三十而立，四十而不惑。」
不知所措	《論語·子路》：「刑罰不中，則民無所措手足。」《禮記·仲尼燕居》：「若無禮，則手足無所措，耳目無所加，進退揖讓無所制。」
既往不咎	《論語·八佾》：「成事不說，遂事不諫，既往不咎。」
不教而殺	《論語·堯曰》：「不教而殺謂之虐。」
禍起蕭牆	《論語·季氏》：「吾恐季氏之憂，不在顓臾，而在蕭牆之內也。」
瞭如指掌	《論語·八佾》：「或問禘之說。子曰：不知也，知其說者之於天下也，其如示諸斯乎！指其掌。」
任重道遠	《論語·泰伯》：「曾子曰：士不可以不弘毅，任重而道遠。」
行不由徑	《論語·雍也》：「有澹臺滅明者，行不由徑，非公事，未嘗至於偃之室也。」
待價而沽	《論語·子罕》：「子貢曰：有美玉於斯，韞櫝而藏諸？求善賈而沽諸？子曰：沽之哉，沽之哉！我待賈者也。」
察言觀色	《論語·顏淵》：「夫達也者，質直而好義，察言而觀色，慮以下人。」

松柏後凋	《論語·子罕》：「歲寒然後知松柏之後彫也。」
時不我與	《論語·陽貨》：「日月逝矣，歲不我與。」
求仁得仁	《論語·述而》：「求仁而得仁，又何怨？」
怨天尤人	《論語·憲問》：「子曰：不怨天，不尤人，下學而上達，知我者其天乎？」
怪力亂神	《論語·述而》：「子不語怪、力、亂、神。」
患得患失	《論語·陽貨》：「子曰：鄙夫可與事君也與哉？其未得之也，患得之；既得之，患失之。苟患失之，無所不至矣！」
見義勇為	《論語·為政》：「見義不為，無勇也。」
風行草偃	《論語·顏淵》：「君子之德風，小人之德草。草上之風，必偃。」

㈥禮記成語舉例

不苟言笑	《禮記·曲禮上》：「為人子者……不登高，不臨深。不苟訾，不苟笑。」
心不在焉	《禮記·大學》：「所謂脩身在正其心者，身有所忿懥則不得其正，有所恐懼則不得其正，有所好樂則不得其正，有所憂患則不得其正。心不在焉，視而不見，聽而不聞，食而不知其味。此謂脩身在正其心。」
一成不變	《禮記·王制》：「凡作刑罰，輕無赦。刑者，侀也。侀者，成也。一成而不可變，故君子盡心焉。」
禮尚往來	《禮記·曲禮上》：「太上貴德，其次務施報，禮尚往來。往而不來，非禮也；來而不往，亦非禮也。」
草菅人命	《大戴禮記·保傅》：「今日即位，明日射人，忠諫者謂之誹謗，深為計者謂之訞誣，其視殺人若艾草菅然。豈胡亥之性惡哉？彼其所以習導。」
順手牽羊	《禮記·曲禮上》：「進几杖者，拂之。效馬、效羊者，右牽之；效犬者，左牽之。」
肆無忌憚	《禮記·中庸》：「仲尼曰：君子中庸，小人反中庸。君子之中庸也，君子而時中；小人之中庸也，小人而無忌憚也。」
美輪美奐	《禮記·檀弓下》：「晉獻文子成室，晉大夫發焉。張老曰：「美哉輪焉！美哉奐焉！歌於斯，哭於斯，聚國族於斯。」
本末倒置	《禮記·大學》：「自天子以至於庶人，壹是皆以脩身為本，其本亂而末治者，否矣。其所厚者薄，而其所薄者厚，未之有也。」

| 不共戴天 | 《禮記・曲禮上》：「父之讎，弗與共戴天；兄弟之讎，不反兵；交遊之讎，不同國。」《禮記・檀弓上》：「子夏問於孔子曰：居父母之仇，如之何？夫子曰：寢苫枕干，不仕，弗與共天下也。遇諸市朝，不反兵而鬥。」 |
| 半途而廢 | 《禮記・中庸》：「子曰：素隱行怪，後世有述焉，吾弗為之矣。君子遵道而行，半塗而廢，吾弗能已矣。君子依乎中庸，遯世不見知而不悔，唯聖者能之。」 |

㈦孟子成語舉例

一毛不拔	《孟子・盡心上》：「楊子取為我，拔一毛而利天下，不為也。」
一曝十寒	《孟子・告子上》：「無或乎王之不智也，雖有天下易生之物也，一日暴之，十日寒之，未有能生者也。」
不言而喻	《孟子・盡心上》：「君子所性，仁、義、禮、智根於心，其生色也睟然，見於面，盎於背，施於四體，四體不言而喻。」
水深火熱	《孟子・梁惠王下》：「以萬乘之國伐萬乘之國，簞食壺漿，以迎王師，豈有它哉？避水火也。如水益深，如火益熱，亦運而已矣。」
初爾反爾	《孟子・梁惠王下》：「曾子曰：戒之戒之！出乎爾者，反乎爾者也。」
出類拔萃	《孟子・公孫丑上》：「聖人之於民，亦類也。出於其類，拔乎其萃，自生民以來，未有盛於孔子也。」
左右逢源	《孟子・離婁下》：「君子深造之以道，欲其自得之也。自得之，則居之安；居之安，則資之深；資之深，則取之左右逢其原，故君子欲其自得之也。」
守望相助	《孟子・滕文公上》：「鄉田同井，出入相友，守望相助，疾病相扶持，則百姓親睦。」
自怨自艾	《孟子・萬章上》：「伊尹相湯以王於天下，湯崩，太丁未立，外丙二年，仲壬四年，太甲顛覆湯之典刑，伊尹放之於桐三年，太甲悔過，自怨自艾，於桐處仁遷義，三年以聽伊尹之訓己也。」
同室操戈	《孟子・離婁下》：「今有同室之人鬥者，救之，雖被髮纓冠而救之，可也。」《左傳・昭公元年》：「子晢怒，既而櫜甲以見子南，欲殺之而取其妻。子南知之，執戈逐之，及衝，擊之以戈。」
自以為是	《孟子・盡心下》：「非之無舉也，刺之無刺也。同乎流俗，合乎汙世，居之似忠信，行之似廉絜，眾皆悅之，自以為是，而不可與入堯舜之道，故曰德之賊也。」
投其所好	《孟子・公孫丑上》：「宰我、子貢、有若，智足以知聖人，汙不至阿其所好。」

始作俑者	《孟子・梁惠王上》：「仲尼曰：始作俑者，其無後乎！為其象人而用之也。如之何其使斯民飢而死也？」
易如反掌	《孟子・公孫丑上》：「管仲以其君霸，晏子以其君顯。管仲、晏子猶不足為與？曰：以齊王，由反手也。」
杯水車薪	《孟子・告子上》：「仁之勝不仁也，猶水之勝火。今之為仁者，猶以一杯水救一車薪之火也。不熄，則謂之水不勝火，此又與於不仁之甚者也，亦終必亡而已矣。」
流連忘返	《孟子・梁惠王下》：「方命虐民，飲食若流。流連荒亡，為諸侯憂。從流下而忘反謂之流，從流上而忘反謂之連，從獸無厭謂之荒，樂酒無厭謂之亡。先王無流連之樂，荒亡之行。惟君所行也。」
飢不擇食	《孟子・公孫丑上》：「民之憔悴於虐政，未有甚於此時者也。飢者易為食，渴者易為飲。」
緣木求魚	《孟子・梁惠王上》：「然則王之所大欲，可知已，欲辟土地，朝秦、楚，蒞中國而撫四夷也。以若所為，求若所欲，猶緣木而求魚也。」

四、「經典」條件與語言文化上溯

從以上的舉例，我們看到儒家經典的語言，仍遍布在當代語言的各個角落。成語雖然是固定的語言模式，但是成語中的意義，卻使用在社會各種生活層面。每一個成語背後有一個歷史典故，每一個歷史典故述說一個政治的、思維的、制度的、戰爭的、人際關係的、生活習慣的等等的民族思維。這當中當然就包含了族群教化的核心價值，這價值下的人的行為模式，通常就是一個悠久文化內涵的呈現。

為什麼我們要從經典語言入手，從事文化的詮釋，這是因為儒家經典具備以下的民族特質：

第一、其價值取向具有合宜與恆久性，所以中國人生活行為中的主流價值觀，通常以儒家經典所指稱的為標準。

第二、其對文明與野蠻的分野具有啟發性。文化為什麼需要一直詮釋，因為自古至今一脈相承的文化系統，標誌著文明與野蠻的分野，經典則以語言記錄了揮別野蠻、開啟文明的制度與智慧。

　　第三、其展現了思想體系的廣闊性。儒家經典大體上包括了文學主題、歷史主題、禮制主題、音樂主題、哲學主題、教育主題、語言主題等，可以說一個社會的種種運作都包含其中。從這裡我們看到了文化本身的廣闊性，與它反映在儒家經典的廣闊的契合。

　　第四、儒家經典展現了時代的跨越性。所謂經典，是能夠從各種社會行為的具體現象，分析歸納與總結出族群的核心價值。既然如此，它當然具有跨越時代的普世價值的特質，於是歷代的人都可以從經典語言中，去找到依然適用於當代的文化論述與詮釋。

　　第五、經典語言具有文化的演繹性，這也是本文這個單元一直在強調與表達的概念。「主流文化」的意義，從生活層面而言，就是充分進入人們生活層面的各種被族群全面接受的行為。它經常是已經成為族群基因，所以日用而不知，某種意義來說有時候也不必知其所從來。但是對於知識份子層級而言，因為承擔起社會的教育責任、文化的教化責任，那就必須對於文化的源起一直到今日的生活現象的系統性，具有相當程度的理解與認知。這時候「上溯經典語言」、「從經典語言詮釋文化」就是一個簡易且必經之途了。

　　當代研究文史的學生們，對於經學的掌握度已越來越低，那就代表掌握整體文化的能力越來越不足，更代表對於發生在當代自己生活週遭的一切有深度的文化的無知。如此一來，知識份子與非知識份子的文化敏感度無異，教育與教化無法進行，這族群的文化與核心價值不就要往淪喪走去了。本書強調「漢語文化詮釋」的重要性與方法論，而儒家經典正是漢語與文化的源頭活水，如果掌握不住經典的語言，就遑論從事語言的文化詮釋了。

第五節　回歸文字本義的獨立思考

　　當我們進行語言的文化詮釋的時候，很平常的一個做法是：從文獻中看這語言的用法與歷代的解釋，如果現在的用法和歷代注解一致了，那麼我們就沒有異議了。這樣的方式一定正確嗎？未必，尤其是早期經典的使

用、最早的注解的使用，經常會控制著我們的觀點，以為牢不可破。以下我們要從「不愧屋漏」開始，看看這詞裡有多少東西可以討論，看看兩千多年來的傳統注解是否可以滿足我們要的。

一、「不愧屋漏」是「不欺暗室」嗎？

「不愧屋漏」這個成語，歷代都比喻處世光明正大，即使在無人的暗室，亦持心端正，無愧於神明。典出《詩經・大雅・抑》，是衛武公勸諫周厲王不要荒廢政務的作品。從「不愧屋漏」這詞的出現，到「不欺暗室」的原典與解釋過程，其歷史如下：

1. 《詩經・大雅・抑》：「相在爾室，尚不愧於屋漏。無曰不顯，莫予云覯。」

2. 《爾雅・釋宮》：「西南隅謂之奧、西北隅謂之屋漏、東北隅謂之宧、東南隅謂之窔。」

3. 《詩毛傳》：「西北隅謂之屋漏，覯，見也。」

4. 《詩鄭箋》：「相，助。顯，明也。諸侯卿大夫助祭在女宗廟之室，尚無肅靜之心，不慚愧於屋漏，有神見人之為也，女無謂是幽昧不明，無見我者，神見女矣。屋，小帳也。漏，隱也。禮祭於奧既畢，改設饌於西北隅而扆隱之處，此祭之末也。」

5. 《孔穎達正義》：「我今視汝王之所友諸侯及卿大夫之君子皆不忠正，但脅肩諂笑，以和安爾王之顏色，以求王愛，無能一匡諫王者，是於正道不遠其有罪過。言其近有罪過矣，此臣非但諂佞於王又惰慢於事其助祭，於汝王宗廟之室，尚無肅敬之心。不愧於**屋漏**，祭當盡敬尚無愧心，其於諸事怠惰明矣。因即責此不愧之人。汝無得言，曰此**屋漏**幽闇不明之處，無有於我，云能見之者，謂神不見遂為此慢，以神之明，必見汝矣，何則神之初來至思不可度而知思，況於祭之所末可得厭倦之思，言若能知其去來，則可神去乃倦既不見來，亦不知其去，何得祭末疑去即厭之也……北隅謂之**屋漏**。正義曰釋宮文，覯見，釋詁文。箋相助至之末正義曰，

釋詁云相、助，慮也，俱訓為慮。是為助也，又云顯光也，是顯得為明也，上言友君子有過，下句責其厭倦，則非王之身，故知是諸侯及卿大夫助祭之時，無肅敬之心也。責令勿道神不我見，故知其意言神見汝矣。天官幕人，職掌帷幕幄帟，注云：幕以布幄，帟以繒為之，雜記云：諸侯行而死於道，緇布裳帷素錦，以為幄而行，皆先言帷幕，而後言幄則幄。在帷幕之內帷幕是大帳，則幄為小帳也。漏隱釋言文。之有帷幕，皆於野張之，以代宮室，其宮內不張幕也。幄則室內亦有之。**屋漏**者，室內處所之名，可以施小帳，而漏隱之處正謂西北隅也。言不媿**屋漏**，則**屋漏**之處有神居之矣。故言祭時於**屋漏**有事之節。祭於奧中既畢，尸去乃改設饌食西北隅扉隱之處，此祭末之時事也。特牲：尸謖之後云佐食徹尸薦，敦設于西北隅，几在南，扉用筵，納一尊佐食闔牖戶降，注云：扉隱也，不知神之所在，或者遠人乎。尸謖而改饌為幽闇，庶其饗之，是其事也。若然當闔戶牖，則室中無人，而云在室不媿屋陋者此。臣雖惰，非祭初即倦，當有事**屋漏**之時乃始倦耳。因當時**屋漏**有神，而責其不媿，非謂助祭之人在**屋漏**之處。言在室者正謂在宗廟中耳。爾雅孫炎解**屋漏**云：當室之白日光所漏入，非鄭義也。」

這一系列的注解，有幾個結論：

1.「屋漏」是室西北角落，幽暗隱密之處所。
2.「屋漏」又是在祭祀的最後階段，擺設祭品完成祭祀的處所。
3.移祭於「屋漏」時，掛起小帷幕（屋），於是便隱密（漏），以保持出入肅靜。
4.「屋漏」幽暗而有神明，必須有肅靜虔誠之心，否則神明會知道。
5.〈抑〉詩中「不愧於屋漏」，便是「不欺暗室之神明」。

這樣的解釋與應用，一直用到今天。

二、留意經典注解的所指

《傳》、《箋》、《正義》對「不愧屋漏」的解釋，非常明確，詳

細的告訴我們這跟祭祀過程有關，尤其《正義》中有一小節講的最清楚：「祭於奧中既畢，尸去乃改設饌食西北隅屝隱之處，此祭末之時事也。特牲：尸之後云佐食徹尸薦，敦設于西北隅。」「尸」是所謂「祭主」，在當時是由真人假扮的所要祭祀的對象。祭的初期有「尸」來扮神，待祭祀儀式大致完成，「尸」的任務也完成，這時便將所有祭品饌食，由西南隅移至西北隅「屋漏」這個幽暗之處，在隱密的帷幕內繼續擺放，這是祭祀的最後階段，目的是要神明可以安靜享用祭品，而此時帷幕中並不需要助祭者在場了。

於是〈抑〉詩中四句就可以這樣解釋：「你的臣子在室中助祭，當祭祀移至屋漏處繼續時，人不需在場，便沒有了肅靜虔誠之心。你不要以為神明在帷幕內就不顯明，也不要以為神都看不見。」此後，「不愧屋漏」就代表了，人雖面對暗處，或身處暗室，也要虔誠肅靜，內心光明的意思，也就是「不欺暗室」的用法。

以上的所有解釋過程都沒有問題，所討論的祭祀階段與方式，也都依照文獻所載周代祭祀禮俗來解釋。唯有一個地方，我們發現並未真正討論，那就是「西北隅謂之屋漏」這件事。〈抑〉詩有「屋漏」一詞後，從《爾雅・釋宮》說：「西北隅謂之屋漏」起，《毛傳》、《鄭箋》、《正義》都跟著注解「西北隅」稱做「屋漏」，是幽暗之角落。一直到今天，仍然如此理解。

「西南隅謂之奧、西北隅謂之屋漏、東北隅謂之宦、東南隅謂之窔。」這是上古宮室建築裡家室內部四個區域的名稱，這點古人一直沿用，且是可以肯定無誤的。但是我們有沒有發現「西北隅」、「屋漏」和「幽暗」，甚至「屋」、「漏」、「屋漏」的聯繫關係，從〈抑〉詩的歷代解釋中，是無法看到的。事實上，〈抑〉詩的所有解釋，要處理的問題，都是祭祀時是否虔誠肅靜，而重點不在西北隅何以要稱做「屋漏」，因為這是建築格局名稱的意義問題，而不是祭祀問題。縱然注解中說明了設帷幕在「屋漏」幽隱之處，那也是從祭祀時的現場狀況而言，並不是在研究「西北隅」、「屋」、「漏」、「屋漏」、「幽隱」之間的關係。

假設更早的老祖先們，在宮室建築中，將「西北隅」叫做「屋漏」，並不是起因於祭祀需求？假設我們回到漢語詞彙組合歷程，先有「屋」、「漏」，而後有「屋漏」，那「漏」是什麼意思？再假設〈抑〉詩作者寫作當時，「屋」、「漏」是兩個單音節詞，那歷代以祭祀解〈抑〉詩這四句是對的嗎？就算〈抑〉詩作者當時「屋漏」之處，已是祭祀末期設帷幽隱以饌神之處所，可是歷代解釋還是沒有告訴我們此處為何要叫做「屋漏」？

三、經注疏中之「屋漏」

「漏」字的本義是「漏壺」，今「漏水」的意思原先本有「屚」字，《說文》：「屚，屋穿水下也。從雨在尸下，尸者、屋也。」可證造「漏」字是為了「漏壺」而來，漏壺也是用漏水的原理，便引申做「漏水」義，再引申有「疏漏」義。而後「屚」字廢行，「漏」字便兩義通行。

㈠十三經中的「漏」字

十三經中「漏」字出現八次，八處經文，除「屋漏」一詞外，均為「漏失」、「疏漏」之義：

出處	原文	意義
《易經·井卦》	九二，井谷射鮒，甕敝漏。	井水不上反下，似甕破而漏水。
《詩經·大雅·抑》	相在爾室，上不愧於屋漏。無曰不顯，莫予云覯。	與「屋」連言為「屋漏」，屋之西北隅。
《禮記·內則》	馬黑脊而般臂漏。	依鄭注：「般臂，前脛般般然。漏，當為螻，如螻蛄臭也。」「漏」為「螻」之同音通假。
《禮記·中庸》	詩云：相在爾室，尚不愧於屋漏。	引《詩經》文。
《左傳·僖公二年》	齊寺人貂，始漏師于多魚。	洩漏軍機之義。
《左傳·襄公十四年》	今諸侯之事我寡君，不如昔者，蓋言語漏洩。	洩漏之義。
《公羊傳·文公六年》	君漏言也，其漏言奈何。	洩漏、疏漏之義。

出處	原文	意義
《穀梁傳・文公六年》	君漏言也。	同上
《爾雅・釋宮》	西北隅謂之屋漏。	室之西北角落之稱。

㈡十三經中的「屋漏」

「屋漏」在十三經中出現三次：

《詩經・大雅・抑》	相在爾室，上不愧於屋漏。無曰不顯，莫予云覯。	屋之西北隅。
《禮記・中庸》	詩云：相在爾室，尚不愧於屋漏。	引《詩經》文。
《爾雅・釋宮》	西北隅謂之屋漏。	室之西北角落之稱

《禮記》引《詩經》之詩，《爾雅》解釋《詩經》之「屋漏」，等於在所有經書之中，「屋漏」只出現一次。而自從《爾雅》以「西北隅」來解釋之後，歷代所有經文注、疏，就直接引用《爾雅》了。也就是說從《詩經》的歷代經、注、疏文中，我們無法知道「西北隅」何以謂之「屋漏」、「屋漏」何以「幽暗」而以之行祭祀。

㈢《爾雅》注疏中之「屋漏」考

要知道室之西北隅為何要叫「屋漏」，一直從祭祀上去討論，是不能解決問題的，必須要回到宮室建築文化中來思考，畢竟須先有「宮室」而後可以在室中「祭祀」。我們先看看《爾雅》最權威的注解，晉代郭僕的《爾雅注》、清代郝懿行的《爾雅義疏》有沒有解決「西北隅謂之屋漏」這問題：

　　　　《郭注》：「詩曰：尚不愧於屋漏，其義不詳。」
　　　　《郝疏》：「屋漏者，釋名云：『禮每有親死者，則撤屋之西北隅薪，以爨竈煮沐，供諸喪用。時若值雨則漏，遂以名之也。』御覽一百八十八引舍人曰：『古者撤屋西北扉，以炊浴汲者，訖而復之，故謂之屋漏也。』詩抑箋云：『屋，

小帳也。漏，隱也。禮祭於奧既畢，改設饌於西北隅而扉隱之處，此祭之末也。』按釋言云：『扉陋，隱也，陋漏聲同。』是鄭所本。正義引孫炎曰：『屋漏者，當室之白日，光所漏入。』然則諸家之說，劉熙、孫炎以漏射為義；鄭君、舍人主扉隱為言。金鶚屋漏解云：『屋之西北隅有向，向，北出牖也，日光自牖中漏入，故名屋漏，不得如鄭破屋為幄，及借釋言漏隱為說。』余按：借陋為陋，鄭義為長。」

郝懿行列出各家說法，最後認為以鄭玄祭祀說為長，但卻漠視了孫炎、金鶚從房屋建築型態所提出的觀點。先不論孫炎、金鶚的說法正確與否，郝懿行在此確實犯了一個錯誤，我們想知道的是「西北隅」為何叫「屋漏」，他並沒有考證；而他是在為《爾雅·釋宮》做義疏，〈釋宮〉是記錄宮室建築名詞的，那這宮中之「室」其名究竟如何呢？他好像也就忘記了他的責任。

現在看起來，晉代郭璞說：「其義未詳」，應該是郭璞解不出這個宮室建築的名詞而闕之，這恐怕比郝懿行沿用《詩經》傳箋的說法，有說等於沒說的情形要好多了。至於孫炎「白日漏光」的說法，因為孫炎的《爾雅注》已經亡佚，所以不得其詳。金鶚的「日光自牖漏射」說，後人取用頗多，但立論也不夠堅強，因為西北隅有「向」，那難道東北隅沒有「向」，東北隅何以稱為「宧」呢？

四、「漏」字考

從《詩經·大雅·抑》的理解中，其實延伸出了一個問題，那就是「漏」、「屋漏」、「不愧屋漏」的語義過程究竟是什麼關係。這也才能解決，從建築格局名稱到格局使用習慣，到生活應用習慣，再到成語「不欺暗室」的整個語言歷史。從詞彙發展與組合歷程來看，「漏」應該是要最先處理的一部分：

㈠《說文》漏字解

《說文》：「漏：以銅受水，刻節，晝夜百刻。從水，扁取扁下之義，扁亦聲。」

《段注》：「周禮挈壺氏：『凡喪懸壺以代哭者，皆以水火守之，分以日夜』。注云：『以水守壺者，為沃漏也；以火守壺者，夜則視刻數也。分以日夜者，異晝夜漏也。漏之箭晝夜共百刻，冬夏之間有長短焉。』文選注引司馬彪曰：『孔壺為漏，浮箭為刻，下漏數刻以考中星、昏星、明星焉』按晝夜百刻，每刻為六小刻，每小刻又十分之，故晝夜六千分，每大刻六十分也。其散於十二辰，每一辰八大刻、二小刻，共得五百分也，此是古法。樂記：『百度得數而有常』注云：『百度，百刻也。靈樞經漏，水下百刻，以分晝夜。』」

根據《說文》及《段注》的解釋內容，我們首先知道「漏」其實是古代的「計時器」，以銅製成壺形容器。壺中加水，壺上有度數刻畫共百刻。白天以漏水方式、晚上則以火光，視其刻度變化以計時。壺中有箭，是一種浮標功能，視浮標的升降以知刻度變化，也就是時間變化。

㈡「漏」是計時器

中國上古天文學之發達，我們在本章的第一節中，已有論述。天文的觀測需要非常精密的時間計量，「漏刻」便是古代的計時工具之一。「漏」指「漏壺」，也指其功能；「刻」是壺上刻度，也是劃分一天時間的單位。漏刻計時器有上下兩個，洩水壺和受水壺，通過中間的一枝浮箭來指出刻度。漢代張衡、宋代沈括都曾經對漏壺做過改進與貢獻。

漏壺的運作方式，先將水注滿一個開有小孔的漏壺，水便依序從壺孔中流出，再用另外一個壺收集漏下來的水，這個壺中有一根刻有度數的箭杆，從壺口蓋子中穿入，連結著下方的箭，箭下方用一個薄的竹片或木片托著，使箭可以浮著，這壺就叫做「箭壺」。隨著水從「漏壺」到「箭

壺」，箭杆就慢慢往上浮起，而從箭杆浮出壺蓋所露出的刻度，就可以知道時間。後來又發現，由於壓力差異，漏壺的水多時水流得快，水少時水流得慢，這會影響時間的精密度，於是又在漏壺上方再加一個漏壺，讓水可以源源不絕的注入第二個漏壺，這就保證了時間的精準，於是漏壺也就成了多層級的形式。目前在兩岸的故宮，都還藏有不少古代的漏壺。

古代漏壺基本形制

湖北博物館藏西漢銅漏壺

北京故宮清代漏壺

㈢古代的時間官員

最早紀錄時間官員的是《周禮‧夏官‧挈壺氏》：

> 「挈壺氏掌挈壺以令軍井、挈轡以令舍、挈畚以令糧。
> 凡軍事懸壺，以序聚柝；凡喪懸壺，以代哭者。皆以水火守
> 之，分以日夜。及冬，則以火爨鼎水，而沸之，而沃之。」

「挈壺氏」專管漏壺，軍事方面，有了精密時間，就可以依序擊柝來報
時。喪事時候，依禮，官員階級或親疏遠近需依時而哭，以使哭不絕聲，
這也要有時間的依序安排。晚上因為天黑看不見刻度，於是以「火守」，
也就是要在壺旁生火，以看清刻度。冬天怕漏壺的水結凍，所以要持續加
溫，使水保持流動。「挈壺氏」的紀錄，證實了古代的「漏刻計時法」，
當然也證實「漏」字所指的「漏壺」。

中國歷代都有天文官員的編制，據《明史‧曆志一》，明代掌管天文
的「司天監」中，仍編制有「挈壺郎」兩人，「漏刻博士」六人。《清史
稿‧職官二》則記錄清代沿用「司天監」，下設「漏刻科」掌管報更報時
的工作。可見「漏」、「漏壺」、「漏刻」在傳統計時法中有多麼重要。

五、「西北隅謂之屋漏」解

翻檢歷來有關「屋漏」的重要解釋，以及前文對「漏」字考證後，我
們在此歸納並提出本文對於「西北隅謂之屋漏」的主張：

1. 宮室建築中「室」的四個方位的名稱，其實是一種建築時的「格局
   設計」概念，如同所有住家中，每個空間的設計與功能。

大門

2. 「奧」在西南方位，通常是臥室功能，歷來注家也都主張「奧，隱也。」又《說文》：「奧，宛也。」《說文繫傳》：「宛，深也」。也就是說，臥室設計在隱深之位置，進了「室」的大門後要左轉深入西南方位便是。

3. 「宧」在東北方位，「宧」就是「頤養」的「頤」，那也就是「餐廳」的所在了。進了「室」的大門，餐廳在右邊前方位置，進入大門時就可以看見。餐廳不必隱密，反而是休閒與交際場所，放在東北方位，是很好的設計。

4. 「窔」在東南隅，有「戶」在此可通「偏房」、「側室」，也就是其他的房間，東南方位人進人出，算是交通要道所以叫做「窔」，《說文》：「窔，戶樞聲。」「窔」又通「窅」《說文》：「窅，窔深也。」所以窔也解做「深」，東南隅進門後要右轉，不能一下看見所以也是深隱之方位。

5. 「屋漏」在西北方位，是「屋中之漏」的所在。「漏」是計時器「漏壺」，「漏壺」如前文所考是一個三層的計時器，它為了精密就必須妥善安置，西北隅不是餐廳、臥室、通道，是最好的空曠位置。我們這樣想像好了，要安放「漏壺」，應該不是直接放在地上，而是放在一個檯子上，並且穩固不隨便移動，否則壺漏的水一晃動就失準了。因此西北隅的位置，應該就是擺放家中各個「置物櫃」的地方，其中很明顯的就是計時器「漏壺」，於是「屋中之漏的所在」成了「屋漏」，又成了「西北隅謂之屋漏」。

6. 西北隅還有一個可能的功能，就是「廚房」，《釋名》：「禮每有親死者，則撤屋之西北隅薪，以爨竈煮沐，供諸喪用。時若值雨則漏，遂以名之也。」先不論他說的喪事原因，裡面「屋之西北隅薪」、「爨竈煮沐」，不就是說西北隅有柴薪堆放，可以炊爨，不管遇不遇喪事，那裡總之是個廚房。《周禮·挈壺氏》說：對漏壺要「水火守之」，既要時時加水，夜裡又要點燈火好看時間，那「漏壺」擺在廚房附近的西北隅方位，就是最方便的地方了。

上述主張與推論，是基於以下四點理由：

1. 回歸到建築設計層面而言，在宮室建築之初，就把這些生活習慣、個人隱私、器物安放、格局安排等納入設計範疇，本來就是很平常的作為，而且也是必要的，歷代各種建築不也都是如此。

2. 回歸到語言解釋層面而言，歷來各家對於「宧」、「奧」、「窔」的考證，都從文字字義、本義講起，並且沒有異議。那為何解釋到西北隅「屋漏」的時候，可以捨棄「屋」、「房屋」；「漏」、「漏壺」的文字本義，轉而從祭祀過程談起？且其實根本使後人在「建築」與「祭祀」中一直混淆，仍然不解西北隅何以謂之「屋漏」。

3. 本文主張從事語言的文化詮釋時，必須先回歸語詞的最初由來、記錄語詞的文字的最初本義。那是因為語言通常直接反應社會現象，它的構詞邏輯不會刻意拐彎抹角，否則社會裡的人如何簡易輕鬆的去應用語言這溝通工具。當時過境遷，社會出現轉變，行為不在，語詞仍在時，一般人甚至從事解釋的人，很容易陷入過於沈重的思考，以為這詞本身有巨大的歷史複雜性，就反而越陷越深、越描越黑了。像前文曾提及的「你幾歲？」的「歲」，如果你不知道他最簡單的本義「歲星」、「木星」，而先去想到「犯太歲」、「安太歲」、「太歲頭上動土」，那不就讓自己離那簡單源頭更遠了。

4. 本節將「屋漏」解為「屋中之漏壺」、西北隅置「屋漏」所以「西北隅謂之屋漏」，並不是為了否定歷代注家對《詩經・大雅・抑》的祭祀說法，反而是將其說法往上推至語言的前一個階段的形式內容，唯有如此，語言在歷史發展中由上而下的變化，我們才能掌握清楚。否則跟現代人說「不愧屋漏」就是「不欺暗室」，「屋漏」就是西北隅，西北隅因為祭祀如何如何，所以幽隱，所以成為「暗室」，他聽了半天，其實還是沒弄懂「屋漏」二字跟「幽暗」何干？更遑論哪個現代人要聽你把鄭玄的「屋，小帳」全套說完？如此一來，作為文化詮釋工作者的你，如何去教育文化，傳承文化？

六、語言應用的斷代差異──「不愧屋漏」解

　　根據前文的論述，有關「不愧屋漏」的意思，我們可以分兩個語言階段來繼續討論，一是將時代往上提，提到《詩經‧大雅‧抑》之前的語言階段；其次是往下回到《詩經》，尤其是傳注這個語言階段。

　　假定前文的推論是成立的，而且在《詩經》之前，「不愧屋漏」語詞就已經存在，那麼在《詩經》之前，肯定是有一段時間「不愧屋漏」的意思，是跟今天不一樣的。那麼是什麼呢？應該是「面對自己所作所為，就算是細節末葉之事，也問心無愧。」引申出的意思就是「做事的時候，任何細節都要小心仔細，也不因為小事就怠惰廢弛。」

　　「漏壺」上刻有非常細膩的時間刻度，社會的運作都靠這計時器的精準與細膩，《周禮》書中的「挈壺氏」還要承擔軍事中的擊柝時間精準的責任，否則約好清晨五點拂曉攻擊，或是午夜一點的突襲，稍有遲誤，豈不全盤皆輸。前文也曾論及上古天文科學的發達，沒有精密的計時器，如何可以精密觀測天象，製作出精密的夏代曆法。計時器一直是人們日常運作的次序依據，現代人如此，古人也是如此，它是一種「精密」、「準確」、「細節」、「不容偏差」的表徵，於是在語言中，「屋中之漏」就有了這些意義。那麼「不愧屋漏」也就是「面對時間流逝，而無所愧疚悔恨」，或是「面對細節，無所愧疚」的認真負責的態度了。

　　〈抑〉這首詩歌是周大夫衛武公勸戒厲王，並且也以此自我警惕的一首詩。如果我們以本節所論的「不愧屋漏」的意思，來看這首詩：

　　　　「相在爾室，尚不愧於屋漏。無曰不顯，莫予云覯。」

那麼他的意思可能如下：

1. 那些輔佐你的臣子們，在你的荒廢政務下，他們也怠惰於事，該有的細節全然不顧，面對時間的流逝，一點也不慚愧。你不要以為這些小事不會顯現出來，不曉得哪一天就通通被看見了。

2. 那麼多的臣子在你家裡輔佐你，你卻連小事情也荒廢怠惰，不要以

　　為細節不會顯現出來，不知何時就通通爆發了。

　　之後，到了〈抑〉這首詩的傳注階段，根據《鄭箋》的解釋，「屋漏」是祭祀末期撤掉「尸」後，繼續在西北隅架起小帳（屋），將供桌祭品置於帳中，請神明繼續享用，助祭之人則皆已撤離，於是此處便是神明所在幽隱之地，縱然象徵神的「尸」已撤，但心裡難道就可以無視這神明所在之「屋漏」處嗎。所以「不愧屋漏」的意思，到今天我們都說「人雖面對暗處，或身處暗室，也要虔誠肅靜，內心光明。」另外漢代劉向《烈女傳・衛靈夫人》有段故事說：

　　　　「靈公與夫人夜坐，聞車聲轔轔，至闕而止，過闕復有聲。公問夫人曰：『知此謂誰？』夫人曰：『此蘧伯玉也。』公曰：『何以知之？』夫人曰：『妾聞禮下宮門，式路馬，所以廣敬也。夫忠臣與孝子不為昭昭信節，不為冥冥墜行。蘧伯玉，衛之賢大夫也，人而有智，敬以事上，此其人必不以黯昧廢禮，是以知之。』公使觀之，果伯玉也。」

　　這故事後來就形成「不欺暗室」的成語，與「不愧屋漏」意義通用至今。

七、結語：語法語義歷程與語言應用

　　簡單來講，〈抑〉詩中的「不愧屋漏」的解釋，起源於《鄭箋》，連《毛傳》其實也沒有詳述祭祀之解。而十三經中「不愧屋漏」也只一次出現在《詩經》中，所有之後的傳注，也都依循著《鄭箋》之說，或是只引用《爾雅》「西北隅謂之屋漏」的宮室建築名稱，來說「不欺暗室」這樣的意義。所以本文要厘清二者的差異，回歸語詞文字的源初本義中，上溯語言的更早階段，之後再往下論述就可以更加明確了。

詩經之前	單音節詞	「不」、「愧」、「屋」、「漏」	四字各有本義
	複音節詞	「不愧」、「屋漏」	宮室建築之後，「屋漏」成為西北隅名詞
詩經之時	複音節詞	「不愧」、「屋漏」	不愧於「屋中之漏」（本文之說解如上）
			不愧於隱於帳中之神明（鄭玄之說解如上）
詩經之後	複音節詞	「不愧屋漏」	形成「成語」的固定模式

第六節　縱向的文化概念與敏感度

一、以語言系統駕馭文化縱深

　　以語言從事文化詮釋的時候，要隨時具備「文化縱深」的概念與積極敏感度，意思很簡單，因為我們要研究的對象「中華文化」，它具有最長的縱向時間，最廣的橫向空間。

　　於是在你周遭的生活文化，隨意點選都可能有數千年的由來，「數百年」在中國歷史中，他都可能不等於一個「很長久」的概念，也就是說你要詮釋你在做的事情，需要先抬頭往上看看它從何而來。另外，你雖然居住在區域空間裡，但中華文化的橫向空間對一個個人而言，是無限寬廣的，你在臺灣划龍船，你到了東北也會看到划龍船；你在臺灣的廟裡抽張籤詩解解籤，你去湖北的廟裡一樣也看到籤；你在臺灣寫的字，在四川也是同一個漢字系統。你有你的區域文化，而它也在一個極大的總文化大傘下。

　　也就是說，從事文化詮釋，第一個要極力的擴大你「文化概念空間」的縱深，否則你只能解釋文化發展到你的「生活現象」，卻不能具有系統詮釋的寬廣能力。這麼寬廣的「文化縱深」，沒有可以據以悠遊其中的寬廣路徑與方法，所謂的詮釋就只能在一個點上作文章，而不是全面。只能在一個點上理解文化，那必然失去文化可以給你的無限的生命養分。

　　研究文化的路徑與方法很多，不同學術系統會提供不同觀點。「語言

系統」就是我們提出的方法與路徑，它之所以可以全面照應文化的時空縱深，是立基於以下的基本概念：

文化→	縱向	時間長久	語音紀錄	語音分期	統一的文字	語言系統路徑 語言系統上溯 ↓↓ 文字研究→語音研究 →語義研究→社會研究→文化研究→文化整體的系統性概念
	橫向	空間廣大	區域語音	共同語音		←
	內部	社會分合	區域社會	統一社會		

文化的發展是由時間的上往下發展，再由區域空間橫向擴大，越大的文化體，就有越綿密細緻的結構內容。語言系統是文化的產物，它被製作出來表述文化、記錄文化，越精密細緻的文化體，就有越精密細緻的語言系統。漢語言系統隨著文化的演進而演進，隨著文化的發展而記錄，取用語言系統一步一步上溯文化，當然就是一個可以以簡馭繁的路徑與方法。隨時保持將文化與語言置入積極連結的敏感度中，便是從事語言文化詮釋者該有的態度。

二、修正「貴今賤古」的觀念

　　具備「文化縱深」的觀念後，接下來便可以修正過去「貴今賤古」的態度。人類歷史中每一個年代的人，都是當時所謂的「現代人」，現代人最容易犯的毛病之一，就是「貴今賤古」的文化貧乏症。以我們現在的現代人來說，例如「古人沒有冰箱怎麼辦？」、「古人沒有望遠鏡怎麼觀星呢？」、「古人沒有電視機怎麼娛樂呢？」、「古人沒有夜市晚上多無聊啊！」等等。其實呢，是古人先有冰箱，你才有冰箱，他還會笑你：你的還要插電喔？古人觀測天象，抬頭就可以，你呢光害深重，還要用望遠鏡喔？古人看節目的時候，都是真人現場秀，他會笑你「你看的都是假人」！

　　「逛夜市」，古人不一定比你早回家喔，你找一本《東京夢華錄》

來看看，它會帶您回到九百年前天下第一大城汴京（今開封），進行一趟驚喜的歷史旅遊，你可以看到宋朝的汴河與虹橋、街市上的商店與行人、看到酒店裡送菜服務生雙手頂著二十道菜的絕技、看到小兒科婦產科、看到相國寺前交易的盛況、看到各式各樣的車輛、消防隊、公主出嫁的風俗、各種劇場表演中神乎其技的藝人、娶媳婦的完整過程。你也可以從書中的記載，對照古今民俗生活的異同，譬如清明節時，全城人士都出動去掃墓，並在郊外唱歌飲酒作樂，書上說那是「四野如市」的盛況；又譬如七夕，家家戶戶製作七巧樓，並且將花果、土偶、筆硯、針線、巧果等物供奉陳列，焚香祈禱的「乞巧」場面，女士們要望月穿針，或是將蜘蛛裝在盒子裡，隔天看看牠所織的網是否圓正，如果得圓或得正，就叫做「得巧」[11]。

　　如果你想說已經是宋代了嘛，當然很進步囉。那請看以下這段紀錄：

> 　　司市掌市之治、教、刑、量度、禁令……大市，日昃而市，百族為主；朝氏，朝時為市，商賈為主；夕市，夕時而市，販夫販婦為主。

一天有三市，早中晚三場，大到百族商賈，小到販夫走卒，從早到晚都有市集。這市場還有「管理委員會」，頭頭叫做「司市」，你要偷斤減兩的話，他可是管「量度」的，可以依「度量衡」之類的法律把你抓起來。你知道這段紀錄典出何處？《周禮・地官・司市》，這內容講的可是周代的「市」。那請問你的夜市早呢？還是古人先有「市」。

　　以下我們再找些問題試試看，看看你以前是不是以為你比較先進：

---

[11] 宋孟元老，《圖解東京夢華錄》，遠流，2004年。

㈠誰先有冰箱呢？

答案：古人先有，而且不用插電，環保又省錢。

證據：

《周禮・天官・凌人》：「凌人掌冰，正歲十又二月，令斬冰，三其凌。春始治鑑，凡內外饔之膳羞鑑焉。凡酒漿之酒醴亦如之。祭祀共冰鑑，賓客共冰，大喪共夷槃冰。夏，頒冰掌事。秋刷。」（凌人就是管冰官，「盛氣凌人」典出此。）

《詩經・豳風・七月》：「二之日，鑿冰沖沖」（老百姓也鑿冰回家放冰窖。）

㈡誰先吃生魚片呢？

答案：古人先吃。中國人先吃，再傳到日本、朝鮮。

證據：

《說文解字》：「膾，細切肉也。」

《漢書・東方朔傳》：「生肉為膾。」

《禮記・內則》：「肉腥細者為膾。」（腥，生鮮的。生鮮又細緻的叫膾。）

《詩經・小雅・六月》：「飲御諸友，炰鱉膾鯉。」（鯉魚生魚片）

《禮記・內則》：「膾，春用蔥、秋用芥。」（芥末也是老祖先先吃，才傳給你的。）

《論語・鄉黨》：「不得其醬，不食。」（夫子告訴你，生肉啊要有蔥芥醬料才能殺菌。）

《孟子・盡心》：「曾皙嗜羊棗，而曾子不忍食羊棗，公孫丑問曰：膾炙與羊棗孰美？孟子曰膾炙哉。公孫丑曰：然則曾子何為食膾炙而不食羊棗？曰：膾炙所同也，羊棗所

獨也。諱名不諱姓，姓所同也，名所獨也。」（「膾炙人口」的典故出處）

㈢誰先知道「圓周率」？

答案：古人先算出來，你才跟著用的。

證據：

　　《周髀算經‧卷上》：「數之法，出於圓方，圓出於方，方出於矩，矩出於九九八十一。故折矩，以為勾，廣三，股修四，徑隅五，既方其外，半之一矩，環而共盤，得成三四五，兩矩共長二十有五，是謂積矩……是故，知地者智，知天者聖。知出於勾，勾出於矩。夫矩之於數，其裁制萬物，惟所為耳。」[12]（圓周率，廣三。勾股原理，算出直角三角形邊長定理。另可參考三國時期趙爽《周髀算經注》。）

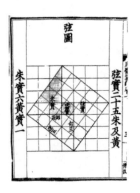

---

[12] 劉殿爵《周髀算經、九章算術逐字索引》，商務（香港），2000年。

㈣誰先用「表格」記事？

答案：司馬遷寫《史記》。

證據：

　　《史記》一書分本紀、世家、列傳、書、表五部分。其中「表」是全世界最早使用表格來記錄事件的文獻。所以是古人發明，不是你電腦裡的文書處理器「word」。

㈤誰先知道有「日蝕」？

答案：古人先知道，你才知道。

證據：

《尚書‧胤征》：「乃季秋月朔，辰弗集于房……瞽奏鼓，嗇夫馳人走。」（夏代仲康時期，約公元前2137年，房星宿位置發生日食。殷商卜辭不計，從春秋到清末，歷代史

書記錄的日蝕近千次，是世界最完整的日蝕紀錄。）

㈥誰先知道有彗星？

答案：古人先知道，你才知道。

證據：

《春秋・文公十四年》：「秋七月，有星孛入於北斗。」（「星孛」、「蓬星」、「長星」均為古代稱慧星的名稱，魯文公十四年是公元前613年，這顆星現在叫做「哈雷彗星」，從春秋起到清末，歷代史書紀錄「星孛」31次。）

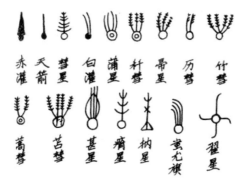

中國古代彗星圖像及紀錄[13]

研究文化，要先有文化縱深概念，知道文化發展是由上而下的縱向連續性。有了連續性的概念後，便要修正以往「貴今賤古」的錯誤概念，凡事先找歷史中的最早紀錄、文獻、語言，改從最早的起源往下講，否則便無法掌握文化龐大的縱深體系。尤其從事文化詮釋者，進行的是文化系統的建構，如果沒有適當的縱深觀念與態度，恐怕就陷於支離破碎。從以上幾個簡單又生活化的問題中，我們看到了態度修正的重要性。

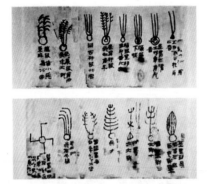

湖南長沙馬王堆出土帛書中的彗星圖　　湖南長沙馬王堆出土帛書中的彗星圖（摹本）[14]

三、案例：祭祀牌位的由來

這個單元我們要從生活中一個大家習以為常的「以為」，來找到它不為多數人知道的起源。現在祭祖的時候，我們都面對著寫著字的祖先牌位，這從遠古先秦就這樣嗎？我們去廟裡拜拜，媽祖、關公都是「偶像」，那上古也是這樣嗎？如果我們掌握「且」、「尸」、「偶」、「木主」這幾個字詞的相關語言材料，這整個文化脈落就可以有個較完整的概念了：

(一)第一期：祭品前方空無一物

1.「且」字本義：擺放祭品的墊子

《說文》：「且，所以薦也。從几，足有二橫。一，其下地也。」《段注》：「荐訓薦席，謂草薦也，草薦可為藉，謂之荐，故凡言藉當曰荐，而經傳薦荐不分。」「且」是「薦」，而應當作「荐」，「荐」是草薦之義，所以可以拿來「藉」，也就是當成墊子的意思。原來「且」是上古祭祀時候，擺放祭品的草薦。所以許慎說「所以薦也」也就是拿來墊在祭品下方的意思。我們今天講的「推薦」也是源自祭祀，將祭品恭敬虔誠

的給上天。

　　2. 甲骨文「且」

	甲骨文	金文
且／祖		
俎		

　　有的說法說「且」字是男性生殖崇拜的象徵，從母系社會的女神生殖崇拜轉移而來，這個說法有待商榷。羅振玉《增訂殷虛書契考釋》：「正象置肉于且上之形。」徐中舒《甲骨文字典》「且」下：「古置肉於俎上以祭祀先祖，故稱先祖為且。」《說文》：「俎，禮俎也。從半肉在且上。」意思是：「俎，行禮時盛放牲體的器具。由半個肉字（仌）放在『且』之上會意。」這個說法比較普遍。

　　3.「且先」：

　　古人祭祀先人的時候，先將「且」這個草蓆舖在地上，然後再將祭品擺放在「且」上。「且」的前方並沒有任何代表先人的東西，而是空無一物，行祭祀的人面對著「且」，想像先人就在「且」的前方，而語詞中的「且先」，也就代表了先人。「先」者「前」也，「且先」就是「且的前面」，「先人」一詞也是這樣來的。

　　4.「且」的字義變遷與字族

且	本義	祭祀時擺放祭品的草蓆墊子	引申義	祭祀的先人：「且先」	後造「祖」字表「祖先」義	從「且先」一詞，知最早祭祀「且」前空無一物。
				在草蓆上的祭祀的肉	後造「俎」字表祭之肉	再引申為「切肉砧板」，例「人為刀俎」。
				不久的、暫時的	專用「且」字表「暫且」	祭品隨祭祀結束而撤，所以不是長久的，是「暫且」的。

(二)第二期：真人假扮成祭祀對象

1.「尸」字字義變遷

尸	本義	人睡臥時身體橫陳之形《說文》：「尸，陳也。象臥之形」	引申義	祭祀時假扮祭祀對象的人叫「尸」，又叫「祭主」	祭主因為假扮祭祀對象，身體不可任意動作以莊嚴肅穆，也是一種橫陳不動之象。
				人死橫陳也叫「尸」，也就是「尸體」之義。	後造「屍」字表「屍體」

2.假扮祭祀對象的「尸」

由於現在祭祀的祖先也好，神明也好，都是偶像或牌位，所以一般人看到「尸」字，只以為是「屍體」。如果這樣的話，那一看到《禮記・禮器》這段文字，豈不發麻：

> 夏立尸而卒祭、殷坐尸、周旅酬六尸。曾子曰：周禮其猶醵與。

又《禮記・祭統》：

> 夫祭之道，孫為王父尸，所使為尸者，於祭者子行也。父北面而事之，所以明子事父之道也。此父子之倫也。

《禮記・士虞禮》〈鄭注〉：

> 尸，主也。孝子之祭不見親之形象，象心無所繫，立尸而主意焉。

《儀禮・郊特牲》〈鄭注〉：

尸，所祭者之孫也。祖之尸則主人乃宗子，迩之尸則主
人乃父道。

　　其實這「尸」就是祭祖時由孫子所假扮的祖先，上古祭祖有幾個特
色，一、要齋戒沐浴。二、「宗子」是整個祭祀的主持人。三、「立尸」
祭祖。第一項特色主要是要求祭祀者，能夠以虔誠的心來面對祭祀。第二
項特色則是突顯「宗子」在整個家族重要地位。第三項特色則比較特別，
所謂「尸」就是祖靈的象徵，以「尸」代表祖先接受子孫的祭祀，但由於
主祭者身分不同，故選「尸」也有一定規範。從另一個角度來看，「立尸
祭祖」與祖靈附身的意義很像，也滿足了子孫祭祀時，冀求見到祖先降臨
的心態。《論語‧八佾》：「祭如在，祭神如神在。子曰：吾不與祭，如
不祭。」也就是一種祭祀時慎重的心理了。
　　〈禮器〉的「夏立尸而卒祭、殷坐尸、周旅酬六尸。」這幾句很特
別，初見者未必知道其義，我們先看孔穎達〈正義〉的解釋：

　　「夏立尸而卒祭者，此更本殷周所損益相因也，夏祭乃
有尸，但立猶質言尸是人，人不可久坐神坐，故尸唯飲食暫
坐，若不飲食時，則尸倚立以至祭竟也。殷坐尸者，此殷因
夏之有立尸，而損其不坐之禮，益為恒坐之法也。是殷轉文
也，言尸本象神，神宜安坐，不辯有事與無事皆坐也。周旅
酬六尸者，此周之因殷而益之也，旅酬六尸，謂祫祭時，聚
廟之主於太祖后稷廟中，后稷在室西壁東牆為發爵之主。」

夏朝祭祖開始有「尸」的制度，當時的尸有專屬的神座，當祭者上飲食祭
品時，尸就按照著一些祭祀複雜的禮節，依禮坐著享用祭食。但飲食完畢
之後，無事之時便可以起身休息，因為尸也是人所扮，整個祭祀過程都坐
在神位上，身體負荷不了。到了商朝則趨嚴謹，尸必須一直坐在神位上，
因為「尸本象神，神宜安坐」，所以不論有事沒事都要一直安坐著。周朝

時候，祭禮更加繁複，六個宗廟的子孫，都要到周始祖后稷的祖廟中集合，叫做「祫祭」，也就是宗族所有子孫都集合「合祭」之義。當然所有的六個「尸」也集合祖廟裡，這時候假扮后稷的「尸」，也就是后稷，祂會發「爵」這酒杯給其他的「尸」，代表的意義，當然就是所有先祖一起享用候代子孫的貢祭了。

有句成語「尸位素餐」，比喻只領俸祿而不做事的人。「尸」就是本文解釋的「尸」，《尚書‧五子之歌》：「太康尸位」，諷刺太康身為國君應認真勤勉，但卻如祭祀之「尸」，扮神而沒有太多動作。「素餐」出於《詩經‧魏風‧伐檀》：「彼君子兮，不素餐兮。」比喻無功卻食祿的人。把「尸位」和「素餐」兩者合為一句，則出於《漢書‧楊胡朱梅云傳》：「今朝廷大臣，上不能匡主，下亡以益民，皆尸位素餐。」

(三)第三期：偶像崇拜與祭祀

1.偶像在文化中的普遍性

「偶像」崇拜在人類文化歷史中非常普遍，至今亦然。製作偶像的材質亦是五花八門，泥塑偶像、木製偶像、竹製偶像、草編偶像、布製偶像、金屬偶像以及繪畫偶像，時至今日依然常見。

透過具體形象化的偶像，人們傳達對神靈的虔誠信仰，或是表達特定的宗教觀念。偶像所代表的神靈對象則更是多樣，或是賦予神靈意義的人類祖先、族群英雄、聖賢人物；或是神話傳說中幻化無窮的神仙；有的是人們想像出來沒有其他根據的神靈或鬼怪；有的甚至是動物崇拜，具備民族圖騰層級的動物神靈。

有的偶像被供奉在廟宇裡、有的被供奉在家中、有的被擺設在神壇前，甚至野外的深林、路口、河邊、橋樑、墳頭等特定地方皆有。在漢族居住的地區，都有「土地廟」，在臺灣，我們常見到許多大小馬路旁有或大或小的「土地公」偶像；甚至馬路中央，忽然道路一分為二，中間那棵大榕樹下就有位偶像神靈在。這種隨處可見的神靈，不管祭祀或不祭祀的時候，人們舉頭就見到偶像神靈，心靈中的虔誠與安全感油然而生，彷彿神靈就在身邊坐鎮，這正是祭拜偶像、偶像崇拜的一種心理慰藉。

2.文獻中未見以人偶代尸

令人稍感訝異的是，在中國經書中許許多多提及以「尸」祭祖的篇章中，卻未見那尸是以偶像取代的段落與直接說法。

翻檢十三經經文，「偶」字只出現六次，均做「合」之義，例如《禮記曲禮》：「御，同於長者，雖貳不辭，偶坐不辭。」《穀梁傳僖公四年》：「八月公至自伐楚，有二事偶，則以後事致。」又《禮記郊特牲》：「鼎俎奇而籩豆偶，陰陽之義也。」其中「籩豆偶」出現二次。其餘兩次則是《爾雅》〈釋詁〉與〈釋言〉篇的經解。也就是說「偶」字在當時，並不是如今日有「偶像」之義。

如果以為「俑」字才是那祭祀時的假人，翻檢十三經經文也並非如此。「俑」在經文只出現兩次，一是《孟子・梁惠王上》：「仲尼曰，始作俑者，其無後乎！為其象人而用之也，如之何其使斯民飢而死也。」二是《禮記檀弓下》：「孔子謂為芻靈者善，謂為俑者不仁，殆於用人乎哉[15]。」原來這「俑」是個假人沒錯，但卻是先秦時用以陪葬，而不是祭祀時候假扮祖先或神靈的假人偶像。孔子連用與真人肖似的「俑」陪葬都覺得殘忍，於是罵說：「始作俑者，其無後乎！」。

3.最早的人偶像──「牛河梁紅山文化遺址」

雖然十三經文中未見以偶代尸的紀錄，不過人形偶像其實在經書之前早已有之。1981年大陸考古學家在遼寧省凌源市與建平縣交界處，發掘了「牛河梁紅山文化遺址」，最具代表意義的文物就是泥塑的神靈偶像「紅山女神像」：

尺寸大小與真人相仿，造型精準、形象生動，其時代在距今5000年前。「牛河梁紅山文化遺址」分布在50平方公里起伏而連綿的山崗上，當中有規律的分布著祭壇、女神廟、積石塚群，組成了一個規模宏大的宗教祭祀中心。積石塚內的大墓，以玉器為陪葬主體，有寫實又神化的「豬龍」、

---

[15] 以上經文檢索，根據中央研究院歷史語言研究所「十三經資料庫」之電子檢索系統。http://www.sinica.edu.tw/~tibe/2-volume/13-classics/

「熊龍」「鳳鳥」「鳳鳥」、「龜」等動物形玉飾，功能應該是墓主通神之用。

牛河梁紅山女神像

玉熊龍　　　　　　　玉豬龍　　　　　　　玉龍

　　牛河梁遺址山頂上的女神廟，供奉著主神與圍繞著主神的女神群象，一般為真人大小，但主室中也出土了比真人大三倍的大鼻子、大耳朵。這些神像以真人形象為依據而塑造，形體有大小之分、年齡有老少之別，或張臂身手、或曲肘握拳，共組成栩栩如生的女神像群。這些偶像有可能象徵當時社會權貴，尤其母系社會的象徵；當然也可能就是受到崇敬的祖

女神象徵著正是生殖、大地與收穫，一些學者且認為那主神就是中華共主「女媧」。

　　姑不論這女神是否就是文獻傳說中的女媧，她們是一組用以祭祀膜拜的人偶形體，此無庸置疑。其時間比中國經書的各種祭祀紀錄早了2000年，顯然後人祭神祭祖之時，是否以偶像為之，絕不可只根據經書的「尸」的說法了[16]。

玉熊人　　　　　　　　　　　紅山文化人鳥石雕

4.人偶的確在祭祀中應用

　　綜觀紅山文化的種種跡象，「女神像群」應該就是與祖先崇拜有關的偶像。女神在當時必然象徵生育、大地、收穫，是族群生命力的基礎，所以「女神」受到廣泛崇拜。孫守道先生直接肯定這些女神是「神化了的祖先形象」[17]，我們從其祭祀場所的規模看來，牛河梁的神廟規模已經超出家庭單位，超出在民居內設祭的家庭祭祀；也超出了以氏族為單位，在村落內的祭祀規模。成為一個專門的大型祭祀中心，當然在那個文化區域裡

16　「牛河梁紅山文化遺址」相關研究，參遼寧省文物考古研究所〈遼寧牛河梁紅山文化女神廟與積石塚群發掘簡報〉，《文物》1986年第8期；孫守道、郭大順〈牛河梁紅山文化女神頭像的發現與研究〉，《文物》1986年第8期。圖片引自「朝陽紅山文化」網站〈紅山文化圖庫〉http://www.zgcy.gov.cn/hswh/hswh.asp

17　同前注。

的所有部落氏族，都以這裡作為主要信仰中心的。

　　祖先崇拜從女祖先開始，這吻合了文獻上所說的人類起源於「母系社會」，也和其他的圖騰崇拜相同，都意識著探尋氏族起源的意義，而這時候「生殖崇拜」會很自然的成為祖先崇拜的早期形式。而當「女神」成為祖先崇拜與祭祀的開端，她必然已經不只是生殖意義，而有主宰、庇祐氏族、部落、民族的生存發展意義，同時也具備了趨災避邪的神靈性了。牛河梁的女神像和女神廟，應該就是這個意義的典型範例。

　　現在我們做一個逆向思考，這些出土的女神像群，位在所有部族的中心，成為大型祭祀中心，學者也認為這和部族權貴有關。那麼一般氏族部落，甚至一般住民家中，是否也進行著人形偶像的小型祖先祭祀呢？我們認為這應該是極有可能的。

　　目前出土的遺址其規模之大、器具之多、工藝之精，加上大型墓穴的規模，很自然的這一定不是一般村落，一般人家可以為之。換個角度想，一般人家在死後也不會有大型墓穴，到20世紀還被挖掘出來，除非是一整個村落的考古挖掘，但是其器用想必也是一般生活用具而已。因此我們不能以牛河梁出土的大型神廟的女神像，來斷定小部落與一般人家中，完全沒有人偶先祖的形式在進行。

　　臺灣人普遍祭祀「媽祖」或是「天上聖母」，從最大型廟宇，到一般人家都有神靈「偶像」。民家的偶像怎來的？必然是從大廟中「分靈」出來的，不過有的大廟的偶像體積極大，民家就不可能有；有錢廟宇的偶像甚至是「金身」打造，一般民家也很難有。也就是說小型的祭祀在家中日日可以進行，大型慶典像媽祖誕辰便到廟宇盛大進行。這種行為模式，想當然耳不是起源於臺灣，遠古紅山文化之時難道不是這樣嗎？當時民家自然不會有精緻的大型泥塑偶像，可能是以草紮方式或是其他簡易材質為之，而這些材質又沒有貴族的大型墓穴陪葬，後人考古挖掘當然不會見到。因此我們推斷，無論是大型神廟的偶像，或是一般民間，以偶像祭祀祖先的方式，早已有之。

5.「以偶為尸」的可能性

十三經文獻中未見明確的「以偶為尸」的章句，段渝先生在《酋邦與國家起源：長江流域文明起源比較研究》一書中也說：

> 曾經有一種意見，三星堆青銅大立人雕像應為中原古文獻中記載的「尸」。但是從《禮記》有關尸的大量記載來看，所謂「尸」，其實是用男女兒童作為受祭代理人，從來沒有任何文獻提及以青銅或其他雕像為「尸」，此為古今定論。從夏、商、周三代「立尸」或「坐尸」的情形，不僅不能證明有什麼青銅雕像之尸，相反卻正好證明中原三代本無「以偶像代尸」之制」[18]。

那麼「以偶代尸」的文獻沒有，以偶祭祀的方式這應該在周朝以後了，本文將「偶像」置於「尸」之後論述，似乎也符合了這個先後源流，段渝先生看到本文次序也應該是贊成的了。

不過我們既然看了前文的「紅山女神像」一節，也推斷偶像祭祀的存在，這裡我們倒想試試看不被經書文獻拘束，找找有沒有其他文獻可以加入討論，當然也希望可以用輕鬆些的角度來回顧這些過程。不一定是想推翻什麼，只是希望可以多周全。

《說文》：「偶，桐人也。」〈段注〉：「偶者寓也，寓于木之人也。」義即「假人」；《淮南子‧謬稱》：「魯以偶人葬，而孔子嘆。」《史記‧孟嘗君傳》：「木偶人謂土偶人」、「見偶人與偶人相與語」。這些「偶」都是假人形象，用以陪葬，看不出和經書中祭祀的「尸」有關聯。

不過，《莊子‧逍遙遊》：「尸祝不越樽俎而代之矣」，成玄英〈疏〉說：「尸者，太廟中神主也。」成氏在這裡把「尸」和「神主」做

---

18 《酋邦與國家起源：長江流域文明起源比較研究》，第五章〈長江上游古蜀的酋邦社會與國家起源〉，北京中華書局，2007年。

了聯繫。「神主」又叫「木主」，一般認為就是木牌製作的「神主牌」，它不是一個人形偶像。那麼《史記·伯夷傳》：「西伯卒，武王載木主，號為文王，東伐紂。」這「木主」是文王的「神主木牌」？參考相關文獻好像猶有可議的空間呢，像《楚辭·天問》在提到武王伐紂這事情時候說：「載尸集戰何所急。」，洪興祖《楚辭補注》直接說：「尸，神象也。」；另外皮日休〈正尸祭〉說：「尸象其生，亟其敬也[19]。」洪興祖直接說「木主」是「神象」，如果皮日休說的「象其生」是「象徵其具體身體」的話，那麼周武王載的是一尊「文王偶像」囉？想想看這樣似乎也才能震懾那商紂王吧。於是「尸」、「神主」、「木主」、「偶」、「神象」在這裡似乎有了相關聯了。

　　回到祭祀這件事情來說，一般我們會以為，時代越後，禮儀越簡化。於是原本「空無一物」沒有祭祀對象的形象，然後三代時期有了真人的「尸」假扮，之後時代轉變簡化禮儀，於是有了假人「偶象」祭祀，然後更簡化為「神主牌位」。不過我們別忘記三代文明的主要特徵就是「制禮作樂」，尤其進入商周時期，各種禮儀法度越加細膩精密。配合「紅山女神像」的出土與前文的推斷，有沒有可能祭祀對象的形式變化是這樣的：本來空無一物、後來製作「偶像」膜拜、而後禮樂思深改以真人的「尸」以更虔誠、之後禮壞樂崩漸行簡化又改以「偶像」、最後文字普遍，禮儀也簡化成書寫「牌位」。

　　配合考古知識與推論、配合文獻記錄、但也超越文獻格局將文化往歷史上端移動，再由上而下逐步建構文化變遷，是我們在這裡要提出的積極研究觀念。「尸」先還是「偶」先，我們樂見所有觀點的共同討論，但是文化由上而下的「縱向」思考與論述，則是本文所要堅持的。

(三)第三期：書寫神主牌

1.牌位由來與發展

　　現在祭祖都用「牌位」，周代以後就沒有「尸」的制度了，僅存牌

---

19 《皮子文藪》卷八〈正尸祭〉，上海古籍出版社，1986年。

位。但是牌位的起源也很早，周初已有，叫做「主」、「木主」、「神主」、「神位」，代表祖先或神靈，以木為之寫上祖先之名，置於宗廟之中，供祭祀之用，這個制度就一直沿用至今稱作「牌位」。以下我們羅列牌位在經書中出現的內容，理解牌位之由來：

(1)「主」

> 《禮記‧郊特牲》：「男主，必使同姓；婦主，必使異姓。」
> 《周禮‧春官‧小宗伯》：「若大師則率有司而立軍社，奉主車。若軍將有事，則與祭。」

男女祖先皆入牌位祭祀，女祖只記其本姓。軍隊出征，也帶有「社神」也就是土地之神的牌位。

(2)「木主」

> 《論語注疏‧公冶長》：「武王載木主，號為文王東伐紂，伯夷叔齊叩馬而諫曰：父死不葬爰及干戈，可謂孝乎，以臣弒君可謂仁乎。」
> 《周禮注疏‧小宗伯》：「周以文武為二祧，文王第稱穆，武王第稱昭，當文武後，穆之木主入文王祧，昭之木主入武王祧，故云遷主所藏之廟曰祧也。」
> 《左傳正義‧昭公十八年》：「每廟木主皆以石函盛之，當祭則出之，事畢則納於函，藏於廟之北壁之內，所以辟火也。」

周武王出兵討伐商紂王，帶著文王的「木主」，代表征戰決心，也希望祖靈庇祐勝利。「木主」平日放在石頭盒子裡，祭祀才拿出來用，用畢再收回石盒，這是避免火災傷害祖先英靈。

(3)「神主」

《尚書‧商書‧咸有一德》：「監于萬方，啓迪有命，
眷求一德，俾作神主。」
《左傳‧襄公十八年》：「棄好背盟，陵虐神主。」

(4)「神位」

《周禮‧春官‧小宗伯》：「小宗伯之職，掌建國之神
位，右社稷，左宗廟，兆五帝於四郊，四望四類亦如之。」
《禮記‧祭義》：「建國之神位，右社稷而左宗廟。」

周代專管「神位」的官員叫「宗伯」，負責國家土神（社）、穀神
（稷），以及祖先之牌位。

2.牌位普遍的社會因素

以文字書寫之「牌位」在周朝後普遍應用，究其原因有四：第一、禮
制之簡化。人類社會越往後發展，物質環境就越加豐富多元，經濟型態與
都市化程度也逐步擴張。在此同時，人們雖然依舊重視祭祀，但是人們必
須花更多心思在經濟領域上，以求適應都市化的快速腳步。於是跟其他祭
祀儀式、法度逐步簡化同理，製作起來比較簡易的牌位，也就取代真人的
「尸」，甚至雕塑的「偶像」。

第二、是文字數量大增與應用普及。根據甲骨文，商代文字有4,672
個，到了漢代文字有了將近一萬個，也就是說從周到漢的文字數量大增超
過一倍，顯然在文化系統中，文字系統的應用範疇是大大的增加了一倍。
另外東周以下，教育普及於平民，以前的平民只能用偶像進行祭祀，那是
最簡易的方式；但是配合社會轉型因素，且文字又普及於平民之時，牌位
的書寫自然就普遍化了。

臺南孔廟先賢神位

神主牌位

　　第三、是由於文字表述的完整性。所謂「祖先」，指的是一大群有血緣關係的「先人」，這些人數量難以勝數，更不會有固定樣貌，除非我們祭祀特定祖先，而且有樣貌紀錄，例如圖像、照片，否則我們寫個「歷代某氏祖先之牌位」其表述內容才具備了完整性，也就是涵蓋了所有先人。反過來想，就算今天有了容易取得的一般照片、數位照片，那也是近代才有，更早的先人則無有；此外就算所有先人都有照片，恐怕也沒有哪家人一祭祖，可以搬出所有的照片，還有一字排開的安置空間吧。

神主牌位

彰化道東書院朱熹牌位

　　第四、是由於「宗族系統」的擴大累積。夏商周三代文明之一，就是「宗族系統」的確立，尤其進入周朝以後，宗族制度與世系不斷綿密累積，也就是確定的祖先，隨著時間歷史久遠，其世系不斷增加；另外隨著宗族與家族系統的逐漸擴大，「祖先群」的人數也不斷增加，例如周代的政體是封建的中央與諸侯國，諸侯國又有夫人、嬪妃之制，於是有了嫡長子的「大宗」系統、和庶出的「小宗」系統，但不論其數量，卻又「同宗」，也就是相同先組，如此一來家族體系自然是越來越大。到了周朝以後，累世先祖之世系數已經不是三代、五代而已，而是數十代、百代的累積，人數也大增，如此一來「牌位」也成了最好的整體涵蓋方式了。

第六章
結論──漢語研究的文化意義與功能

第一節　再看漢語「文化」義涵

漢語裡的「文化」一詞，源自《易經·賁卦》：

> 象曰：賁亨，柔來而文剛，故亨。分剛上而文柔，故小
> 利有攸往，天文也；文明以止，人文也。觀乎天文，以察時
> 變；觀乎人文，以化成天下。

意思是說先聖先賢們，觀察宇宙，發現人們所處的大自然界，是剛柔交錯的，並且又相輔而成，例如天體運行是剛健的循環、萬物生長則是柔性的生命，這些便是「天文」。人們看到了種種自然界，剛柔並濟的現象，對所處環境有了必須去因應的概念，於是產生了各種因應之道，例如物質的運用、生活的方式，便是各種「人文」。而有智慧者，仔細觀察天地各種現象，體察四時的變化。又藉著各種制度、禮儀、文獻、風俗，來教化天下百姓。「人文化成」，便是後來「文化」的概念源起。從這裡我們看到了「文化」內涵的幾個基礎意義：

第一、「文化」源起人與自然的關係。
第二、「文化」是人因應自然的行為總合。
第三、「文化」是知識份子對非知識份子的教育與養成。
第四、「文化」是持續性的發展。

　　到了漢代劉向的《說苑・指武》，「文」與「化」連言為「文化」，正式出現：

　　　　聖人之治天下也，先文德而後武力。凡武之興，為不服也，文化不改，然後加誅。夫下愚不移，純德之所不能化，而後武力加焉。

此「文化」指以「人文」來「教化」，如果劣性不改，才能以武力糾之。我們可以這樣理解，「文」是各種長期累積出來的社會規範與價值核心，「化」則是教育與傳播的動作。這個概念呼應了《易經》中「人文化成」的主旨，也顯示出了「文化」當中「教」的重要性，否則人就只能是追求最基本的溫飽而已，那文明也就不能繼續。

　　劉向以後，文獻中仍使用「人文化成」為多，「文化」一詞倒是用的極少，只有如《舊唐書・音樂志》：「經緯兩儀文化洽，削平萬域武功威。」《舊唐書・李紓傳》：「帝德廣運，乃武乃文，文化武功，皇王之二柄。」到了清代「文化」就開始大量使用了，例如《清史稿・志八一・國學》：「翊贊文化，彬彬稱極聖矣。」〈曾國藩傳〉：「禮聘名儒為書院山長，其幕府亦極一時之選，江南文化遂比隆盛時。」〈屬國傳一・北韓傳〉：「琉球自入清代以來，受中國文化頗深，故慕效華風如此。」〈文苑傳三・林紓傳〉：「窮無所之，日人聘講東方文化，留東數年，歸。」

　　可見「人文化成」到了近代，就簡化為「文化」一詞使用了，但是其內涵與意義，則仍然是一脈相相承自《易經》的說法，著重在教育與教化意義，而語言與文獻之於「人文化成」其重要性自然不言可喻。

第二節　語言材料與文化的關係

一、載體與被載

　　最廣義的文化義涵，包括人類在社會發展歷史中的物質財富、精神財富與制度財富，是人們生存、思維、感覺與溝通的平臺。不同的民族，因為環境差異，於是創造出不同的文化體，於是文化又具備著民族特質。從文化內部而言，其結構就如同一株綿密的「系統樹」般，盤根錯節卻又相輔相成。語言是文化的載體，語言體系內部也是一株綿密的「系統樹」，它也屬於文化的一環，所以由特定的文化產生，它就承載著特定文化。也就是說漢語就承載著中華文化，而中華文化系統中盤根錯節又相輔相成的物質文化、精神文化、制度文化，就又由漢語的綿密系統樹來承載與表徵。

　　就載體而言，語言是文化發展的基礎，文化藉由語言而得以表達和傳播，文化也必須有語言才能更加發展。換句話說，文化的發展，必然帶動著語言的發展；而語言的發展，也促進了文化的擴散與發展。二者的關係雖有主從、載與被載之別，但從我們「漢語文化學」的角度來說，二者的觀察與研究是可以同步進行的。

二、語言材料與文化

　　從漢字的角度來說，漢字是中華文化的基本載體，也是中華文化思想傳播和交流的最重要書面工具。漢字的主要屬性是一種表意文字，它的起源和發展乃至應用層面，與中華文化密切相關，從最早的「陶文」，到西周金文、春秋戰國文字、小篆、隸書到今天的楷書，漢字的形體結構中都一直承載著中華民族文化中的所有生活面相，例如本書前文中所舉的所有漢字之例。要從漢字進入文化系統，首先要解決的就是有效率的學習與認知漢字，初學者與準備進入專業系統的人，都可以從本書的漢字「積木理論」開始認知漢字，而後依著形—音—義的學習路徑與方法，就可以逐步又同步的、自然的進入文化內涵中，並且進行專業的文化詮釋與論述。

　　從漢語音的角度來說，它和文化的深層關係比漢字更長久。當漢字在還沒有造字與成熟之前，漢語音已經是承載文化的主要工具，所以文化中的思維意義，到今天都還與漢語音有密切關係，例如本文中「聲訓」一節所論。甚至在漢字逐步系統化的過程中，漢語音與文化的關係依然是先於漢字而進行著，而後才由漢字承載語音，完成義─音─形的漢語完整模式，而文化的觀察、分析、詮釋、論述，到此也有了更完整的語言證據與支撐。

　　詞彙是語言系統賴以存在的語法支柱，也是一般人最可以理解與進入文化系統的路徑，因為詞彙是最可以反映文化意涵的語言要素。漢語詞彙中，能夠反映社會狀況、風俗習慣、思維方式、信仰模式甚至理念生成、民族心態的一個或一組詞彙，它們就是「文化詞彙」。一般人可以從一個「壓歲錢」詞彙感受到這是一個文化行為，但是專業的漢語文化工作者，就必須系統化的將相關的文化詞彙進行延伸、連結、組織、分析與論述，建構完整的「文化詞彙組」的文化詮釋。本書在許多章結論述中，一再以詞彙為示範，其實也就反映著，詞彙與文化的關係是如何的重要了。

三、演繹的意義

　　這麼多篇幅述說著語言與文化的關係，其實很簡單的概念就是：語言與文化相互依存、不可分割。要真正理解與感受中華文化，就必須真正掌握它的漢語載體；而要真正理解與感受這個載體，就必須將自己置入文化的高點與寬廣視野中；越是深刻細緻了解中國的歷史、傳統、風俗、習慣、生活方式、族群細節，就越能精準的研究漢語與使用漢語，而反之亦然。

　　這個認知其實也不是現代的我們才有，從先秦最早的學術系統中已然呈現：結合漢語形音義的綜合研究體系「訓詁」，就語言而言就是一個精密的載體研究；它的最早狹義目的是為了經書語言，而經書語言承載的正是文化的主體。漢語的生命生生不息，因為中華文化的生命生生不息；中華文化的生命不斷的擴大演進到今天、漢語的生命也隨之擴大演進到今

天。我們學界遇見「訓詁」的時候：知道它是漢語這個載體的研究系統，但多數人卻常忽略了它的被載體與目的─「文化」；知道它在漢語研究上是重大體系，卻常忽略了以它研究文化的強大力量：知道它可以研究經書語言，卻常忽略它的理論一樣可以用到當代漢語研究：知道它可以理解傳統文化，卻常忽略了文化系統的生命力一直發揮到現當代。這就是本書進行「訓詁演繹」的理由與意義所在，而路徑便是：掌握語言材料理論也要應用材料進行文化詮釋。否則我們學漢語何為？

　　置文化於不顧，研究語言也只進行了一半；只能理解古代文化，那你的漢語研究也只進行了一半。我常在「訓詁學」的課堂上，跟學生換個課名叫「漢語解釋與文化詮釋學」、或是「漢語文化學」，我想這「演繹」的企圖與目的就很明顯了。現在這本小書完成了，也就初步表達了我對於語言和文化關係，以及從事漢語研究的一點認知。

第三節　文化類型與語言研究模式

　　文化的義涵如上，研究與詮釋文化的方法很多，例如考古學的挖掘、社會學的田野調查、哲學的思維論述，而近代以來又可以以「影像紀錄」的方式呈現。而語言學自然是從語言系統裡去解釋與詮釋文化，這符合「人文化成」概念下的教育與傳播的義涵，也符合語言系統在文化系統中的工具屬性。人類文化系統之綿密，可以從文化分類中來理解，而文化不論以哪一種方式分類，語言都是紀錄文化的最綿密工具。本文主張以語言全面解釋與詮釋文化，是因為語言與文化有著不可分割的連結，分類的型態可以很多，但其理論的基礎觀念如下：

文化	主次分類法	主文化	核心價值	文獻紀錄 → 語言表述	文化 ← 文獻 ← 語言
		次文化	隨時變易		

　　「主流文化」是一些社會中恆久常態的行為模式，可以跨越時空差異而不悖，於是形成這個族群立族的「核心價值」，例如「仁」、「孝」、「義」、「禮」等的恆久。「次文化」指在主文化下，具有差異行為、社群或是斷代性的較小型文化，它的特質是在恆久的主文化下的經常性變異。無論主、次文化，當它進入以語言表述的文獻紀錄後，這用來記錄的語言系統就是一個反推與建構其文化面相的路徑。

　　舉例來說，「服飾」在歷代都有其主、次文化，我們可以從歷史中保存的服飾去看其文化現象，但是具體「服飾」的保存，卻不會比語言的紀錄完整，尤其越早的服飾；或是只看具體服飾，有時並不能具體了解其功能意義，但從服飾每一個部位的語詞裡，便可以掌握其「服飾文化」原理與意義。又如「宮室文化」，從具體宮室之觀察，當然可以具備些概念，但是宮室的每個細節都有其專門語詞，從語詞的命名概念中去掌握宮室的居住文化，配合上實地的觀察或是考古，便更全面了。

　　以下文化分類的部分例子，其內容與型態各有不同，但可以以語言研究文化的原因，則都是相同的，我們一方面了解文化系統之龐大，二方面也了解本文之立論基礎：

文化	型態分類法	物質	各種器物	文獻紀錄→語言表述←文獻紀錄	文化←文獻←語言
		制度	禮儀法度		
		精神	思維意識		

文化	時代分類法	先秦	先秦文化	文獻紀錄→語言表述←文獻紀錄	文化←文獻←語言
		兩漢	兩漢文化		
		六朝	六朝文化		
		隋唐	隋唐文化		
		宋代	宋代文化		
		元明清	近代文化		
		現代	現代文化		

文化	階層分類法	知識份子	專業知識	文獻紀錄→語言表述	文化←文獻←語言
		非知識份子	俗民文化		

文化	學術分類法	儒家	儒家文化	文獻紀錄→語言表述	文化←文獻←語言
		道家	道家文化		
		哲學	哲學觀點		
		佛學	佛學觀點		

文化	區域分類法	臺灣	臺灣文化	文獻紀錄→語言表述	文化←文獻←語言
		四川	四川文化		
		華南	華南文化		
		東方	東方文化		
		西方	西方文化		

第四節　解釋與詮釋的同步現象與功能

一、同步現象

　　以語言解釋語言的同時，對於以語言為載體的文化，也就正在進行詮釋，也就是說「語言解釋」與「文化詮釋」同步，亦即「解釋」與「詮釋」的同步現象。「語言」與「文化」，一個是「載體」、一個是「被載體」，二者的本質屬性是獨立分屬的。而之所以解釋語言載體的同時，文化被載體的詮釋也在進行，其關鍵就在「載」的這個結合原因與其不可分割的「承載」關係上。

　　我們先看以下「語言」與「文化」從分屬到結合的演進關係示意表：

　　原始時代－　沒有語言　－生理進化－文明蒙昧－發音器官－
　　進化完成－語音系統展開－社會型態－社會溝通－
　　文明演進－物質制度精神－文明擴大－紀錄語音－
　　文字產生－語言形音義系統完成－知識系統－人文化成－文化體系

　　就文化的發展而言，人類從與野獸無異的「原始時代」，透過「生理進化」，逐漸進入「文明蒙昧」期。再經長期演進，人類進入群聚的「社會型態」，合力開展「物質文明」、「制度文明」、「精神文明」，並且不斷擴大。經過長時間的運作、經驗的累積，形成了有條理的「知識系統」，並進行「人文化成」的經驗與知識傳遞，最後形成「文化系統」。

　　語言的發展，從生理屬性而言，最初只有簡單的發音器官，只能發出單純與少數的「聲音」而不是「語音」。經過長期的生理進化，發音器官也逐漸複雜與多元化，可以發出較多的不同發音條件的「語音」來對應「語義」。而後，少量的語音逐漸擴大為「語音系統」對應「語義系統」，進而製作「文字」以記錄語音，提供人不能面對面溝通時之所需，於是「形、音、義」共構的「語言系統」於焉完成。

　　二者的結合點，就發生在「社會型態」形成之初。因為「表達意念」是社會運作的必要方式，也就是「溝通」，「意念」是無形的，它需要有適當的「工具」承載，於是人類便支配與運用其發音器官，發展出「語音」工具以承載「意念」，此時的意念就是「語義」。經過過渡期的發展候，其運作完全成熟，並精密到又製作「語音」的承載工具「文字」，以應付人與人不同時在場的溝通需求，此時「承載」與「被載」的關係也就密不可分了。語言三大屬性中的「社會屬性」，也就是在說明這個「承載」與「被載」的關係。

　　「語言系統」因應社會需求造新詞、造新字，社會長期運作就形成「文化系統」，於是「語言解釋」的同時，「文化詮釋」也同步進行。從以上的說明，我們看到了二者的「同步現象」。

二、同步功能

　　針對語言系統進行專業的解釋與詮釋，就語言的工具性而言，目的在確保使用者的「工具應用系統」明確，亦即讓我們在駕馭語言這工具時，可以應用的精準無誤。精準無誤的應用，目的又在確保社會溝通、意念傳達時的明確與精準。

　　個人的溝通精準，繼而社會全體成員溝通精準，於是社會的整體運作就更順暢。人類社會的長期良善運作，才能建構起具有核心價值的優質文化系統與內涵，並且不斷延展文化的深度廣度。如前文所言，我們的「文化」一詞，起於「人文化成」這個理念與宗旨，「人文」、「人文科學」、「人文主義」不都為了造就一種「人文精神」。如果我們將「人文化成」一詞，節縮為「人化」來等同於「文化」，那麼傳承文化、了解文化，其實就是為了堅持人之所以為人的理念與宗旨。那麼在當代從事「語言解釋」與「文化詮釋」的訓詁新演繹，其目的不只在創新，更是要堅持那「人文化成」的核心價值：「人化」。

參考書目

一、文字學

《文字學》，林尹，正中書局，1970年。

《漢字發展史話》，董琨，臺灣商務印書館，1993年。

《漢字說略》，詹鄞鑫，洪葉，1994年。

《中國文字發展史》，孟世凱，文津出版社，1996年。

《甲骨文文字學》，李圃，學林，1996年。

《字裡乾坤—漢字形體源流》，王宏源，文津，1997年。

《漢字文化綜論》，劉志基，廣西教育出版社，1999年7月。

《中國文字結構說彙》，許逸之，臺灣商務印書館，1999年。

《怎樣學習說文解字》，章季濤，萬卷樓，1999年11月。

《簡明中國文字學》，許進雄，學海，2000年。

《漢字哲學初探》，李敏生，社科文獻出版社，2000年6月。

《說文與中國古代科技》，王平，廣西教育出版社，2001年1月。

《中國文字》，盧國屏、黃復山，空大出版社，2002年。

《形聲字聲符示源功能論述》，曾昭聰，黃山書社，2002年9月。

《說文五百四十部首正解》，徐復，江蘇古籍出版社，2003年1月。

《文化文字學》，劉志成，巴蜀書社，2003年5月。

《說文示部字與神靈祭祀考》，雷漢卿，巴蜀書社，2000年3月。

二、聲韻學、訓詁學

《聲韻學》，竺家寧，五南圖書公司，1992年。

《音韻學教程》，唐作藩，五南圖書公司，1992年。

《國語學》，羅肇錦，五南圖書公司，1992年。

《聲韻學中的觀念和方法》，何大安，大安出版社，2004年9月。

《訓詁學概要》，林尹，正中書局，1972年。

《中國訓詁學史》，胡樸安，臺灣商務印書館，1982年。

《訓詁學大綱》，胡楚生，蘭臺書局，1985年9月。

《中國語言學史》，王力，駱駝，1987年。

《古漢語多用通假字典》，張軍，東北師範大學出版社，1991年12月。

《訓詁學教程》，齊沖天，中州古籍出版社，1992年。

《語文的闡釋》，申小龍，洪葉，1994年。

《訓詁學》，楊端志，五南圖書公司，1997年。

《中國語言哲學史》，吳禮權，臺灣商務印書館，1997年1月。

《鄭玄注釋語言詞彙研究》，張能甫，巴蜀書社，2000年3月。

《中國古典解釋學導論》，周光慶，中華書局，2002年9月。

三、語言學概論

《語言學概論》，高名凱，中華書局，1985年。

《語言學概論》，孫維張，吉林大學出版社，1991年12月。

《語言學綱要》，葉蜚聲、徐通鏘，書林，2001年10月。

《語言學概論》，王德春，上海外語教育出版社，2000年3月。

《語言學概論》，鍾榮富，五南圖書公司，2007年6月。

四、理論與應用語言學

《臺灣地區國語運動史料》，張博宇，臺灣商務印書館，1974年。

《語言學大辭典》，江西教育出版社，1992年2月。

《文化語言學》，申小龍，江西教育，1993年4月。

《現代漢語》，程祥徽、田小琳，書林，1997年9月。

《語言文化學》，周慶華，生智，1997年。

《宋語言詞典》，劉堅主編，上海教育出版社，1997年11月。

《語言和文化評論集》，伍鐵平，北京語言文化大學，1998年10月。

《現代漢語詞匯系統論》，徐國慶，北京大學出版社，1999年4月。

《元語言詞典》，劉堅主編，上海教育出版社，1999年12月。

《語言文字學及其應用研究》，許嘉璐，廣東教育出版社，1999年12月。

《爾雅語言文化學》，盧國屏，學生書局，1999年12月。

《語法》，王寧，海峰出版社，2000年。

《理論語言學》，李葆嘉，江蘇古籍出版社，2001年9月。

《漢語文化學》，何丹、方柯，浙江大學出版社，2003年12月。

《漢語詞彙的文化透視》，王國安、王小曼，漢語大辭典出版社，2003年
　　12月。

《社會語言學教程》，鄒嘉彥、游汝傑，五南圖書公司，2007年6月。

文學系列書目

書號	書名	作者	定價	ISBN
語言文字學				
1X59	聲韻學(精)95年10月	竺家寧著	660	957-11-0510-4
1X81	常用字探源(一)(精)90年7月	曾忠華著	550	957-11-0463-8
1X87	語音學教程94年3月	王理嘉、林燾合著	295	957-11-1078-7
1X91	語言文史論集81年12月	周祖謨著	500	957-11-0569-4
1X92	中國語言學史94年3月	王力著	350	957-11-1255-0
1X97	語意學85年6月	徐烈炯著、高大威校訂	400	957-11-1180-5
1XB7	訓詁學(上)91年10月	楊端志著、殷煥先校訂	550	957-11-1476-6
1XB8	訓詁學(下)86年11月	楊端志著、殷煥先校訂	400	957-11-1477-4
1XM1	文言語法綱要92年8月	左松超著	600	957-11-3299-3
1XM4	語言學概論94年10月	葛本儀主編	500	957-11-2851-1
1XI5	古音研究89年11月	陳新雄著	845	957-11-1779-X
1XJ2	中國傳統語言文字學88年8月	徐超著	520	957-11-1870-2
1XJ4	漢語詞彙學93年10月	竺家寧著	560	957-11-1910-5
1XK8	語言風格與文學韻律95年11月	竺家寧著	300	957-11-3976-9
1XP8	社會語言學教程	鄒嘉彥、游汝杰合著	520	978-957-11-4709-3
1XZ1	當代語言學概論95年7月(有教師手冊光碟)	鍾榮富著	550	957-11-4184-4
1XZ5	當代語言學概論教師手冊95年8月（附光碟片）	鍾榮富著		
現代文學				
1X18	中國現代詩93年10月	張健編著	305	957-11-0911-8
1X83	耕讀─進入文學花園的250本書94年8月	傅正玲主編	550	957-11-2590-3
1XI4	現代詩精讀93年10月	游喚、徐華中著	380	957-11-3387-6
1XI6	現代散文精讀95年2月	游喚、徐華中編著	280	957-11-3042-7
1XI7	現代小說精讀95年10月	游喚、徐華中編著	600	957-11-4120-8
1XJ1	小說選讀88年4月	陳碧月著	300	957-11-1799-4
1XK3	中國現代文學三十年91年2月	錢理群、溫儒敏、吳福輝	780	957-11-2732-9
1XQ5	文學批評精讀92年8月	游喚編著	620	957-11-3074-5
1XR8	中國現代文學概論95年10月	欒梅健、張堂錡編著	320	957-11-3378-7
1XR9	現代小說概論94年3月	張堂錡編著	260	957-11-3402-3
1XS0	小說欣賞入門95年10月	陳碧月著	300	957-11-4059-7
1XB9	現代文學寫作技巧91年4月	余我編著	270	957-11-1783-8
1XS4	文學與人生93年2月	李慕如著	500	957-11-3461-9
1XS5	現代小品93年3月	王壽南主編、鄭明娳著	250	957-11-3462-7
台灣文學				
1XI8	臺灣文學研究88年9月	龔顯宗著	350	957-11-1696-3
1XJ3	臺灣現代詩教學研究94年3月	潘麗珠著	420	957-11-1759-5
1XK0	臺灣文學家列傳89年3月	龔顯宗著	685	957-11-2059-6

書號	書名	作者	定價	ISBN
1XL4	台灣當代小說縱論：解嚴前後90年5月	許琇禎著	370	957-11-2459-1
1XP9	日據時期台灣作家論─現代性、本土性、殖民性93年8月	陳建忠著	350	957-11-3665-4
1XR1	臺灣小說精選─神話‧傳奇‧鄉94年6月	龔顯宗編著	420	957-11-3964-5
1XR2	臺灣文學讀本95年10月	田啓文、曾進豐、歐純純	350	957-11-3850-9
1XR3	台灣現代短篇小說精讀(上)92年6月	蔡振念編著	650	957-11-3269-1
1XR4	台灣現代短篇小說精讀(下)92年6月	蔡振念編著	600	957-11-3270-5
1XR6	臺灣古典散文選讀95年10月（教學用PPT備索）	田啓文編著	350	957-11-3614-X
1XR7	台灣現代散文精選93年9月	阿盛主編、李志薔協編	300	957-11-3720-0
1XT6	臺灣兒童文學史94年6月	邱各容著	350	957-11-3947-5
1XX1	親近臺灣文學─作家現身96年3月	彰化師範大學國文系編著	320	978-957-11-4580-8
1XY9	臺灣古典散文研究95年4月	田啓文著	450	957-11-4230-1
1XZ6	二十世紀臺灣新詩史95年8月	張雙英著	550	957-11-4391-X
1XZ7	台灣古典詩詞讀本95年9月	曾進豐等著	420	957-11-4429-0
1XL5	科幻文學概論90年7月	呂應鐘、吳岩	320	957-11-2503-2
1XZC	臺灣科幻文學薪火錄(1956-2005)96年1月	黃海著	420	978-957-11-4532-7
1XZD	日據時期臺灣新舊文學論爭新探96年1月	翁聖峰著	620	978-957-11-4520-4
1XZE	臺灣新詩研究─中生代詩家論96年2月	彰化師範大學國文系編著	580	978-957-11-4546-4
1XS6	想像台灣─當代小說中的族群書寫96年1月	國立編譯館主編、陳國偉著	600	978-957-11-4628-7
1XY2	台灣傳統音樂概論　器樂篇	呂錘寬著	420	978-957-11-4705-5
1XY3	被詛咒的文學：戰後初期（1945～1949）台灣文學論集96年1月	國立編譯館主編、陳建忠著	500	978-957-11-4583-9

兒童文學

書號	書名	作者	定價	ISBN
1I72	兒童文學94年10月	林守為編著	460	957-11-0139-7
1I75	兒童文學94年6月	林文寶、徐守濤、陳正治	505	957-11-1243-7
1IC1	兒童詩歌的原理與教學83年12月	宋筱蕙著	250	957-11-0014-5
1IC2	兒童故事原理83年3月	蔡尚志著	220	957-11-0016-1
1ID7	童話寫作研究94年10月	陳正治著	250	957-11-0112-5
1IT1	兒童文學析論(上)90年7月	杜淑貞著	480	957-11-0814-6
1IT2	兒童文學析論(下)90年3月	杜淑貞著	480	957-11-0815-4
1IV5	幼兒故事學87年3月	何三本著	500	957-11-0961-4
1IV6	童話創作的原理與技巧85年6月	蔡尚志著	380	957-11-1178-3
1IX4	兒童詩寫作研究91年6月	陳正治著	400	957-11-2907-0
1XT2	幼兒文學94年7月	何三本編著	420	957-11-4011-2
1XY1	臺灣兒童文學年表（1895~2004）96年1月	邱各容編著	310	978-957-11-4578-5
1XY4	兒歌理論與賞析96年3月	陳正治編著	380	978-957-11-4625-6

國家圖書館出版品預行編目資料

訓詁演繹：漢語解釋與文化詮釋學／盧
國屏著.
--初版.--臺北市：五南, 2008.03
面；　公分 --(語言文字學系列)
ISBN 978-957-11-5122-9（平裝）
1.漢語　2.訓詁　3.中國文字　4.詮釋學
802.1　　　　　　　　　　97001962

1XZW 語言文字學系列

訓詁演繹
漢語解釋與文化詮釋學

作　　者 ─ 盧國屏(395.6)

發 行 人 ─ 楊榮川

總 經 理 ─ 楊士清

總 編 輯 ─ 楊秀麗

副總編輯 ─ 黃惠娟

責任編輯 ─ 盧羿珊　黃麗玫　高雅婷

封面設計 ─ 童安安

出 版 者 ─ 五南圖書出版股份有限公司

地　　址：106台北市大安區和平東路二段339號4樓

電　　話：(02)2705-5066　傳　　真：(02)2706-6100

網　　址：http://www.wunan.com.tw

電子郵件：wunan@wunan.com.tw

劃撥帳號：01068953

戶　　名：五南圖書出版股份有限公司

法律顧問　林勝安律師事務所　林勝安律師

出版日期　2008年 3 月初版一刷
　　　　　2019年10月初版三刷

定　　價　新臺幣350元

經典永恆・名著常在

五十週年的獻禮 —— 經典名著文庫

五南，五十年了，半個世紀，人生旅程的一大半，走過來了。
思索著，邁向百年的未來歷程，能為知識界、文化學術界作些什麼？
在速食文化的生態下，有什麼值得讓人雋永品味的？

歷代經典・當今名著，經過時間的洗禮，千錘百鍊，流傳至今，光芒耀人；
不僅使我們能領悟前人的智慧，同時也增深加廣我們思考的深度與視野。
我們決心投入巨資，有計畫的系統梳選，成立「經典名著文庫」，
希望收入古今中外思想性的、充滿睿智與獨見的經典、名著。
這是一項理想性的、永續性的巨大出版工程。
不在意讀者的眾寡，只考慮它的學術價值，力求完整展現先哲思想的軌跡；
為知識界開啟一片智慧之窗，營造一座百花綻放的世界文明公園，
任君遨遊、取菁吸蜜、嘉惠學子！